Arturo Pérez-Reverte est né à Carthagène, Espagne, en 1951. Licencié en sciences politiques et en journalisme, il a travaillé longtemps comme grand reporter et correspondant de guerre pour la télévision espagnole, notamment pendant la crise du Golfe et en Bosnie. Ses romans sont des succès mondiaux, et plusieurs d'entre eux ont été portés à l'écran. Il partage aujourd'hui sa vie entre l'écriture et sa passion pour la mer et la navigation. Il a été élu à la Real Academia Española de las Letras en 2003.

Arturo Pérez-Reverte

LA PATIENCE
DU FRANC-TIREUR

ROMAN

*Traduit de l'espagnol
par François Maspero*

Éditions du Seuil

TEXTE INTÉGRAL

TITRE ORIGINAL
El francotirador paciente
© 2013, Arturo Pérez-Reverte
ÉDITEUR ORIGINAL
Alfaguara, Santillana Ediciones Generales, S. L., Madrid

ISBN 978-2-7578-3046-8
(ISBN 978-2-02-118656-7, 1re publication)

© Éditions du Seuil, 2014, pour la traduction française

Il était une fois une race particulière d'individus
qu'on appelait les écrivains de graffitis.
Ils ont livré un combat féroce contre la société.
On n'en connaît pas encore le résultat.

Ken, tagueur.
Sur un mur de New York, 1986

Dans l'univers complexe du graffiti, du fait de son caractère fréquemment clandestin, les signatures des auteurs sont innombrables et changeantes, ce qui rend impossible d'en établir une liste officielle. C'est pourquoi tous les noms qui figurent dans ce roman, excepté ceux des graffeurs et artistes très connus qui sont expressément désignés, doivent être considérés comme imaginaires ou comme le fruit de pures coïncidences.

Dans la ville
1990

Ils étaient des loups nocturnes, chasseurs clandestins de murs et de surfaces, bombeurs impitoyables qui se déplaçaient dans l'espace urbain, prudents, sur les semelles silencieuses de leurs baskets. Très jeunes et très agiles. L'un grand et l'autre petit. Ils portaient des jeans et des survêtements noirs pour se fondre dans l'obscurité ; et, quand ils marchaient, on entendait dans leurs sacs tachés de peinture le tintement métallique des aérosols pourvus d'embouts faits pour des pièces rapides et peu précises. Le plus âgé avait seize ans. Ils s'étaient reconnus dans le métro quinze jours plus tôt à leurs sacs et à leur allure, en se guettant du coin de l'œil jusqu'à ce que l'un des deux fasse, d'un doigt sur la vitre, le geste de peindre quelque chose. D'écrire sur un mur, un véhicule, le rideau de fer d'un magasin. Ils s'étaient tout de suite liés d'amitié, cherchant ensemble des espaces vides ou des pièces laissées par d'autres bombeurs sur des murs saturés, usines abandonnées de la proche banlieue et gares de triage, rôdant avec leurs aérosols jusqu'à ce que vigiles ou policiers les fassent détaler. Ils étaient des plébéiens, de simples fantassins. L'échelon le plus bas de leur tribu urbaine. Parias d'une société individualiste et singulière, composée d'êtres isolés, dont on ne gravissait les échelons que par les mérites acquis en solitaire ou en petits groupes, chacun imposant son nom de guerre à force de persévérance, le multipliant à l'infini aux quatre coins de la ville. Ces deux-là étaient des garçons nouvellement arrivés dans les rues, qui n'avaient pas encore beaucoup de peinture sous les ongles. Des vandales de toyeurs, pour employer le parler de la corporation : tagueurs novices répétant leur signature sur le premier endroit venu, sans souci de style, sans respect pour rien ni personne. Prêts à s'imposer en bombant n'importe où, en signant n'importe comment sur les pièces des autres, dans le seul but de se tailler une réputation. Ils cherchaient particulièrement des œuvres d'auteurs consacrés, de rois de la rue ; des graffitis de qualité sur lesquels tracer leur propre logo, le tag, la signature mille fois essayée, d'abord à la maison sur un papier, et maintenant sur toutes les surfaces qui se présentaient sur leur chemin. Dans leur monde fait de codes, de règles non écrites et de symboles réservés aux initiés, où un vétéran prenait sa retraite tout juste passé vingt ans, bomber sur la signature d'un autre était toujours une déclaration de guerre ; la violation d'un nom, d'un territoire, d'une renommée qui n'étaient pas les leurs. Les duels étaient fréquents, et c'était ce que ces garçons recherchaient. Ils avaient bu du Coca-Cola et dansé le break jusqu'à minuit, et du coup ils se sentaient ambitieux et téméraires. Ils rêvaient de bomber et de brûler de leur signature les murs de la ville, les panneaux des autoroutes. Ils rêvaient de couvrir des surfaces mouvantes traditionnelles comme celles d'un autobus ou d'un train de banlieue. Ils rêvaient de la pièce la plus difficile et la plus enviée de tout graffeur, où qu'il soit dans le monde : le flanc d'un wagon de métro. Ou, à défaut et pour le moment, de toyer le tag d'un des grands : Tito7,

Snow, Rafita ou Typhoon, par exemple. Ou même, avec de la chance, pourquoi pas celui de Bleck ou de Glub. Voire de Muelle, leur père à tous.

– Vise-moi ça, dit le plus grand.

Il s'était arrêté à un carrefour et désignait la rue adjacente éclairée par un lampadaire qui répandait un cercle de lumière crue sur le trottoir, l'asphalte et une partie du mur de brique d'un garage dont le rideau métallique était baissé. Il y avait quelqu'un devant le mur, en pleine écriture, juste à la frontière de la lumière et de l'ombre. Du coin où ils étaient, on ne pouvait le voir que de dos ; mince, l'allure jeune, en survêtement, la capuche rabattue sur la tête, le sac ouvert à ses pieds, un aérosol dans la main gauche, avec lequel il était en train de remplir de rouge un énorme *r*, sixième lettre d'un tag tracé au marqueur en caractères d'un mètre de haut et très singulier : un bubble style un peu sombre, simple et enveloppant, bordé d'un filet bleu, épais, à l'intérieur duquel semblait exploser, comme asséné par une brosse ou un coup de feu, le rouge contenu dans chaque lettre.

– Putain ! murmura le plus grand des garçons.

Il restait immobile à côté de son camarade, regardant, stupéfait. Celui qui travaillait au mur avait fini de mettre de la couleur dans les lettres, et maintenant, après avoir fouillé dans son sac en s'aidant d'une petite lampe torche, il saisissait un aérosol blanc avec lequel il couvrait l'intérieur du point de la lettre centrale qui était un *i*. Avec des mouvements rapides, par touches courtes et précises, le graffeur remplit le cercle et fit ensuite s'y croiser deux lignes noires, l'une verticale et l'autre horizontale, qui lui donnaient l'aspect d'une croix celtique. Puis, sans même un coup d'œil au résultat final, il se pencha pour ranger le spray dans le sac, ferma celui-ci et le rechargea sur son dos. Le cercle formé par le point du *i* s'était transformé en mire d'un viseur télescopique semblable à celui des fusils de précision.

Le graffeur disparut dans la rue, se perdant dans l'obscurité, le visage caché sous la capuche. Agile et silencieux comme une ombre. Les deux garçons en profitèrent pour quitter leur coin et se rapprocher du mur. Ils restèrent quelques instants sous la lumière du lampadaire, à regarder le travail tout neuf. Il sentait la peinture fraîche, l'écriture parfaitement maîtrisée. Pour eux, la meilleure odeur du monde. Odeur de gloire urbaine, de liberté illégale, de renommée dans l'anonymat. Avec de grands déferlements, boum, boum, boum, d'adrénaline. Ils étaient convaincus que rien ne pouvait sentir aussi bon. Pas même une fille. Ni un hamburger.

– On y va, dit le petit.

Il était le plus jeune des deux. Il avait sorti un aérosol de son sac pour écrire sur la pièce tout juste peinte sur le mur. Prêt à la recouvrir sans scrupule ; pas une fois, mais autant de fois que ce serait possible. Un bombage implacable. Même si chacun des deux avait son propre tag – le sien était *Blimp*, celui de l'autre *Goofy* –, ils en utilisaient un commun lorsqu'ils étaient ensemble : *DQTN*. Devine Qui T'a Niqué.

Le grand regarda son camarade qui secouait le spray pour mélanger la peinture : Novelty noir de deux cents millilitres et embout étroit, volé dans une quincaillerie. Bomber comme ils le faisaient, en traçant une signature maladroite répétée des centaines de fois, n'impliquait aucune sophistication. La question n'était pas que le logo soit beau, mais qu'il apparaisse partout. Parfois, plus lentement et plus calmement, dans la perspective d'un avenir moins immédiat, ils s'essayaient à des pièces compliquées en employant des couleurs, sur des enceintes à demi écroulées ou des murs d'usines abandonnées. Mais ce n'était pas le cas cette nuit-là. Il s'agissait d'une incursion de routine, d'une punition massive. Pour le plaisir.

Celui qui tenait l'aérosol s'approcha du mur en appuyant le doigt sur la valve, à la recherche d'un endroit où appliquer le premier jet. Il venait de se décider pour le cercle blanc situé au-dessus de la lettre centrale, quand son camarade le retint par le bras.

– Attends.

Le grand contemplait le tag, dont le rouge vif semblait éclater à la lumière du lampadaire comme des gouttes de sang entre les contours des lettres. Son visage trahissait la surprise et le respect. C'était là beaucoup plus que le simple travail d'un banal graffeur. C'était une œuvre exécutée dans toutes les règles de l'art.

Impatient, le plus jeune leva de nouveau l'aérosol en visant le cercle blanc. Il brûlait d'envie de commencer. La nuit était courte, et les proies à inscrire à leur tableau de chasse étaient innombrables. Et puis ils stationnaient déjà depuis trop longtemps au même endroit. Cela contrevenait à la norme élémentaire de sécurité : écris vite et tire-toi. À chaque instant un flic pouvait leur tomber dessus et tout leur mettre en vrac sur le dos, leurs infractions et celles des autres.

– Attends, je te dis, répéta l'autre.

Il continuait de regarder la pièce sur le mur, sac au dos et mains dans les poches. En arrêt et se balançant lentement d'un pied sur l'autre. Songeur.

– Il est bon, finit-il par conclure. Il est foutrement bon.

Son camarade exprima son accord par un grognement. Puis il se haussa sur la pointe des pieds, pointa
l'embout de l'aérosol et écrivit *DQTN* dans le cercle
blanc entourant une croix. Au-dessus de la mire du
viseur télescopique de franc-tireur, sur le *i* du mot
Sniper.

1

Les rats ne font pas
des claquettes

Tout en prêtant attention à la proposition qui allait changer le sens de ma vie, j'ai pensé que le mot *hasard* est trompeur, ou inexact. Le Destin est un chasseur patient. Certains hasards sont écrits de longue date, comme des francs-tireurs aux aguets, un œil sur le viseur et un doigt sur la détente, dans l'attente du moment opportun. Et ce hasard-là, sans aucun doute, l'était. Un de ces innombrables faux hasards planifiés par ce Destin retors, ironique, amateur de pirouettes. Ou quelque chose comme ça. Une espèce de dieu capricieux et impitoyable, passablement farceur.

– Ça alors, Lex… Quelle coïncidence. J'avais justement l'intention de t'appeler.

Je me nomme Alejandra Varela, bien que tout le monde m'appelle Lex. Il y en a qui, après avoir prononcé mon nom, le font suivre de divers adjectifs pas toujours agréables ; mais j'y suis habituée. Blindée par dix ans de métier et trente-quatre d'existence. Toujours est-il que dès le moment où, après cette exclamation, la voix bien élevée de Mauricio Bosque, propriétaire et éditeur de Birnam Wood, s'était fait entendre derrière moi dans la librairie du Musée national Reina Sofía, les astres avaient commencé à s'aligner. Je venais de jeter un coup d'œil sur les tables des nouveautés, et

15

maintenant je l'écoutais attentivement, sans manifester ni enthousiasme ni indifférence. Avec la prudence qui s'imposait pour que mon interlocuteur ne succombe pas à la tentation de rogner sur mes honoraires, si la question était abordée. Certains employeurs stupides ont tendance à confondre l'intérêt pour un travail avec une prédisposition à gagner moins pour l'exécuter. Mauricio Bosque, un jeune homme élégant, riche et malin, était loin d'être stupide ; mais comme tous ceux à qui j'ai affaire dans le monde de l'édition – un milieu où nul ne peut entendre tomber un sou par terre sans clamer aussitôt qu'il est à lui –, tous les prétextes lui étaient bons pour alléger les frais. Il m'avait déjà fait le coup d'autres fois, avec son joli sourire et ses vestes de sport faites sur mesure à Londres ou ailleurs. Et je le voyais venir.

– Tu es sur quelque chose, en ce moment ?

– Non. Mon contrat avec Studio Editores est terminé depuis un mois.

– J'ai une proposition qui te plaira. Mais on ne peut pas en parler ici.

– Dis-moi quand même.

Mauricio tripotait les livres en s'arrangeant pour mettre un des siens – *Ferrer-Dalmau : un regard épique* – bien en évidence.

– Je ne peux pas. – Il a regardé autour de lui avec un faux air de conspirateur. – Ce n'est pas le bon endroit pour ça.

– Un tout petit peu, allez… Un flash.

Nous avons été interrompus par l'arrivée d'un troupeau d'adolescents français surexcités qui s'exprimaient dans la langue de Voltaire : voyage d'études, naturellement. La France cultivée – mais pour qui se prennent-ils ces gens-là ? Je suis sortie avec Mauricio de la librairie, nous frayant un passage à travers un bruyant Babel d'autres jeunes et de retraités qui s'agitaient au rez-de-chaussée du musée. Dans la cour intérieure, le ciel couvert laissait filtrer une atmosphère grise et la terre était encore mouillée d'une averse récente. Le petit café était fermé, désolé, les chaises humides renversées sur les tables.

– Je prépare un livre, dit Mauricio. Gros, important. Avec plein de ramifications compliquées.

– Le sujet ?

– L'art urbain.

– Sois plus précis, s'il te plaît.

Mauricio contemplait l'*Oiseau lunaire* de Miró d'un air pensif, ses lunettes design légèrement tombées sur le bout du nez, comme s'il calculait combien il pourrait tirer de ces formes rebondies en métal une fois transformées en illustrations sur papier glacé. C'est la façon habituelle qu'a le patron de Birnam Wood de regarder les choses et les gens. Sa maison d'édition connaît un immense succès, sans même souffrir de la conjoncture ; elle est spécialisée dans les catalogues et les livres d'art luxueux et chers. Je dirais même : très luxueux et très chers. Pour résumer : mettez dans un moteur de recherche d'Internet les mots *éditeur* et *superbobo*, cliquez sur «Entrée» et vous verrez apparaître la photo de Mauricio Bosque, souriant d'une oreille à l'autre. Adossé à une Ferrari.

– Sniper, a-t-il dit.

J'ai pincé les lèvres et sifflé. Intérieurement, j'avais le souffle coupé. Pétrifiée.

– Autorisé ou non autorisé ?

– C'est la question.

J'ai sifflé de nouveau. Une jeune fille qui passait près de nous m'a jeté un coup d'œil en coulisse, gênée, se

17

croyant concernée. Alors que je m'en souciais comme d'une guigne. Elle était jolie. Je l'ai regardée s'éloigner dans la cour affectant l'indifférence, consciente d'être observée, vaguement scandalisée.

– Et moi, quel est mon rôle, là-dedans ?

Mauricio contemplait maintenant l'énorme mobile de Calder planté au centre de la cour. Il est resté ainsi, à le fixer, jusqu'à ce que la girouette rouge et jaune ait fait un tour complet sur son axe. Puis il a penché un peu la tête tout en haussant les épaules.

– Tu es mon scout de prédilection. Mon exploratrice intrépide.

– Ne me passe pas de pommade. Ça signifie que, cette fois encore, tu as l'intention de me payer des clopinettes.

– Mais non, tu te trompes… C'est un bon projet. Bon pour tout le monde.

J'ai réfléchi quelques secondes. Assis sous le mobile de Calder, le Destin me clignait de l'œil. Dans le vocabulaire de l'édition, un scout est une personne qui est chargée de trouver des auteurs et des livres intéressants. Une sorte de fouineur cultivé, qualifié, possédant un excellent flair : quelqu'un qui fréquente les foires internationales du livre, feuillette les suppléments littéraires, prend le pouls des listes des meilleures ventes, voyage à la recherche de nouveautés intéressantes, et autres activités du même genre. Je suis spécialisée en art moderne, et j'avais déjà travaillé précédemment pour Birnam Wood, de même que pour Studio Editores et Aschenbach, entre autres poids lourds. Je leur propose des livres et des auteurs, et eux se chargent de les localiser. Je signe un contrat temporaire d'exclusivité, je travaille dur et je touche de l'argent pour ça. Avec le temps, j'ai pu réussir à être bien cotée dans la profession, à disposer d'un épais agenda de contacts et de clients dans une douzaine de pays – les éditeurs russes, par exemple, m'adorent. Bref, je me débrouille plutôt pas mal. Je suis sobre, je dépense peu. J'habite seule, même quand je ne le suis pas. Je vis de ce travail.

– À ce que je sais de Sniper, ai-je aventuré prudemment, ce type pourrait aussi bien se trouver sur la planète Mars.

– Oui. – Mauricio arborait un sourire retors, presque cruel. – Et ça vaudrait mieux pour lui.

– Explique-moi, ai-je suggéré.

J'ai froncé les sourcils, mais juste intérieurement. Extérieurement, j'ai esquissé un sourire désolé, de circonstance. Son territoire – un immense bureau tout en verre qui semblait flotter comme un dirigeable au-dessus du Paseo de la Castellana – n'avait rien d'un endroit neutre : il y était impossible d'empêcher le maître des lieux de contempler par-dessus mon épaule, comme s'il m'oubliait par instants, le splendide Beatriz Milhazes accroché à un mur. Je préférais négocier en le privant de tout avantage, loin de ces inconfortables meubles en verre, plastique et acier, de ces rayons remplis de livres valant des fortunes et de ces secrétaires ondoyantes aux tétons siliconés.

– Il te faudra attendre un peu, ai-je menti, pour le sonder. J'ai plusieurs voyages en perspective.

Je pouvais presque l'entendre penser. Je ne percevais pas le contenu, évidemment, mais le cliquetis des engrenages. À ma surprise, il a cédé avec une rapidité insolite.

– Et si je t'invitais à déjeuner ? a-t-il conclu.

– Maintenant ?

– Mais oui. Maintenant.

Le restaurant était japonais, ou asiatique. Shikku, il s'appelle. Presque au coin des rues Lagasca et Alcalá, face au Retiro. Mauricio est un fan de ce genre de lieux. Je ne me souviens pas d'avoir jamais mangé avec lui dans un endroit normal, européen. Il faut toujours qu'ils soient hors de prix et à la dernière mode, mexicains, péruviens ou japonais. Ces derniers lui plaisent particulièrement parce qu'ils lui donnent l'occasion de commander des sushis et des sashimis avec des noms exotiques et d'exhiber sa dextérité à manier les baguettes – moi, je demande toujours une fourchette – pendant qu'il vous explique la différence entre le poisson cru découpé à la manière d'Okinawa et celle d'Hokkaido. Ou des histoires comme ça. Ça séduit les femmes, m'at-il révélé une fois au Kabuki, en agitant ses baguettes d'où pendouillaient des algues. Naturellement, Lex – ici, il a intercalé un sourire diplomatique après avoir réfléchi un instant en me lançant un regard entendu –, je veux parler d'un certain genre de femmes.

– Bon, maintenant, raconte-moi, lui ai-je suggéré, une fois installés à une table.

Il m'a raconté. En gros et à grands traits, avec de brèves pauses pour observer l'effet produit. Pour vérifier si l'appât se tortillait de manière adéquate sous mes yeux en me faisant convenablement saliver. Et, bien sûr, c'était le cas. Le projet aurait mis l'eau à la bouche de n'importe qui. Je le lui ai dit. Sa réalisation était également presque impossible, et ça aussi je le lui ai dit.

– Personne ne sait où est Sniper, ai-je résumé.

À la façon dont Mauricio a versé un peu de saké brûlant dans mon dé à coudre, j'ai su qu'il avait un as dans sa manche. J'ai déjà eu l'occasion de dire que l'éditeur de Birnam Wood est tout sauf stupide.

– Toi, tu peux le savoir. Tu connais les gens qu'il faut, et les gens qu'il faut te connaissent. Je te paie tous les frais et tu as quatre pour cent sur le premier contrat.

Je lui ai éclaté de rire à la figure. Je ne suis pas née de la dernière pluie.

– Ça, c'est comme si tu m'offrais une parcelle dans le cirque Hipparque sur la lune. Nous y perdrons notre temps.

– Écoute. – Il levait un doigt en manière d'admonestation. – Personne n'a jamais publié un catalogue complet de ce type. Une grande œuvre en plusieurs volumes, voilà ce qui manque. Quelque chose de monumental. Et pas seulement ça.

– Cela fait deux ans qu'il se cache, avec sa tête mise à prix. Littéralement.

– Je sais. Nous parlons de l'artiste le plus fameux et le plus recherché de l'art urbain, à mi-chemin entre Banksy et Salman Rushdie... Une légende vivante et tout ce qui s'ensuit. Mais il ne se montrait guère davantage avant. En plus de vingt ans, depuis qu'il a commencé comme simple graffeur, pratiquement personne n'a vu son visage... Marque déposée, et point final : Sniper. Le franc-tireur solitaire.

– Mais c'est qu'aujourd'hui il y en a qui veulent lui faire la peau, Mauricio.

– Il l'a cherché. – Il ricanait, l'air mauvais. – À lui d'assumer.

C'était un joli verbe : assumer. J'ai imaginé Sniper assumant.

– Je ne pourrai jamais le rencontrer, ai-je conclu. Et au cas improbable où j'y parviendrais, il m'enverrait aux pelotes.

– La proposition que tu lui transmettras de ma part met la barre à une hauteur qu'il fixera lui-même. Il pose ses conditions. Et moi je le rends immortel en faisant entrer son œuvre dans le cercle des dieux, où il coudoiera les autres.

– Toi tout seul ?

Il a réfléchi un moment. Ou il a fait comme si.

– Pas vraiment seul, a-t-il admis. J'ai derrière moi des gens qui ont beaucoup d'argent : des galeristes britanniques et américains, prêts à investir là-dedans comme on investit dans une affaire énorme.

– Par exemple ?

– Paco Montegrifo, de Claymore… Et Tania Morsink.

J'ai hoché la tête, impressionnée.

– La reine du *posh art* de New York ?

– Elle-même. Et ils mettent un paquet de fric, je t'assure. C'est un plan à moyen et long terme dont ce catalogue ne sera que le hors-d'œuvre.

Du coup, c'est moi qui ai réfléchi un instant.

– N'y songe pas, ai-je dit. Il refusera d'apparaître en public.

– Il n'a pas besoin de montrer son visage. Au contraire. Son anonymat accentue le côté morbide du personnage. À partir de là, Sniper fera partie de l'histoire de l'Art. Nous lui organiserons une rétrospective monstre dans un lieu réservé aux grands : la Tate Modern, le MoMA… Nous irons au plus offrant. J'ai déjà posé des jalons et ils sont tous en train de tirer la langue. S'agissant de lui, ils sont prêts à faire des folies. Imagine la couverture. Un événement mondial.

– Et pourquoi moi ?

– Tu es excellente… – Il me faisait de la lèche, le petit futé. – La personne la plus sérieuse avec qui j'ai travaillé, et j'ai des années de métier. Tu as aussi des dispositions particulières pour l'approcher. Pour toucher la corde sensible. Je n'ai pas oublié que tu as fait ta thèse sur l'art urbain.

– Le graffiti.

– Bon, d'accord. Tu connais ce que cela signifie d'avoir de la peinture sur les mains et des sprays dans le sac. Tu connais la manière de pénétrer dans ce milieu.

J'ai fait une moue sibylline. *Tu connais*, avait dit Mauricio. Et il ne saurait jamais combien il était proche de la vérité. C'est la réflexion qui s'est imposée à moi pendant que je me débattais avec un nigiri, ou un truc comme ça, en me servant de ma fourchette. Tant d'errances – je m'y laissais encore parfois aller, presque sans m'en rendre compte – à scruter les murs entre vitrines et porches, là où les tagueurs urbains laissaient des traces de leur passage. À me souvenir et me ressouvenir. Presque toutes étaient de simples signatures au marqueur, hâtives et sans grand talent artistique, misant plus sur la quantité que sur la qualité : de celles qui font pousser des hauts cris aux habitants et aux commerçants et se pincer le nez à la municipalité. Dans de rares occasions seulement, quelqu'un, prenant plus de temps ou ayant plus d'énergie, avait joué à fond de son aérosol ; et le tag, ou la calligraphie de l'auteur, embrassait un plus grand espace ou recourait à la couleur. Une quinzaine de jours plus tôt, en passant par une rue voisine du Rastro, mon attention avait été attirée par une pièce particulièrement réussie : un guerrier manga dont l'épée de samouraï menaçait les utilisateurs d'un distributeur de billets proche. J'avais continué à regarder les graffitis – des signatures, des signatures, des signatures, quelques dessins peu originaux, l'énigmatique affirmation *Sans dents, il n'y a pas de caries* –, jusqu'à ce que je me rende compte que, comme dans d'autres occasions semblables, je cherchais parmi eux le tag de Lita.

– Je ne peux rien te garantir, ai-je dit.

– C'est égal… Tu domines ton métier, tu as ma confiance. Tu es parfaite.

J'ai mastiqué lentement, calculant les pour et les contre. Le Destin me faisait de nouvelles grimaces, assis maintenant derrière le comptoir, sur l'épaule du cuisinier japonais qui, un bandeau de kamikaze lui ceignant le front, taillait des filets de thon rouge. J'ai pensé que le Destin aimait les plaisanteries et le poisson cru.

– Biscarrués se jettera sur toi, ai-je conclu. Comme un loup.

– Ça, j'en fais mon affaire. Je n'ai pas autant d'argent que lui, mais j'ai de quoi tenir. Et comme je te l'ai dit, je ne suis pas seul dans le coup. Je saurai me protéger. Et te protéger.

Je ne le savais que trop, se protéger de Lorenzo Biscarrués n'était pas aussi facile que Mauricio le laissait entendre. Le propriétaire de la chaîne de vêtements Rebecca's Box – une cinquantaine de magasins dans quinze pays, 9,6 millions de bénéfices l'année précédente d'après la liste Bloomberg, une usine de textile au fin fond de l'Inde avec trente-six morts payés dix centimes d'euro par jour – était un individu dangereux. Et plus encore depuis qu'un de ses enfants, Daniel, dix-sept ans, avait glissé, un petit matin, sur un toit dont la couverture de titane mat et d'acier chromé accusait en cet endroit une pente de quarante-cinq degrés ; et, après une chute libre de soixante-dix-huit mètres, il était allé s'écraser dans la rue, exactement devant la large porte, élégante et vitrée, de l'édifice. Lequel était un lieu emblématique de la ville, signé par un architecte d'avant-garde, propriété de la fondation que présidait

Biscarrués en personne, destinée à recevoir des expositions temporaires de collections importantes d'art moderne. L'inauguration, effectuée deux jours auparavant avec une rétrospective des frères Chapman remarquablement accueillie dans le monde des connaisseurs, avait été qualifiée par la presse d'*événement culturel de premier ordre*. Après la chute de Daniel Biscarrués, dont le corps n'avait été découvert qu'au passage d'une benne à ordures qui s'était arrêtée à cet endroit à six heures du matin, et au bout de cinq heures d'allées et venues de médecins légistes, policiers et journalistes tous tirés du lit dès potron-minet, l'exposition avait été rouverte au public. Ainsi, les visiteurs qui, ce jour-là, faisaient la queue pour admirer les Chapman avaient eu l'occasion de compléter l'événement culturel de premier ordre par la vision d'une large tache d'un brun rougeâtre sur le sol, entourée d'un ruban en plastique : *Police. Ne pas franchir.* Ceux qui observaient le lieu de loin, selon une certaine perspective, avaient en outre pu apercevoir en haut, sur le mur contigu au toit fatal, et inachevé, le mot *Holden* – signature du garçon défunt – tracé à l'aérosol en rapides traits noirs. Le jeune Daniel avait été précipité dans le vide avant d'avoir pu remplir de couleur le reste de sa pièce.

– Que sais-tu de Sniper ? ai-je demandé.

Mauricio a haussé les épaules. La même chose que tout le monde, signifiait son geste : assez pour flairer un immense succès si nous parvenons à le faire sortir de son trou. Si tu le persuades d'entrouvrir sa porte.

– Qu'est-ce que tu en sais ? ai-je insisté.

– J'en sais suffisamment, a-t-il fini par dire. Par exemple que ça fait un bail que cet individu rend fous les graffeurs de tous âges… Je suppose que tu es au courant.

– Vaguement, ai-je menti.

– Je sais aussi, comme toi, que désormais tout cet essaim de types qui écrivent sur les murs baise chaque endroit qu'il foule ou qu'il peint, à l'instar d'une secte. Qu'ils le tiennent pour Dieu, le Fils et le Père réunis… d'ailleurs tu es au courant : Internet et tout ça. Et que le coup du toit du fils de Biscarrués était une de ses inventions.

– De ses interventions, l'ai-je corrigé. Cet enfoiré appelle ça des interventions.

*

Il se faisait tard quand je suis sortie de la bouche de métro pour me diriger vers l'édifice de la Fondation Biscarrués. Il se dresse près de la Gran Vía, à la limite d'un quartier traditionnel de vieilles maisons et de nids de prostitution qui a été récemment réhabilité, changeant de résidents et d'aspect. On voyait des gens avec un ordinateur portable en train de boire leur café dans un gobelet en plastique derrière les vitres des bars – je déteste ces lieux absurdes où l'on doit porter soi-même sa consommation jusqu'à sa table –, des couples d'homosexuels qui se promenaient en se tenant par la main et des vendeuses de boutiques de fringues qui fumaient sur le pas de leur porte comme des putes futuristes d'une nouvelle génération. Le tout très correct, très branché. Digne d'une photo pour le supplément dominical en couleur d'*El País*.

Sur les murs, entre les vitrines et les porches, les graffeurs avaient laissé des traces de leur passage. Dans le centre de la ville, des employés municipaux se chargent de les effacer ; mais dans ce quartier règne une certaine tolérance, car les peintures dans les rues participent à la couleur locale. Elles contribuent à donner le ton, comme les affiches *ventes privées* qui remplacent partout les traditionnels *soldes*. Je cherchais quelque chose de précis, sur un mur qui faisait le coin après un panneau de sens interdit. Et je l'ai trouvé : *Espuma* – Écume –, écrit au marqueur rouge, d'un trait large. Le tag de Lita. La couleur apparaissait un peu délavée, et d'autres avaient depuis bombé dessus et autour ; mais constater que cette signature était toujours là m'a causé une étrange mélancolie, comme si une pluie glacée coulait goutte à goutte sur mon cœur.

> *Les filles qui grandissent trop vite*
> *ont les yeux tristes.*

J'ai murmuré ces mots pendant que je me souvenais d'elle avec une guitare dont elle n'avait jamais réussi à jouer convenablement, une odeur d'encre et de peinture, des cartoons dessinés par elle aux murs et au sol, des papiers avec des croquis, des fanzines et toute cette musique dure, rap et heavy metal, mise à fond, qui faisait vibrer les cloisons au grand désespoir de la mère et à la fureur du père. Qui ne m'ont jamais beaucoup aimée, naturellement. Lita avait même composé une chanson, celle des filles qui grandissent trop vite, probablement inachevée, car je l'ai entendue chanter bien des fois le même couplet. Juste celui-là.

J'ai promené les doigts sur sa signature, son tag, en la frôlant à peine. Peinture, musique. Candeur. Lita et ses doux silences. Même cette chanson à peine ébauchée en faisait partie : c'était ce qui la poussait à sortir dans la nuit tombante, sac sur l'épaule, le regard concentré sur des paysages qu'elle seule pouvait voir, ou deviner, au-delà des confins du quartier, de la vie qui l'attendait, minée par les ans et les enfants, par le passage du temps et les défaites qui rendraient tout gris. Face à ça, les gamines comme Lita pouvaient seulement arborer le nom de Personne multiplié à l'infini, avec une opiniâtreté à la limite de la psychose qui, plus que l'espérance, évoquait le règlement de comptes. À petites doses comme des signes avant-coureurs de la Grande Représaille, annonçant un temps à venir où chacun recevrait sa part d'apocalypse : le ricanement du franc-tireur patient. Du Destin écrit avec les caractères de l'autre signature, plus grande, en lettres de presque deux mètres chacune, que je pouvais voir maintenant de l'autre côté de la rue, en haut, sur le mur attenant au toit de l'édifice de la Fondation Biscarrués.

Le ciel sur la ville s'obscurcissait peu à peu, et les lumières de la rue et des vitrines commençaient à s'allumer, masquant la partie haute de certains immeubles ; mais le mot *Holden* peint d'un simple trait noir, interrompu avant que les lettres soient remplies de couleur, était parfaitement visible d'en bas. J'ai gagné l'autre trottoir et suis restée un moment à regarder vers le haut, jusqu'à ce que, par mimétisme grégaire, quelques passants s'arrêtent près de moi pour lever les yeux dans la même direction. Alors j'ai repris ma marche, je suis entrée dans un café et j'ai commandé une bière pour ôter le goût amer que j'avais dans la bouche.

*

Kevin García signait *SO4*. À l'origine, son tag était plus long, *SO4H2* ; mais le garçon, d'après ce qu'on m'avait conté, était tellement trouillard que ça frisait la panique. Il avait l'habitude d'écrire sur les murs et les rideaux métalliques baissés, les yeux quasiment dans

28

le dos à force d'imaginer les flics et les vigiles prêts à lui mettre la main au collet. Souvent, il prenait ses jambes à son cou avant de terminer son travail ; c'est pourquoi les amis lui avaient conseillé d'abréger. Je suis allée le rencontrer après m'être renseignée en donnant quelques coups de téléphone. Avant de mettre à profit la proposition de Mauricio Bosque, j'avais besoin d'y voir un peu plus clair : d'avoir la confirmation d'anciennes informations et de les rafraîchir avec de nouveaux éléments. Et surtout de savoir plus précisément dans quoi je m'embarquais. Quelles étaient les possibilités et quelles pouvaient être les conséquences.

– Comment dois-je t'appeler ?… Kevin ou SO4 ?

– Je préfère le tag.

Je l'avais trouvé à l'endroit qu'on m'avait indiqué : assis sur une place proche de chez lui, dans Villaverde Bajo. Là, entre des bancs en ciment criblés de tags et de graffitis – *Jeosm, DKB* –, six réverbères cassés et une fontaine dont n'avait jamais coulé une goutte d'eau, les gosses avaient installé un parcours pour skateboard qu'on pouvait considérer comme passablement difficile. Il y avait à proximité un gymnase de boxe amateur, plusieurs cafés et une quincaillerie spécialisée dans les marqueurs et les aérosols pour graffeurs : la seule dans cette partie de la ville où l'on pouvait trouver des embouts fat cap de dix centimètres et des aérosols Belton ou Montana.

– Je n'y étais pas quand c'est arrivé. Dani voulait faire ça seul.

SO4 était un garçon blond de dix-neuf ans, maigre et menu, avec une tête d'oiseau. Il semblait encore plus fragile dans ses vêtements adaptés à la course, baskets Air Max tachées de peinture, jean et pull flottant sur lui, les manches lui couvrant les mains et le large col laissant dépasser la capuche d'un survêtement. Des groupes de jeunes vêtus de façon identique étaient disséminés sur la place, sautant avec leur skate ou bavardant sur les bancs couverts de marques et de peintures. Des gosses durs, sans guère d'espoirs, qui émettaient sur leur propre longueur d'onde. Abcès impitoyable du vieux monde, tête de pont d'une Europe métissée, âpre, différente. Sans retour possible.

– Faire quoi ? ai-je questionné.

– Tu sais bien. – Il a esquissé une mince grimace, semblable à un sourire court et sec. – Écrire pour narguer ces connards de la banque.

– Ce n'était pas une banque.

– Bon. Cette fondation. Ou tout ce que tu voudras.

J'ai pu constater que SO4 était une curieuse combinaison d'arrogance sournoise et de méfiance de graffeur habitué à fuir le plus vite possible en sautant murs et obstacles. Je savais comment Daniel Biscarrués et lui s'étaient liés d'amitié, malgré la différence de milieu social : Villaverde Bajo était aussi loin de La Moraleja que la Terre de la Lune. C'était l'inspecteur principal Pachón, de la brigade des graffeurs de la police judiciaire qui me l'avait raconté au téléphone. Ils s'étaient connus au commissariat de la gare d'Atocha, m'avait-il dit. Assis l'un à côté de l'autre, une nuit où ils avaient tenté de se faire, chacun pour son compte, plusieurs wagons de chemin de fer remisés dans le dépôt de Cinco Vías. Ils avaient le même âge : quinze ans. Depuis, ils avaient pris l'habitude de se retrouver les vendredis après-midi à la station de métro Sol pour écouter de la musique ensemble – SFDK, Violadores del Verso[1], CPV – et

---

1. En abrégé, VDV : « les Violeurs du Vers ». *(Toutes les notes sont du traducteur.)*

ensuite bomber des murs jusqu'à l'aube, toujours à deux, encore que d'autres jeunes se joignaient parfois à eux pour des missions massives. Ils étaient restés ainsi au moins deux ans, jusqu'à la nuit de l'accident.

– Comment Daniel a-t-il fait pour arriver en haut ?

SO4 a haussé les épaules. Qu'importe la manière, donnait-il à entendre. Il a fait comme toujours. Comme tout le reste.

– Nous avons passé deux jours à nous préparer et à étudier la question sous tous les angles. Nous avons même pris des photos. Finalement, nous avons vu qu'il y avait un mur accessible et que c'était possible d'arriver par le toit en se laissant glisser. Au dernier moment, Daniel a dit que je ne venais pas. Que c'était une affaire personnelle, et que j'aurais l'occasion de m'exercer ailleurs…

Il est resté un temps silencieux. Durant un instant le sourire effilé et sec a réapparu, effaçant la jeunesse de son visage.

– Il a dit que si nous étions deux là-haut à écrire, ça ferait trop de monde.

– Pourquoi est-il tombé ?

SO4 a eu un geste évasif. D'indifférence. Qui signifiait qu'on ne se demande pas pourquoi un taureau encorne un torero. Ni pourquoi un soldat meurt dans une guerre ou un flic blanc cogne sur un immigré noir ou arabe. C'était trop évident. Trop facile.

– La toiture était lisse et en pente, a-t-il résumé. Il a dû faire un faux mouvement, il a glissé et il s'est écrasé en bas. Plaf !

Il fronçait les sourcils, se demandant peut-être si l'onomatopée était bien choisie. Je lui ai posé la question pour laquelle j'étais venue :

– Quel a été le rôle de Sniper là-dedans ?

Son regard, cette fois, était sans méfiance. Direct et franc. Ce nom semblait lui donner de l'assurance ; comme si sa seule mention transformait tout, y compris la chute de son ami du toit, en l'incident le plus naturel du monde.

– C'était une action qu'il avait convoquée, comme les autres… Il y en a eu des tas, et toutes ont été très fortes, spectaculaires. Cette action a été celle de trop.

Une manière comme une autre de résumer l'histoire, ai-je conclu. Des performances en règle qui dépassaient les limites du simple graffiti et lançaient dans la rue, de façon systématique, une légion de jeunes et de moins jeunes, aérosols et marqueurs dans leurs sacs, résolus à brûler à tout prix l'objectif ou les objectifs, si difficiles fussent-ils. C'était précisément l'extrême degré de difficulté, ou de risque, qui transformait chaque idée lancée – via Internet, inscriptions dans la rue, textos sur les portables et bouche-à-oreille – en une performance capable de mobiliser la communauté internationale des tagueurs et de mettre les autorités en état d'alerte. Même les médias s'en étaient saisis, ce qui contribuait à renforcer le phénomène et l'intérêt pour la personnalité occulte de celui qui signait *Sniper*. Lequel n'était pas prodigue en convocations publiques, ce qui rendait celles-ci d'autant plus rares et alléchantes. Avec, en guise de supplément morbide, le fait que s'y produisaient parfois des accidents regrettables. Jusqu'à l'affaire de la Fondation Biscarrués, au moins cinq tagueurs s'étaient tués en tentant de répondre aux défis qui leur étaient lancés ; une demi-douzaine avaient été plus ou moins gravement blessés. Et, à ma connaissance, il fallait encore ajouter deux morts, au cours de l'année et des mois qui avaient suivi.

– Personne ne peut en rendre Sniper responsable, a dit SO4. Lui, il se borne à donner des idées. Et ensuite c'est à chacun de décider.

– Et toi, qu'est-ce que tu penses de lui ?… En fin de compte, ton camarade est mort. Ton ami.

– Ce qui est arrivé à Dani n'est pas la faute de Sniper. L'accuser, c'est ne rien comprendre.

– C'est triste, tu ne trouves pas ?… Qu'il se soit tué dans une intervention sur l'édifice de la fondation présidée par son père.

– Mais c'était justement là l'intérêt. Ce qui le motivait. C'est pour ça qu'il ne m'a pas laissé aller avec lui.

– Et qu'est-ce qu'on dit, chez les tagueurs ? Où crois-tu que Sniper se cache en ce moment ?

– Je n'en ai pas la moindre idée. – De nouveau, il m'observait, méfiant. – Il se garde bien de donner des pistes.

– Même ainsi, il continue d'être le superleader.

– Il en a rien à foutre d'être un leader. Il agit, point barre.

Sur ce, il est resté un moment sans parler, très sérieux, contemplant ses baskets éclaboussées de peinture. Puis il a hoché la tête.

– Où qu'il soit, caché ou pas, il reste toujours un crack. Ils ne sont pas nombreux, ceux qui ont vu son visage, et il n'a jamais été surpris un spray à la main… Les flics venaient de loin pour photographier ce qu'il avait peint avant de le recouvrir ou de l'effacer. Il y a eu un moment où il a presque cessé d'intervenir sur les murs, mais le peu de lui qui demeurait, même le Bon Dieu n'y aurait pas touché. Personne n'osait. Jusqu'à ce que la municipalité décide, sous la pression de critiques d'art, de galeristes et de ces types qui encaissent les chèques, de proclamer son travail d'intérêt culturel, ou un machin comme ça. Les jours suivants, Sniper s'est déclaré à lui-même un beef en règle : toutes ses œuvres se sont réveillées couvertes de noir, avec le cercle de franc-tireur dessus, en tout petit…

– Je crois m'en souvenir. Ç'a été un événement.

– Plus que ça. Une déclaration de guerre. Il aurait pu se faire un max de thune rien qu'en vendant son nom, et tu vois comment il s'en est moqué. Fidèle à lui-même jusqu'au bout. Un pur.

– Et qu'est-ce que vous aviez à voir avec ça, Daniel et toi ?

– La même chose que les autres copains. Tout d'un coup le bruit courait : Sniper propose le virage du kilomètre x ou y de la R4, ou le tunnel du Pardo, ou la Tour Picasso… Et nous y allions en bons soldats. Ceux qui avaient assez de cran, bien sûr. Au moins pour rôder et essayer. Pour voir qui en avait. C'étaient la plupart du temps des endroits dangereux. Sinon, ç'aurait été à la portée du premier venu. Ça nous excitait, évidemment. Daniel, moi. Nous tous.

– Et lui ?… Il ne s'y montrait pas ?

– Jamais. Il n'avait rien à prouver, tu comprends ?… Il avait déjà tout fait. Ou presque. Le maximum. Maintenant il agit seulement de loin en loin. Rien que des choses spéciales, qui font flipper. Parfois il va glander dans des musées et des endroits comme ça. Le reste du temps il se tait, il s'occupe de ses affaires. Sans te bassiner les oreilles. Et puis, d'un coup, il lui vient des idées.

Il faisait froid, aussi avons-nous marché un peu. SO4 se déplaçait les mains dans les poches avec le déhanchement classique des jeunes influencés par la musique hip-hop et les bandes urbaines qui depuis deux décennies règnent sur les quartiers marginaux de la ville.

– Pourquoi Daniel signait-il *Holden* ? ai-je voulu savoir.

– Je ne sais pas. – Il a hoché négativement la tête. – Il n'a jamais voulu en parler.

J'ai considéré de nouveau l'abîme social qui le séparait du fils de Lorenzo Biscarrués, encore que cela ne manquait pas d'avoir sa logique : outre la transgression et l'adrénaline, le graffiti rendait possible une camaraderie inhabituelle dans d'autres milieux. Une espèce de légion étrangère clandestine et urbaine, anonyme derrière chaque tag, où personne n'interrogeait personne sur sa vie d'avant. Lita l'avait très bien exprimé autrefois, avec des mots que je n'ai jamais oubliés. Làbas, dehors, avait-elle dit, quand tu agites le spray, tu respires la peinture fraîche laissée par un autre tagueur sur le même mur comme si tu sentais sa trace, et tu as l'impression de faire partie de quelque chose. Tu te sens moins seule. Moins personne.

– Tu continues à suivre Sniper ?

– Bien sûr. Qui ne le ferait pas ?... De toute manière, j'essaye de ne pas faire de folies. L'histoire de Daniel m'a obligé à réfléchir. Ça a changé la donne. Aujourd'hui, j'agis plus à ma guise. Avec mon propre style.

– Tu crois qu'il est toujours en Espagne ?... Il pourrait être parti à l'étranger.

– C'est possible. Après tout, le père de Dani, ce mafieux, ce fils de pute, a juré de lui faire la peau. Mais je n'en ai pas la moindre idée. Il y a des pièces de lui qui apparaissent de temps en temps hors d'Espagne. Au Portugal, en Italie... Je suppose que tu es au courant. On en a vu aussi à Mexico et à New York. De belles choses, étonnantes. Supérieures. La classe !

– Et comment il fait ?

– Toujours normal, comme d'hab. Par Internet, surtout. Le bruit circule, tu sais. Mais suffit comme ça. Moins on en parle, mieux ça vaut.

– Tu sais qu'il y a eu d'autres morts, après celle de ton ami ?

Le bec d'oiseau a modulé une autre moue évasive. De nouveau inquiète.

– Les gens parlent beaucoup. Va savoir. Mais j'ai entendu dire qu'un graffeur s'est tué récemment à Londres en exécutant quelque chose de difficile.

– C'est exact, ai-je confirmé. Sur un des ponts de la Tamise. Incité par Sniper.

– Ça se peut… Ou non.

Le froid continuait de sévir sur la place, et nous nous sommes réfugiés dans un café : tapas sous la vitre sale du présentoir, calendriers avec des photos de footballeurs, miroir au mur. Quand j'ai ouvert mon blouson en m'accoudant au bar pour commander deux bières au garçon, SO4 a regardé mes seins avec un intérêt dénué de passion. Puis il m'a fait face.

– Tu as les yeux couleur ardoise, a-t-il dit, impavide.

J'ai pensé qu'on ne me les avait jamais décrits comme ça. Les jeunes comme lui avaient leur propre palette dans le regard : une manière d'interpréter traits et couleurs en rapport avec les surfaces physiques sur lesquelles ils peignaient. J'ai constaté qu'il restait détendu, loquace. J'en ai déduit qu'il aimait parler de ça. De simple bombeur de tags, il devenait pour un moment quelqu'un : camarade du jeune mort, témoin de son exploit à demi réussi, fan inconditionnel du chef de la secte. Je m'étais présentée comme une journaliste spécialisée dans l'art urbain, ce qui justifiait mes questions. En fin de compte, si on écrit sur les murs, c'est pour être quelqu'un. Je savais que la première signature de Sniper dans les rues datait de la fin des années quatre-vingt, d'abord simple paraphe au trait épais, évoluant ensuite vers un autre plus grand avec un très fort impact visuel, à mi-chemin entre le bubble style et le wild style, des lettres rouges avec des éclaboussures, le tout caractérisé par une mire de fusil télescopique sur le point du *i*. Ensuite, le logo s'était enrichi de formes figuratives placées entre les lettres, les séparant pour envahir, menaçantes, l'espace urbain, avant de passer à une étape plus complexe, où les figures avaient pris de l'importance, le nom s'était réduit à une simple signature, et les pièces avaient commencé à être accompagnées de phrases allusives et souvent énigmatiques. Un voyage de Sniper au Mexique, dans le milieu des années quatre-vingt-dix, qui semblait prouvé, avait introduit – sûrement sous l'influence du classique national Guadalupe Posada – des têtes de mort ou des squelettes qui, avec le cercle de franc-tireur et les phrases allusives, avaient fini par devenir fondamentales dans le style de Sniper. Et chaque pièce de ces diverses étapes avait été vue par les graffeurs comme une œuvre majeure au style agressif, puissant, que beaucoup avaient tenté d'imiter sans y parvenir. Il y avait quelque chose d'unique, y compris d'inquiétant, dans ce que Sniper laissait sur les enceintes des usines, les gares, les rideaux de fer ou les murs difficiles d'accès de bâtiments officiels, banques et grands magasins. Ses personnages étaient toujours des allusions originales, osées, avec un grand sens de l'humour, à des classiques célèbres : un crâne de Joconde à l'esthétique punk, une Sagrada Familia en têtes de mort avec un cochon de lait en guise d'Enfant Jésus, ou la Marilyn de Warhol avec des crânes à la place des yeux et un flot de sperme coulant de la bouche. Pour ne donner que quelques exemples. Tout ayant un air singulier, équivoque et passablement sinistre.

– À cette époque, il était déjà devenu une légende, a confirmé SO4. Il avait commencé à en être une à partir de son premier grand coup : il avait pu exécuter une pièce sur le flanc d'un wagon du métro qui passait à la station la plus proche de Santiago Barnabéu, exactement trente-cinq minutes avant le début d'une finale de la Coupe entre Barcelone et le Real Madrid… Tu te rends compte ?

– Difficile, je suppose.

– Beaucoup plus encore que ça. L'enfer, oui ! Il s'est gagné le respect de tous… Il se payait aussi toutes les tôles rouges qu'il voulait.

– Les tôles rouges ?

– Tu sais bien : les wagons de métro. C'était leur couleur, en ce temps-là.

Après un certain nombre de succès du même ordre, a-t-il poursuivi, imités à l'infini par tous les autres, Sniper s'était consacré à plus d'interventions à base de graffitis et d'objets provocateurs qu'il associait entre eux avec une imagination corrosive. Cette étape avait comporté l'introduction clandestine d'œuvres personnelles dans des musées et des expositions publiques : il appelait cela des *infiltrés*. Ça s'est produit à la même époque où Banksy, le célèbre graffeur de Bristol, commençait à faire un peu la même chose en Angleterre. Un stencil – un pochoir sur lequel on peignait avec un aérosol – qui montrait un squelette en décapitant un autre avait été exposé pendant trois heures dans une salle du Musée national d'archéologie, avant d'être repéré par un visiteur abasourdi ; et une étiquette d'Anís del Mono avec une tête de mort, collée sur une page de journal et dûment encadrée, avait tenu un jour et demi avant d'être retirée d'une salle du Musée national Reina Sofía où elle avait été accrochée clandestinement entre un photomontage d'une certaine Barbara Kruger et un collage, ou un machin comme ça, d'Ai Weiwei.

J'ai souri.

– Tu sais qui sont ces gens ?

SO4 a hoché négativement la tête avec un dédain délibéré. Nous nous voyions réciproquement dans la glace située derrière le serveur : sa tête dépassait à peine la hauteur de mes épaules. Les cheveux couleur paille contrastaient avec les miens, très courts et très noirs, semés de quelques mèches grises prématurées qui soulignent mes trente-quatre ans. Ou pas si prématurées que ça, me suis-je dit. Tout compte fait.

– Je ne sais pas et je me moque bien de le savoir, a-t-il dit après avoir bu une gorgée de sa bière. Moi, j'écris sur les murs… Je n'ai pas la moindre idée de qui est cette Barbara. Weiwei, je suppose que c'est un Chinois. Ou un type de par là.

Finalement, a-t-il continué à raconter, comme c'était à prévoir après le coup du musée Reina Sofía, un critique d'art influent avait mentionné Sniper en termes élogieux, utilisant l'expression *terroriste de l'art*, et le commentaire avait été répété dans plusieurs émissions de radio et même une fois à la télévision. Il ne s'était pas écoulé beaucoup de temps depuis les propos du critique avant que, comme c'était également prévisible, l'adjointe à la Culture de Madrid, non contente de déclarer les œuvres de Sniper patrimoine culturel de la ville, l'invite publiquement à participer à une exposition officielle de peinture en plein air, pour laquelle on avait choisi une friche industrielle dans la banlieue de la ville : art urbain, nouvelles tendances et tutti quanti.

– Toute cette saloperie pour des troupeaux de moutons… – Arrivé à ce point, il s'est arrêté, écœuré, en regardant vers la porte du café comme si lesdits moutons étaient en train de se bousculer derrière. – Des larbins du système. Qui vendent leur cul.

– Mais il n'a pas agi comme ils l'espéraient, ai-je fait remarquer.

– C'est là qu'il a été génial et qu'il continue de l'être. Il leur a pissé en pleine poire.

Après avoir dit ça, tout heureux de ce souvenir, il a rappelé l'exploit : celui qui avait achevé de faire de Sniper un personnage de légende par son refus de jouer le jeu de l'art de rue domestiqué. Sa réponse à l'adjointe avait été le mémorable et historique badigeonnage de tous les murs qui conservaient des œuvres de lui, suivi du bombage, durant cinq nuits consécutives, des socles de monuments historiques de la ville, cette fois rien qu'avec son tag pur et dur, parachevé le dernier jour par une action directe sur l'autobus touristique de la municipalité, qui s'est réveillé dans son garage avec ses quatre enjoliveurs décorés de la mire de fusil ; et, sur les flancs, les fameuses phrases.

J'ai décidé de feindre l'ignorance. De lui donner l'occasion de se faire valoir.

– Quelles phrases ?

SO4 m'a regardée, surpris, méprisant. De nouveau supérieur. Comme si la réponse était évidente et que je l'avais sous les yeux, incapable de la voir.

– Celles qui résument sa philosophie. Quelles autres, sinon ?… L'Évangile en quatorze putains de mots. Sur un côté du bus il a écrit : *Si c'est légal, c'est pas un graffiti*. Et sur l'autre : *Les rats ne font pas de claquettes*.

*

40

Dehors, il pleuvait, et à l'intérieur Chet Baker chantait. Ou plutôt susurrait. Sensuel, intime. C'était *It's Always You*. Pour le dîner, j'ai fait chauffer dans le micro-ondes un friand aux sardines – acheté dans une supérette de la rue Cava Alta, tout près de chez moi –, et je l'ai mangé en regardant le journal à la télévision : crise, grèves. Découragement. Manifestation du jour devant le Congrès des députés avec la police antiémeute cognant dans le tas et des jeunes en train de courir. Et des moins jeunes. Un retraité que les uns et les autres avaient successivement pris à partie regardait la caméra, bouleversé, sur le seuil d'un café – au coin du Paseo du Prado, m'a-t-il semblé –, le visage en sang. Salopards de fascistes, disait-il en s'étranglant. Sans spécifier lesquels. Autour, d'autres galopades. Flashballs et grenades fumigènes. Et aussi un policier que des manifestants, face cachée par des écharpes et des passemontagnes, parvenaient à isoler, le rouant de coups de poing et de pied. Les derniers, sur la tête. Et pan, et pan, et pan ! Son casque était tombé, ou ils le lui avaient pris, et l'on pouvait presque entendre les coups résonner. Et vlan, et vlan ! Encore et encore. Après ces images, avec un sourire mécanique qui semblait ne faire qu'un avec le maquillage, la présentatrice changeait de décor. Et maintenant – le même sourire, ravivé –, nous allons en Afghanistan. Bombe des talibans. En direct de notre correspondant. Quinze morts et quarante-huit blessés. Etc.

Une fois lavés l'assiette et les couverts, j'ai allumé l'ordinateur. Ces derniers jours, j'avais réuni une documentation puisée à différentes sources, Internet et archives personnelles, dans un dossier sous-titré *Sniper* ; notes ramassées sur Google, vidéos tirées de

YouTube, un documentaire des années quatre-vingt sur le graffiti madrilène intitulé *Écrire sur les murs*… Un des fichiers, appelé *Lex*, contenait ma thèse de doctorat d'histoire de l'art de l'Université Complutense de Madrid, remontant à quatre ans. *Le Graffiti : une cryptographie alternative*. J'ai jeté un coup d'œil aux premières lignes de l'introduction :

Le graffiti actuel est la branche artistique ou vandalistique, selon le point de vue adopté, de la culture hip-hop appliquée aux surfaces urbaines. Le nom désigne aussi bien la simple signature, ou tag, tracée au marqueur, que des œuvres sophistiquées qui entrent de plein droit dans le terrain de l'art ; étant entendu cependant que les auteurs de graffitis, quel que soit leur niveau de qualité ou de quantité, considèrent toute actuation de rue comme une expression artistique. Le mot vient du verbe italien graffiare, ou griffonner, et dans sa version contemporaine il est apparu dans les grandes villes des États-Unis à la fin des années soixante, quand les militants politiques et les bandes des rues ont utilisé les murs pour manifester leur idéologie ou marquer leur territoire. Le graffiti s'est développé surtout à New York, avec le bombing (bombage en langage de graffeurs) de murs et de wagons de métro avec noms ou surnoms. Au début des années soixante-dix, le graffiti était seulement une signature, et il est devenu une mode chez les adolescents qui ont commencé à écrire leur nom partout. En découla nécessairement une évolution du style dans le but de les différencier les uns des autres, ce qui ouvrit la voie à de nombreuses possibilités artistiques avec une variété de lettres, d'œuvres et de lieux choisis pour peindre. Marqueurs et aérosols facilitèrent l'activité. La réaction des autorités

renforça son caractère illégal et clandestin, ce qui eut
pour effet de rendre les auteurs de graffitis encore plus
accrochés à leur territoire et agressifs...

Maintenant ce bon vieux Chet susurrait une autre chanson. *The wonderful girl for me / Oh, what a fantasy...* J'ai regardé autour de moi, décontenancée, comme si, tout d'un coup, j'avais du mal à reconnaître ma propre maison. Sur les étagères et les tables où s'entassaient les livres d'art et de design – d'autres encore sont empilés dans le couloir et la chambre à coucher, obstruant le passage –, il y avait aussi quelques photos. Lita figurait sur deux d'entre elles. Sur l'une, sans cadre et placée contre les dos bleu et doré du *Summa Artis*, nous étions ensemble à la terrasse du Zurich de Barcelone, souriantes – il faut croire que c'était un jour de bonheur –, sa tête avec les cheveux coiffés en queue-de-cheval appuyée contre mon épaule. L'autre, ma préférée, était protégée par le verre d'un porte-photo, sur une pile de livres de grand format dont je me sers comme table d'appoint, couronnée par le *Helmut Newton* de Taschen et le *Street Art* édité par Birnam Wood : une photo de Lita prise de nuit, clandestinement, de médiocre qualité avec un éclairage déficient, posant devant le nez fraîchement peint de la motrice d'un train AVE[1] sur une voie de garage du dépôt d'Entrevías.

En Europe, le graffiti est venu des États-Unis, fortement associé au début à la culture musicale avec laquelle il maintient des liens puissants : rockers, heavies, musique black. Le Madrid des années quatre-vingt a été le foyer pionnier du graffiti autochtone espagnol,

---

1. Alta Velocidad Española : équivalent du TGV français.

d'où s'est détachée la figure légendaire de Juan Car-
los Argüello, un rocker du quartier de Campamento
qui signait Muelle; il est mort d'un cancer à l'âge de
vingt-neuf ans et la plupart de ses graffitis (à Madrid,
on en conserve seulement deux: un dans un tunnel du
chemin de fer d'Atocha et un au numéro 30 de la rue
Montera) ont été éliminés par les services de nettoyage
municipaux; mais son activité a inspiré une multitude
de continuateurs qui, au début des années quatre-vingt-
dix, devaient se répandre de façon quasi virale à partir
de Madrid et de Barcelone, cédant la place à un style de
graffiti plus complexe, directement inspiré de la culture
hip-hop américaine...

Je suis restée un moment à regarder la photo par-
dessus l'écran de l'ordinateur. Elle avait été prise par
un camarade de Lita avec un appareil Olympus muni
d'un flash de faible puissance, de trop loin, trop vite,
avant de partir en courant dans la crainte que l'éclair
– la preuve de l'exploit, destinée à l'album de chacun –
n'alerte les employés de la gare. Presque tout baignait
dans l'ombre, à part quelques lumières lointaines
et le brusque reflet du flash sur la peinture rouge et
noire qui couvrait l'avant de la motrice de signatures
répétées avec acharnement un nombre incalculable de
fois – il s'agissait d'une incursion rapide en territoire
hostile, sans intention de faire de l'art: *Sete9*, nom du
camarade d'aventure qui avait fait la photo, et *Espuma*,
le tag de Lita. Vêtue d'un jean et d'un bomber, les
cheveux rassemblés sous un foulard pour ne pas les
maculer de peinture, un sac ouvert et trois aérosols
par terre, elle posait un pied chaussé d'une basket sur
un rail, et les yeux rougis sous l'effet du flash joint au
manque d'éclairage autour la rendaient difficilement

reconnaissable, à l'exception de deux détails : son regard et son sourire. Ce regard rougi exprimait un étonnant bonheur concentré, intérieur, que je connaissais bien : je l'avais vu dans ses yeux quand nous nous regardions de très près, peau contre peau, recouvrant notre souffle après de tendres étreintes. Quant au sourire, il ne pouvait être confondu avec aucun autre, tant il n'appartenait qu'à Lita : absorbé, ingénu, presque innocent. Comme celui d'un enfant qui regarderait derrière lui en plein milieu d'un jeu compliqué et difficile, peut-être dangereux, en quête de l'approbation des adultes qui l'observent. Dans l'espoir d'un éloge ou d'une caresse.

L'interaction des diverses manifestations de l'art urbain tend à rendre confuses les limites entre le graffiti et les autres activités plastiques réalisées à l'air libre dans les villes. Pour l'essentiel, bien que matériaux et formes coïncident souvent, voire s'influencent mutuellement, ce qui différencie le graffiti pur d'autres activités en relation avec l'art urbain, plus ou moins tolérées ou domestiquées, est l'agressivité de son caractère individualiste, voué à la rue, à la transgression et à la clandestinité. On voit même l'expression « faire mal » figurer avec une fréquence étonnante dans les déclarations de certains des graffeurs les plus radicaux...

J'ai ouvert les volets pour sortir sur le balcon, où le froid m'a fait frissonner. Ou peut-être pas seulement le froid. La pluie avait cessé. Derrière moi, Chet susurrait toujours *Whenever it's early twilight / I watch 'til a star breaks through*, et trois étages plus bas, entre les branches dénudées des arbres, des réverbères jaunes éclairaient des voitures stationnées sur l'asphalte luisant. J'ai regardé à ma droite, vers les escaliers de l'arc de Cuchilleros, où se tassait la forme obscure et immobile d'un mendiant. *Funny, it's not a star I see / It's always you*. Puis j'ai levé les yeux vers le ciel noir dont l'éclairage nocturne de la ville effaçait les étoiles. De la corniche ou du balcon situés au-dessus de ma tête, une goutte de pluie tardive m'est tombée dessus, glissant sur ma joue comme une larme.

Quand je suis revenue à l'intérieur, il était onze heures et quart du soir. Malgré l'heure avancée, j'ai pris le téléphone et appelé Mauricio Bosque pour lui dire que j'acceptais le travail.

2

Si c'est légal,
c'est pas un graffiti

L'inspecteur principal Luis Pachón pesait cent trente kilos, de sorte que son petit bureau – une table avec ordinateur, trois chaises, un panneau sur le mur aux armes du Corps et un calendrier illustré de photos de chiens policiers – suffisait difficilement à contenir la corpulence de son occupant. La sensation de manque d'espace était encore augmentée par le fait qu'un des murs était décoré sur toute sa hauteur par une fresque exécutée à l'aérosol dans le style graffeur le plus violent. On encaissait un choc en entrant, la rétine agressée de tout près par une explosion de traits et de couleurs qui vous faisait passer à la vitesse de l'éclair de la surprise au désarroi. Derrière sa table couverte de papiers et de dossiers, les mains benoîtement croisées sur l'abdomen, Pachón guettait malicieusement l'effet produit par ce mur, jouissant des réactions de ceux qui entraient dans son bureau pour la première fois.

Mais ce n'était pas mon cas. Cela faisait des années que nous nous connaissions, quand je lui rendais de fréquentes visites pour ma thèse. Nous étions maintenant amis et presque voisins : nous mangions des tapas de morue frite arrosées de vin rouge au bar Revuelta à quelques mètres de chez moi. Il était sympathique, blagueur, et personne à la Brigade de l'information ne se rappelait l'avoir jamais vu de mauvaise humeur. Le graffiti du mur était une commande qu'il avait passée à un garçon arrêté au moment où il bombait un train dans la gare de Chamartín. «Mon gamin – il avait l'habitude de les appeler ses gamins – était sacrément bon, expliquait-il. Avec un wild style brutal, puissant. Et beaucoup de talent pour commettre des délits. Et donc nous sommes arrivés à un accord. Je te laisse filer, lui ai-je dit, si tu me décores ce mur. Il l'a exécuté en un quart d'heure, le temps que je descende prendre un café. Quand je suis remonté, j'ai donné au gamin une tape dans le dos, je lui ai dit qu'il avait fait du bon boulot et je lui ai montré la porte. Une semaine plus tard l'artiste atterrissait encore une fois ici – il avait salopé le monument de l'Ours et de l'Arbousier à la Puerta del Sol – et cette fois je lui ai mis ses sprays dans le cul : mille cinq cents euros d'amende, payés par son papa. Mais le mur est là. Génial. Les gens hallucinent, bien sûr. En entrant. Et quand on m'amène un graffeur alpagué en flagrant délit, ça le déstabilise beaucoup : il ne s'y attendait pas. Ça m'aide à lui saper le moral : Tu vois comme je suis capable de te comprendre, mon garçon. À moi, on ne me la fait pas. Et tout ça. »

– Sniper, ai-je dit, en m'asseyant.

Il a haussé les sourcils, pris de court par le laconisme de cette entrée en matière. J'avais pendu mon sac – les miens sont toujours grands, en cuir – au dossier de ma chaise et je déboutonnais mon blouson anglais en toile imperméable.

– Qu'est-ce que tu lui veux ?

– Je veux savoir où il est.

Il est parti d'un éclat de rire joyeux et bienveillant. Sa marque de fabrique.

– Eh bien, quand tu le sauras tu me le diras. – Jusqu'à son double menton était agité par le rire, tandis qu'il me regardait, ironique. – Et ensuite on ira trouver ensemble Lorenzo Biscarrués et il nous couvrira d'or... Il a promis de payer une montagne de blé à celui qui lui donnerait une piste concernant ce type.

– Tu veux dire que tu n'as pas la moindre idée d'où il se trouve ?

– Pour être exact, et avec la rigueur professionnelle qui me caractérise, je confirme que je n'en ai pas la moindre putain d'idée.

– La police n'a rien contre lui ?

– Pas à ma connaissance. Et la police, c'est moi. Et tout ce que je représente.

Même pas après l'histoire du fils Biscarrués ?

– Même pas. C'est comme pour le reste. L'affaire du gamin a fait plus de bruit parce qu'il était ce qu'il était ; mais avant lui, il y en avait eu d'autres.

– Celui qui est la cause de la cause, dit la loi, est la cause du mal causé...

Pachón a émis un claquement de langue pour manifester le peu d'estime dans lequel il tenait ce principe juridique et d'autres du même acabit.

– Nous nous sommes creusé la cervelle en cherchant un motif pour le coincer. Pour qu'il paye ce qu'il a fait à ce gosse. Tu peux imaginer la pression que le père a exercée sur nous... Mais rien. La responsabilité de Sniper n'est que relative. Elle ne tient pas juridiquement. Il n'agit pas, il n'accompagne pas. Il parle d'objectifs, et ensuite chacun y va ou n'y va pas. Il ne s'y rend même pas en personne. Ou, du moins, ce n'est pas dans ses habitudes. Les réseaux sociaux rendent les choses faciles.

– Et le père ?… Quelle est sa situation au regard de la loi, dans tout ça ?

– Il ne s'est jamais exprimé publiquement. Tout le monde sait qu'il fait agir ses relations, et il n'en manque pas, pour trouver celui qu'il considère comme l'assassin de son fils. Il l'a juré sur les cendres du gosse et il ne lâche pas le morceau… Mais le dossier reste ouvert. Nous ne savons pas sur quoi ça débouchera.

– Et, en plus, Sniper n'est même pas en Espagne.

– C'est ce qu'on dit. – Il m'a scruté, curieux, évaluant le niveau de mes informations. – Mais en réalité, comme je te l'ai dit, personne n'en sait rien.

– Pourtant j'ai vu des choses sur Internet. La Tamise… Ou le pont Metlac de Veracruz, au Mexique. Il y a quelques mois.

– Ça se peut, a-t-il confirmé après quatre secondes de pause. Des douzaines de gamins jouant leur vie et un gosse de quinze ans mort en tombant dans le vide… On attribue l'initiative à Sniper, mais personne n'a rien pu prouver. On ne peut même pas établir qu'il était présent cette fois-là. Mais c'est sans importance. Il suffit que le bruit coure que la suggestion vient de lui, et ils y vont tous. Aucun ne veut rater ça.

Je me suis souvenue des images de Veracruz : des gosses extrêmement jeunes se filmant mutuellement en vidéo pendant qu'ils progressaient très lentement le long de l'étroite corniche du pont, collés au mur de béton. Peignant avec leurs aérosols sans réelle possibilité de se détacher du mur, car le moindre faux mouvement pouvait les précipiter dans le vide. Des graffeurs de tout le Mexique étaient accourus en masse, convoqués, croyait-on, par Sniper pour manifester sur ce pont leurs opinions sur la violence meurtrière du narcotrafic.

– Et en ce qui concerne le Portugal ?

Pachón a contemplé ses mains, un léger sourire aux lèvres.

– D'aucuns affirment qu'il s'y est réfugié quand Biscarrués a mis sa tête à prix, mais on n'en a aucune preuve. D'ailleurs ce n'est pas de mon ressort. – Il a levé la tête pour m'adresser un regard complice. – Je suppose que tu veux parler de ce qui s'est passé dernièrement à Lisbonne.

– Oui. La Fondation Saramago et le reste, il y a deux mois.

Il s'est gratté le nez sans se départir de son sourire placide. C'était avec ce même sourire qu'il arrêtait les auteurs de graffitis dans la gare d'Atocha, après les avoir reconnus d'un quai à l'autre – c'était facile, car ils déambulaient avec un sac à dos en regardant de tous côtés à la recherche d'un endroit où peindre –, tout comme eux-mêmes le reconnaissaient. Hé, Untel ! leur criait-il. Je suis Pachón et ton compte est bon. Je t'attends au commissariat demain à neuf heures. Et, le lendemain matin, ils y étaient. Résignés. Ponctuels. Dans des albums et dans l'ordinateur trônant sur sa table, Pachón conservait des centaines de photographies qui représentaient autant de signalements de graffeurs au vu de leur seule calligraphie. Après toutes ces années, il était capable de les identifier à leur écriture et à leur style, même s'ils ne signaient pas leurs œuvres ou changeaient de tag. Celui-là est Pocho, qui vient d'Alcorcón. Cet autre est U47, qui imite Pocho. Et ainsi de suite.

– À Lisbonne, c'était un jam, une party de graffeurs au plus haut niveau. On a dit que ça venait de lui et qu'il y était en personne, organisant l'événement. Le bombage. Cette fois, par chance, sans catastrophe. J'ai pris contact avec mes collègues sur place, pour voir s'ils avaient quelque chose d'intéressant à me communiquer ; mais ça s'est passé comme toujours : tout le monde a parlé de lui, mais personne n'a rien apporté de concret… Celui qui écrit sur les murs est comme un pyromane : il lui faut rester à proximité, pour jouir de ce qu'il a fait. Mais avec Sniper, c'est différent : il n'agit jamais selon les paramètres habituels. Il est imprévisible.

– Tu peux m'avoir un contact à Lisbonne ?

– J'y ai un ami, si ça t'intéresse. Pour qu'il t'en dise davantage. Il s'appelle Caetano Dinis. *Diretor General de Luta contra os Mais Fabulosos Grafitis do Universo Mundo*, ou quelque chose comme ça… Ou pour faire plus court : Département de conservation du patrimoine.

– Policier ?

– Fonctionnaire. De haut niveau.

– Ça me va.

– Dans ce cas, prends note.

J'ai noté le nom du Portugais, et Pachón m'a promis de l'appeler pour préparer la voie.

– Tu crois vraiment que Sniper se cache au Portugal ? lui ai-je demandé.

– Je crois qu'il pourrait y être. Ou y avoir été. Des souris lisboètes, As Irmãs, disent qu'elles sont parvenues à le voir au moment du coup de Saramago… Qu'elles l'ont accompagné une nuit.

J'ai acquiescé. Je savais qui étaient As Irmãs. Elles avaient exposé dans des galeries importantes, avec succès. Et elles comptaient, sur Internet. Elles faisaient partie de ces chanceuses qui montaient, à mi-chemin entre l'art illégal et le marché qui les regardait avec toujours plus de complaisance. Elles n'étaient pas de ces opportunistes qui ont besoin de mentir pour se donner de l'importance.

– D'où te vient tant d'intérêt pour Sniper ? s'est enquis Pachón.

– Je prépare un livre sur le graffiti.

– Ah.

Il a regardé, songeur, le classeur qui se trouvait sur le mur opposé à celui de la fresque. Dessus, en manière de trophées, trônaient une demi-douzaine d'aérosols de modèles classiques : Titan, Felton, Novelty. Tous usagés et avec des taches de peinture. À sa façon, Pachón était un chasseur de scalps. Ce travail lui tenait à cœur. Très fortement.

– À Lisbonne, les graffeurs sont très bien organisés, a-t-il dit. Il y serait bien accueilli et ils l'aideraient à trouver des planques.

– Vous continuez à ne pas savoir qui il est ?

– Nous continuons.

– Dis-moi plutôt la vérité. Ne me fais pas marcher.

– Je te dis la vérité, a-t-il protesté. On estimait que Sniper avait un peu plus de quarante ans. Grand, mince. En bonne forme physique, car il avait plus d'une fois échappé grâce à ses jambes aux vigiles et aux flics, franchissant des obstacles de toute nature. Et ça s'arrêtait là. Plus un petit nombre de vieilles photos floues et de vidéos de surveillance montrant un type portant capuche en train de bomber des wagons de métro, quelque chose au musée Thyssen et une vidéo d'amateur tournée voilà quinze ans où on le voyait de dos, à trois heures du matin, couvrant du cercle de franc-tireur les vitres d'une succursale du BBV sur le Paseo de la Castellana à Madrid.

– Et réellement, vous ne l'avez jamais arrêté ?

– Ça aurait été plus facile au début, mais personne ne l'a fait. Quand un type commence à écrire sur les murs, c'est facile de le localiser. On vérifie où il habite en étudiant ses tags, parce qu'ils forment une sorte de toile d'araignée qui part de chez lui. Et on peut donc la remonter en sens inverse, comme pour les traces de sang d'un assassin. Parfois, on trouve sa signature sur son porche, dans l'escalier et jusque sur la porte de son appartement… Mais comme je te l'ai dit, ça ne marche qu'avec les débutants. Et, à cette époque de sa vie, Sniper a eu beaucoup de chance.

Il a délibérément observé une pause pour sourire, et le sourire démentait cette dernière affirmation. Selon qui l'on est et comment on se comporte, ai-je interprété, une bonne part de la chance, on se la forge soi-même. À la force du poignet.

– Il y a eu un temps où on aurait pu aisément lui mettre le grappin dessus, a-t-il poursuivi. C'était au milieu des années quatre-vingt-dix, quand il était obsédé par le métro et les trains… Si nous avions pu le prendre alors, nous aurions recouru au truc qui consiste à exagérer les dégâts causés et à le faire plonger pour dégradations réitérées, atteinte aux biens d'autrui et autres délits du même acabit.

– Quelle est la différence ?

– Ça faisait passer l'affaire d'une simple infraction à un délit… Mais nous n'avons jamais pu le choper. Il était malin, le bougre. Très méthodique et très malin. On dit que lorsqu'il s'occupait des trains, il allait même jusqu'à faire des maquettes pour préparer les interventions. Il a fini par être un expert en horaires de banlieue. À cette époque, il utilisait d'autres graffeurs en les organisant parfaitement. Pour ces attaques massives, il lui est arrivé de réunir dix ou douze collègues… La tactique était quasi militaire. *Quasi* est même de trop. De véritables opérations de commando, planifiées à la minute près.

Il a appuyé sur le bouton de l'interphone et a prié son assistante de lui apporter un album de photos. L'assistante était une blonde – décolorée – dont les longues jambes frisaient le spectaculaire, portant une plaque de police, ainsi qu'une gaine de pistolet vide à la ceinture de son jean ; et, quelques centimètres plus haut, une anatomie à couper le souffle. Ça amusait Pachón de me la promener sous les yeux comme il en avait l'habitude quand il recevait des visiteurs mâles. L'assistante – prénommée Mirta – se laissait faire, complaisante ; et les jours où elle portait un décolleté, elle collaborait en se penchant un peu plus que nécessaire au-dessus de la table. Mirta a apporté l'album, m'a adressé un sourire complice et moqueur avant de quitter le bureau, les yeux de Pachón mélancoliquement rivés sur ses hanches.

– C'est comme ça tous les jours, a-t-il soupiré. Tu te rends compte, Lex ?

– Je me rends compte.

– La vie est dure pour un serviteur de la loi.

– C'est ce que je vois.

Pour éloigner les tentations, il a levé la main où luisait son alliance et s'en est servi pour feuilleter les pages de l'album. Des trains en veux-tu en voilà, des wagons de métro peints de bout en bout. End-to-end, c'était ainsi, je le savais, qu'ils appelaient ça. Dans le langage des graffeurs, cela signifiait sur toute la longueur. Peindre des wagons de bas en haut, fenêtres comprises, se disait top-to-bottom. Le graffiti avait son parler spécifique nourri d'anglais et d'autres langues, aussi précis que celui des militaires ou des marins.

– Sniper est entré dans l'Histoire en 1995 pour avoir inventé le coup du signal d'alarme. – Pachón indiquait d'un doigt grassouillet plusieurs photos. – Après avoir étudié les trajets et décidé du lieu, il montait dans le train. Et quand il arrivait au point où les autres l'attendaient en embuscade, il tirait le signal d'alarme, arrêtait le train, descendait du wagon, et ils le bombaient de l'extérieur, au nez et à la barbe des voyageurs – lui et la demi-douzaine de tagueurs supplémentaires… Après quoi ils prenaient le large à toute vitesse.

Du doigt, il indiquait des images correspondant aux premiers wagons de train et de métro peints par Sniper. J'ai dû reconnaître que certaines pièces étaient remarquables. Exécutées en lettres énormes, sanguinolentes, merveilleusement tracées avec un embout fat cap. À la limite de la férocité.

– Il a toujours été agressif, jusque dans son style, a précisé Pachón. Il préférait qu'on l'appelle vandale plutôt qu'artiste.

– Et pourtant, il était bon. Dès le début.

– Très bon.

J'ai étudié d'autres photos. Il y avait quelquefois une légende. *Seul un autre tagueur peut me juger*, annonçait l'une d'entre elles sur un fond couleur argent, au-dessous d'une main ouverte, les doigts maculés d'un rouge sang éclatant. *Chiez à côté du trou!* suggérait une autre, comminatoire. Près du tag de Sniper figurait parfois une seconde signature : *Topo75* – Taupe75 –, m'a-t-il semblé lire. Du travail bâclé, ai-je supposé. Et, probablement pour cette raison, médiocre. Les meilleures pièces étaient individuelles ; celles qui portaient la marque circulaire, blanche et noire, du franc-tireur. J'ai remarqué qu'on n'y voyait pas encore de squelettes peints, ni ces funèbres et humoristiques têtes de mort mexicaines qui allaient devenir son principal motif. Tous ces travaux étaient antérieurs.

– L'affaire des trains, ça devenait plus grave, a dit Pachón. Et les gens de la RENFE en devenaient fous de rage. De plus, cette fois, l'infraction passait bien au stade du délit : arrêter un train devenait passible d'une inculpation pour désordre public, séquestration de voyageurs et même coups et blessures. À plusieurs reprises, un voyageur est tombé par terre et s'est cassé quelque chose.

Il a regardé de nouveau, pensif, les aérosols usagés exposés sur le classeur. Son sourire s'était fait mélancolique.

– Si nous l'avions pris à ce moment-là, au moins nous l'aurions fiché… Nous aurions gardé ses empreintes digitales et sa photo. Mais même pas ça.

Il ne semblait pas le regretter à l'excès, ai-je décidé avec une certaine surprise. En réalité, mélancolie ne signifie pas toujours lamentation. Je me suis demandé jusqu'où allait l'ambiguïté des sentiments qu'éprouvait Pachón à l'égard de Sniper.

– Et aucun de ceux que tu as arrêtés ne l'a jamais identifié ?

– Très peu ont vu son visage. Quand il opérait, il était toujours couvert d'une capuche ou d'un passe-montagne. Et puis il inspirait, et il continue, d'étonnantes loyautés : les quelques-uns qui le connaissent se refusent à toute confidence. Ce qui, naturellement, attise la légende… Nous avons eu seulement confirmation qu'il est madrilène et a vécu un temps dans le quartier d'Aluche. Et ça, parce que son unique compère connu, un garçon qui signait *Topo75*, était de là et y habitait aussi à l'époque.

J'ai désigné l'album de photos.

– Celui qui ne terminait pas le travail ?

– Lui-même. Ils ont commencé ensemble à la fin des années quatre-vingt, mais ils se sont séparés vers quatre-vingt-quinze… Tu sais qui étaient les *flecheros* ?

– Bien sûr. Ceux des graffitis d'ici, des Madrilènes. Suiveurs du légendaire Muelle : Bleck le Rat, Glub, Typhoon et les autres… Ils signaient d'une flèche sous le nom.

– Exact. Eh bien, au début, Sniper en faisait partie. Avant de se mettre à son compte.

– Et le dénommé Topo ?… Il est toujours en activité ?

– Il s'est recyclé en artiste normal, mais sans grand succès.

– Je n'ai jamais entendu parler de lui.

– C'est pour ça que je dis qu'il n'a guère eu de succès. Aujourd'hui, il tient une boutique d'aérosols, de marqueurs, de tee-shirts personnalisés et autres articles du même genre. Parfois il peint des rideaux métalliques de magasins, des *closed*, comme ils disent, pour des commerçants qui souhaitent les protéger de graffeurs incontrôlables, ou des murs de collèges de la périphérie… Radikal, c'est le nom de la boutique. Rue Libertad.

J'ai tout noté sur mon carnet.

– Lui, naturellement, a réussi à le connaître. Bien que, pour ce que j'en sais, il n'ait jamais rien dit concernant son identité… C'est un autre exemple typique de ces loyautés dont je te parlais : quand tu mentionnes devant lui la possible identité de Sniper, il devient muet comme une carpe.

Je me suis levée, j'ai mis le carnet dans mon sac et chargé celui-ci sur mon épaule. En me demandant jusqu'à quel point Pachón lui-même pouvait participer à ces singulières loyautés qu'il évoquait. En fin de compte, ai-je conclu, il n'est pas de chasse qui ne finisse par marquer le chasseur. Sans bouger de son siège, il a accentué son sourire débonnaire, en manière d'au revoir. Pendant que j'enfilais mon blouson, j'ai désigné le mur qui portait la fresque.

– Vraiment, ça ne te donne pas la migraine d'avoir ça à trois mètres de tes yeux ?

– Eh bien, non, figure-toi. Ça m'aide à penser.

– Penser ? À quoi ?

Il a soupiré avec une tranquille résignation. Dans son demi-sourire est passé comme un bref éclair, à la fois sympathique et malicieux.

– À ce qu'il me manque encore quatorze ans pour atteindre la retraite.

Je l'ai embrassé sur les deux joues et j'ai gagné la porte. J'y arrivais, quand Pachón a ajouté :

– Ce type, Sniper, il a toujours été différent des autres… Il suffit de voir l'évolution de ses pièces. Il a tout vu clairement depuis le début. Il avait une idéologie, tu comprends… Ou il a fini par en avoir une.

Je me suis arrêtée un moment sur le seuil, intéressée. Je n'avais jamais considéré l'affaire sous cet angle.

– Une idéologie ?

– Oui ? Tu sais : ce qui t'empêche de bien dormir la nuit… Je suis convaincu que Sniper a toujours été de ceux qui dorment mal.

Ce gros futé sait qui est Sniper, ai-je soudain pensé. Ou il le subodore. Mais il ne me le dit pas.

*

Eva dormait près de moi, sur le dos, respirant doucement. J'ai observé un moment son profil immobile, la perspective du haut de son corps que dessinaient

59

les lumières de la rue. Le réveil de la table de nuit indiquait 1 h 43. J'avais mal à la tête – nous avions bu une bouteille entière de valquejigoso au dîner –, aussi me suis-je levée pour aller chercher une aspirine effervescente et un verre d'eau. J'ai trouvé le tube dans la petite armoire de la salle de bain d'Eva, j'ai retiré les brosses à dents du verre en plastique et ouvert le robinet du lavabo pour laisser l'eau couler. J'étais nue, les pieds à même le parquet, et les radiateurs répandaient une douce chaleur dans l'appartement. Pendant que l'aspirine se dissolvait, je suis retournée, le verre à la main, dans la chambre à coucher. J'ai de nouveau regardé Eva endormie et suis allée à la fenêtre. La rue San Francisco venait mourir à quelques pas sur la place de l'église du même nom. L'appartement était au premier étage et la lumière d'un réverbère proche entrait directement par la fenêtre. J'ai écarté les rideaux pour jeter un regard au-dehors et, un instant, j'ai aperçu la flamme d'une allumette ou d'un briquet dans une des voitures stationnées en face. Un couple qui se sépare, ai-je pensé sans trop m'y attarder. Ou un voisin couche-tard qui vient de se garer et allume une cigarette avant de monter chez lui.

J'ai bu l'aspirine après l'avoir fait fondre, j'ai reposé le verre et suis restée un moment à contempler Eva. La lumière de la rue, tamisée par les rideaux, soulignait ses formes sur le lit dont les draps, encore froissés et sens dessus dessous, sentaient mon odeur et la sienne, qui imprégnait aussi mes lèvres, mon sexe et mes mains. L'odeur de notre chair, de notre salive et de notre épuisement. Et aussi de l'amour intense, de l'abnégation avec laquelle elle se livrait à moi. De l'abandon délicat et généreux de sa peau douce. De ses jalousies instinctives, alimentées par la peur continuelle de me perdre.

De tout ce que, enfin, elle déployait devant moi avec une soumission absolue, excessive parfois, à laquelle je ne pouvais répondre que par ma fidélité sentimentale – au sens moral du terme – et par mon efficacité physique dans les moments d'intimité. Avec la certitude quasi anesthésiante que je ne pouvais avoir meilleure compagnie dans cette étape de ma vie. Son sens de l'humour et son intelligence étaient remarquables, et son corps frêle, attirant, délicieusement modelé pour ses vingt-neuf ans, m'offrait toute la tendresse et la jouissance qu'une femme peut attendre d'une autre. Depuis huit mois, tout se passait comme si nous formions un couple, même si chacune avait son propre chez-soi et ses propres habitudes. Exiger de moi que je l'aime, en employant ce mot au sens conventionnel du terme, c'était une autre affaire. Un autre paysage. Et ce n'est pas le lieu ici de détailler les paysages.

Avec un tel mal de tête, je n'avais plus sommeil. J'ai donc pris un peignoir dans la salle de bain et suis allée dans le bureau d'Eva pour m'asseoir devant l'ordinateur. Pendant une heure, j'ai navigué sur Internet en suivant une fois de plus la trace de Sniper. Il y avait des références à son étape initiale avec Topo, à la fin des années quatre-vingt : on pouvait donc rencontrer des photos de certaines de ses pièces d'alors. Wagons de train et de métro, enceintes, murs. En les classant dans l'ordre chronologique, il était possible de suivre l'évolution du simple graffiti des débuts vers les pièces plus compliquées, corrosives, débordantes d'imagination qu'il avait laissées au cours de la dernière décennie. À partir du milieu des années quatre-vingt-dix, la présence dans son œuvre de têtes de mort mexicaines attirait particulièrement l'attention. Un voyage là-bas, précisait une des légendes. Découvertes fascinantes, couleurs impossibles et violence crue. Le Mexique. Ces dessins de squelettes désormais fréquents, près de la mire du franc-tireur ou se substituant à des visages connus d'œuvres classiques qu'il aimait parodier avec des messages alternatifs, donnaient un aspect sinistre à ses œuvres de la rue. Et le terme *terrorisme urbain* vous venait à l'esprit avec une facilité inquiétante. Une vidéo sur YouTube présentait les quelques rares images connues de Sniper en action : datée d'avril 2002, la prise de vue grise et floue d'une caméra de vidéosurveillance montrait un homme mince et plutôt grand, la tête couverte d'une capuche de survêtement, qui se servait d'un pochoir découpé dans du carton et d'un aérosol pour imprimer rapidement sur un mur du musée Thyssen une reproduction stylisée du *Changeur et sa femme* de Marinus van Reymerswaele, où les visages des deux personnages avaient été remplacés par des têtes de mort et les pièces de monnaie par des mires de franc-tireur. Conscient de la présence de la caméra, et en manière de défi, Sniper s'était encore permis de parachever sa pièce par une ligne en forme de flèche peinte sur le sol, qui allait de la caméra à l'œuvre sur le mur. Comme pour indiquer à l'objectif dans quelle direction exacte il devait être braqué.

J'ai imprimé certaines choses intéressantes – parmi elles, des détails sur sa récente prestation à Lisbonne qui avait fait beaucoup de bruit là-bas –, j'ai éteint l'ordinateur, et je suis retournée dans la chambre. Eva dormait toujours. Avant d'ôter mon peignoir et de m'allonger pour me coller à elle, je suis allée de nouveau à la fenêtre et j'ai contemplé la rue déserte. À l'intérieur de la voiture où j'avais vu tout à l'heure jaillir la flamme d'un briquet ou d'une allumette, j'ai cru voir une ombre bouger. Je suis restée un moment à épier pour en avoir la confirmation, mais je n'ai rien remarqué de plus. J'ai supposé que j'étais le jouet de mon imagination. J'ai donc laissé retomber le rideau et suis allée dormir.

*

J'ai toujours aimé la rue Libertad, et cela va bien plus loin que son nom. Elle est au centre de Madrid, au cœur d'un quartier populaire, jeune et sans chichis, à mi-chemin entre une ambiance où l'on aime boire et une tradition antisystème. On y trouve des boutiques de tatouage, des herboristeries, des commerces chinois ou de cuirs marocains et des librairies féministes radicales. Comme le reste de la ville, la zone a été victime de la dernière crise économique : certaines boutiques demeurent fermées, avec des prospectus publicitaires qui s'entassent dans la poussière du sol de l'autre côté des rideaux de fer, des portes vitrées sales et des devantures désespérément vides. Sur leurs vitres se superposent des couches d'affiches collées qui annoncent des concerts de Manu Chao, du groupe Ojos de Brujos ou des Black Keys. Voilà, plus ou moins, pour la couleur locale. L'atmosphère. À part ça, la seule chose qui semble ici véritablement prospère, ce sont les cafés. Radikal, la boutique de Topo75, était encadrée par deux d'entre eux et faisait face à un troisième. Je l'ai étudiée le temps de deux demis. Puis je suis entrée et j'ai abordé le propriétaire.

– Pourquoi Topo ?

– À cause du métro de Madrid qu'on appelle « la taupe ». J'aimais écrire dedans.

– Et le chiffre ?

– C'est l'année de ma naissance.

C'était un type maigre, dégingandé, menton fuyant et nez proéminent. Des pattes hirsutes rejoignaient l'épaisse moustache, mais la chevelure commençait à s'éclaircir. Il avait des yeux petits et tristes couleur gris souris. Nous avons d'abord parlé d'un peu de tout – je l'avais questionné, histoire de démarrer, sur la qualité de quelques marques d'aérosols et d'embouts –, et, très vite, j'ai orienté la conversation sur Sniper. À ma surprise, il ne s'est pas montré soupçonneux. Il m'a demandé de but en blanc ce qui m'intéressait chez lui, et je le lui ai dit. Je prépare un livre, etc. Et pourquoi s'adresser à lui ? a été sa seconde question.

– Parce que toi aussi, tu es dedans, ai-je menti. Il y a eu un temps où, à vous deux, vous écriviez l'Histoire. Ensemble.

La réponse a paru lui plaire. Nous étions parfois interrompus par un client en quête de ceci ou de cela, et Topo s'excusait pour aller le servir. Un jeune livreur, cheveux taillés à la Mohican, a débarqué en catastrophe parce que sa camionnette était mal garée et est reparti avec une bombe Hardcore argent chromé et une autre bleu arctique. Quatre gamins entre dix et quatorze ans ont vidé leurs poches pour s'équiper de marqueurs Krink à traits épais destinés de toute évidence à barbouiller leur collège et ses alentours dans les jours à venir. Un homme bien habillé, bon chic bon genre, est entré accompagné de son fils de quinze ans et lui a permis de choisir une douzaine d'aérosols des marques les plus chères, que le père a payés avec une carte de crédit. J'ai mis à profit ces interruptions pour étudier le magasin et son patron : étagères pleines de sprays, d'albums de graffitis, de marqueurs, et de casquettes, tee-shirts et sweaters sur lesquels étaient imprimés des logos de marques, des feuilles de marijuana, des symboles anarchistes ou des slogans antisystème. Mon attention a été attirée par un tee-shirt sacrilège sur lequel on voyait la Vierge Marie enceinte avec la légende : *Elle a bien dû faire quelque chose.*

– Sniper et moi, nous avons grandi dans le quartier d'Aluche, a fini par me raconter Topo quand nous avons abordé le cœur du sujet. Nous aimions la même musique et écrire sur les murs. C'était le temps de La Polla Records, du Baron Rouge... Nous essayions nos tags sur des cahiers du collège, puis nous allions les bomber partout. À cette époque, nous étions des *flecheros.* Nous signions sous les tags de Muelle, en imitant sa spirale : marqueurs Edding, Posca, Pilot, colles Cameleon, un max de laques à pulvériser... Nous bombions des affiches, des wagons, nous rayions des vitres. Nous mettions le bordel partout. L'idée était que les gens parlent de nous sans jamais savoir qui nous étions. Nous y gagnions des calottes de nos professeurs et des raclées de nos parents en revenant à la maison... Et aujourd'hui, rends-toi compte, il y a des pères qui viennent avec leurs fils acheter des sprays. Même des gamins de bonne famille, comme tu as vu. Avec leurs papas. Tout a drôlement changé.

Il était intarissable, Topo. Maintenant il s'appelait autrement, il avait un nom et un prénom. Il m'a même donné sa carte, avec la raison sociale de la boutique. C'était toujours le même tag, celui qui représentait une taupe, et j'ai trouvé qu'il s'accordait bien avec ses yeux gris et son profil semblable à un museau pointu. Avant de me présenter chez lui, je m'étais informée à fond sur ses antécédents : tentative, postérieure à Sniper, de se livrer à un art de la rue qui lui soit propre, participation à des initiatives de la municipalité qui n'avaient jamais été très loin, workshops subventionnés de formation pour jeunes artistes, talent et œuvre médiocres, recherche de galeristes, sans beaucoup de chance, échec. Certains, comme Zeta, Suso33 et quelques autres de la même époque que lui y étaient parvenus : ils s'étaient intégrés et avaient décroché le succès, sans pour autant abandonner tout à fait la rue. Topo, non. Cela faisait dix ans qu'il ne s'approchait plus illégalement d'un mur, un aérosol à la main. Sur le présentoir, il y avait des brochures vantant les autres services de la maison. J'y ai jeté un coup d'œil : décoration de graffitis sur des garages et des rideaux de fer, et même des spécimens de maquillage et de tatouages. Malgré les couleurs radicales, il se dégageait de l'ensemble une odeur civilisée, cela sentait la résignation, la nécessité de gagner de quoi manger tous les jours. Au prix d'une vie totalement domestiquée.

– Un aérosol coûtait six cents pesetas, a poursuivi Topo. Alors nous volions le matériel dans des quincailleries. Lorsque nous avons commencé à nous lancer dans des réalisations compliquées, nous modifiions les embouts pour obtenir des traits plus larges. Ensuite sont venues des peintures avec davantage de couleurs, une meilleure pression et plusieurs types de valves pour contrôler le jet de peinture : Felton, Novelty, Dupli-Color, Autolac... Avec ça, nous faisions de vraies merveilles. Nous mélangions nous-mêmes les couleurs, en congelant un des sprays. Ça nous a permis de faire en vingt minutes des pièces qui, avant, nous prenaient une heure. Sniper aimait écrire en bubble style, tons bleus et fond violet ou rouge, avec des lettres bordées de noir. Et il utilisait des blancs et des argents du tonnerre. Pour ça, il était formidable. Et tu sais qu'il est gaucher ?... Ces blancs et ces argents lui ont valu une sacrée réputation. Au début, il signait *Quo*, parce qu'il aimait les Status

Quo : *In the Army Now*, et des chansons comme ça. Puis il a eu l'idée de Sniper.

– Vous observiez des règles, ou vous alliez à votre fantaisie ?

– Plusieurs fois nous avons accompagné Muelle, qui était très strict. Très noble. Muelle nous a dit quelque chose que nous n'avons jamais oublié : « Nous rendons à la ville l'oxygène que lui ont volé les sprays qui ne contiennent pas de peinture. » Pour lui, c'était aussi une question de respect. Savoir où on pouvait peindre et où il ne fallait pas. Le graffiti est un monde en marge de la loi, mais il a ses lois que tous connaissent. Respecter des monuments publics, savoir qu'on ne tague pas sur la pièce d'un autre, à moins de vouloir déclencher une guerre… J'étais plutôt prudent là-dessus, mais Sniper ne respectait presque personne, et quand il était lui-même toyé par d'autres, ça glissait sur lui comme sur les plumes d'un canard.

Il a esquissé une faible grimace qui a découvert ses dents, et le gris souris de ses yeux a semblé s'éclaircir un peu.

– « Je peins pour savoir qui je suis et par où je passe », disait-il. « Je peins pour qu'on sache comment je ne m'appelle pas. » – La grimace s'est faite éloquente. – Il était fortiche, question phrases.

– Il avait quelque chose à exprimer, j'imagine. Ou il croyait l'avoir.

– Tous ceux qui écrivent sur un mur ont quelque chose à exprimer : savoir qui on est et faire en sorte que les autres aussi le sachent. On n'écrit pas pour un public, mais pour les autres qui écrivent comme toi. Nous avons tous droit à une demi-minute de célébrité… Sniper a compris très tôt ce qu'il y avait de fugace, contrairement à moi. Ça me faisait chier qu'on nous salope notre travail. Son génie a été de travailler justement pour l'éphémère. *Trente secondes sur Tokyo*, qu'il disait. Il adorait ce film et il affirmait que c'était en réalité un film sur les graffeurs. Il était impressionné par la mort de tous ces aviateurs. Il me l'a fait regarder mille fois en vidéo. L'autre était *De la bouche du cheval*, avec Alec Guinness qui jouait un peintre anglais. Un sacrément bon film, il faut dire. En tout cas, nous sortions toutes les nuits en rêvant de gares de chemin de fer et de wagons de métro. En quête de nos trente secondes sur Tokyo.

– Tu as des photos de cette époque ?

– Avec Sniper ?… Tu rêves ! Il ne laissait jamais personne le prendre en photo.

– Pas même les amis ?

– Pas même eux. Et il faut dire aussi qu'il n'en avait pas beaucoup.

– C'était donc un solitaire.

– Pas exactement. – Topo a réfléchi un instant. – Il était plutôt comme un parachutiste, comme s'il était tombé d'ailleurs… Du genre de ceux qui, au fond, si tu creuses un peu, n'appartiennent pas au groupe auquel ils semblent appartenir.

C'est l'heure de la fermeture, a-t-il annoncé après avoir regardé sa montre. Et donc je suis retournée au café d'en face pour l'y attendre. Il m'a rejointe au bout d'un quart d'heure, après avoir baissé le rideau métallique, bien entendu bombé de graffitis. Il avait endossé un blouson kaki très usé et tenait à la main un bonnet de laine noire. Il a commandé un ballon de rouge et s'est accoudé au comptoir. Les lumières de la rue, tamisées par la vitre de la fenêtre, vieillissaient ses traits.

– Sans trains, on reste des inconnus, disait Sniper. Nous bossions sur les voies d'Atocha, Alcorcón,

Fuenlabrada… Et dans le métro, bien sûr. Dans les tunnels et les dépôts. Au début, les employés du métro n'effaçaient pas ce qu'on faisait, et nos pièces roulaient durant des semaines dans les deux sens le long des quais. Nous prenions des photos pour notre album. Internet n'existait pas encore.

– C'est vraiment vous qui avez inventé le coup du signal d'alarme ?

– Absolument. Et ensuite, on a été imités partout dans le monde. Ça et les block-letters, c'est la contribution de Madrid à la culture planétaire du graffiti. Et Sniper et moi nous en sommes les inventeurs… Nous étions à Peñascales, debout près des rails, en train de nous faire un wagon. Le train allait partir, Sniper est monté, il l'a arrêté et est redescendu pour finir le job. Putain, c'était fort !

Peindre n'importe où, a-t-il ajouté au bout d'un instant, c'était juste pour le fun. Des jeux de gamins. Il fallait chercher des spots difficiles, programmer, briser ou sauter des obstacles, entrer par les bouches d'aération, se glisser, se cacher, marcher le long des tunnels dans le noir, peindre sans lampe pour ne pas être vus, sentir l'adrénaline monter pendant que le reste des mortels s'amusait ou dormait. Jouer sa liberté et son fric pour qu'à six heures du matin les gens mal réveillés qui se pressaient sur les quais voient passer ce que nous avions peint.

On s'entraînait. Il fallait avoir la forme pour franchir les clôtures et s'échapper quand ils te coinçaient. Il y avait des poursuites terribles. Un jour, Sniper a décidé de faire face au lieu de fuir. En groupe, nous pouvons être aussi dangereux qu'eux, disait-il. Parce que nous en avions marre des coups et des abus. C'est ainsi que nous avons rendu le graffiti plus coriace en convoquant d'autres collègues. Sniper planifiait, et c'étaient les seules fois où nous venions en groupe, pour nous battre contre les agents du métro… En général, à part moi, il a toujours préféré agir seul. Et quand on s'est séparés, il n'a plus jamais pris personne avec lui. Ce n'est pas fréquent, parce que les tagueurs font ensemble les choses qui les motivent et ils aiment en parler. Mais lui, il n'était pas comme ça. Un de ces types qui, dans une révolution, regardent du balcon, sortent dans la rue, organisent les habitants du quartier et finissent par devenir les chefs. Et qui, une fois la révolution victorieuse, disparaissent.

– Tu lui as connu des relations avec des filles ? Une copine ?

– Jamais rien de stable. Il plaisait beaucoup parce qu'il était grand, sérieux, bien bâti. Ce genre de mec taciturne qui est à côté de toi au comptoir, et pendant que tu essayes de baratiner une gonzesse tu te rends compte, écœuré, que c'est lui qu'elle regarde par-dessus ton épaule.

– Il avait des sentiments ?

– À l'égard des filles ?

– En général.

Topo est resté un instant silencieux, fixant son verre. Il m'a paru déconcerté par la question.

– Je ne sais pas ce qu'il avait, a-t-il répondu. Mais nous avons pleuré tous les deux quand nous avons vu des employés de la municipalité effacer la signature en six couleurs de Muelle sur le mur du Jardin botanique, en quatre-vingt-quinze… Il était mort à peine six mois plus tôt. D'un cancer du pancréas, je crois.

Il a encore un peu réfléchi. Puis il a porté le verre à ses lèvres et poursuivi :

– Sniper était toujours calme, a-t-il dit finalement. Il ne perdait jamais son sang-froid, même quand nous étions poursuivis par des agents du métro ou des flics. Et pourtant on jouait parfois notre vie. Tu te glissais à l'endroit voulu, tu mettais l'outline, les lights, et voilà qu'il fallait te carapater avec ces salopards aux fesses. Nous devions passer dans le noir d'une station à une autre, en nous enfuyant par les voies parce qu'ils allaient nous passer à tabac. Un jour qu'ils nous cherchaient, j'ai vu des lampes se déplacer au loin et je lui ai crié : «Barre-toi !» pendant que je me taillais vite fait ; mais lui, il est resté à terminer le travail jusqu'à ce qu'il ait les lampes à trente mètres. Alors il a écrit *Ils ne m'ont pas eu*, et il a filé.

– Ce Sniper, c'est une légende, ai-je insisté.

– Oui, a-t-il confirmé après un silence qui m'a paru amer. Une putain de légende.

Il a posé son verre sur le comptoir, vide, et le garçon marocain a fait mine de le remplir de nouveau. Il a fait non de la tête et a regardé sa montre.

– Comment êtes-vous passés des simples flèches à des pièces plus élaborées ? ai-je demandé.

– Déjà, avant que Muelle renonce, nous nous étions éteints de nous-mêmes. Certains avaient abandonné, et d'autres avaient été influencés par la culture new-yorkaise et le hip-hop, qui étaient plus amusants et offraient plus de possibilités... Dans un cahier de ma copine, je me suis inventé une nouvelle signature, grande. J'ai cessé d'être un *flechero*. Et Sniper aussi. Nous sommes passés aux graffitis américain et européen, avec l'envie de faire des choses sérieuses. Des pièces plus élaborées. Sniper aimait, avec elles, faire la nique aux peintures murales comme celles que la municipalité offrait à des artistes des rues.

– *Chiez à côté du trou !*

Cette fois le sourire était large, spontané, englobant pattes et moustache. J'ai compris qu'à cet instant c'était l'ancien graffeur qui souriait. Pas le propriétaire de la boutique Radikal.

– Ça, c'est une autre de ses meilleures pièces… Il était vraiment bon ; et plus encore quand il travaillait seul, à sa guise. Il y en a même qui ont fini par lui demander des autographes. Une nuit, deux flics l'ont regardé un moment travailler depuis le trottoir d'en face. Puis ils se sont approchés et lui ont dit de relever la capuche de son survêtement pour qu'ils voient bien sa figure. Sniper a dit : « Non. Je ne le ferai pas. Je partirai en courant et ce travail restera inachevé, ce qui serait vraiment dommage. » Alors le flic a réfléchi quelques instants, puis il a dit : « Ça va, mon vieux, continue. » Et il lui a demandé un autographe.

– Et toi, on ne t'a jamais demandé d'autographe ?

– Jamais. – Une vague rancœur, soudain, a effacé le sourire sur ses lèvres. – Sniper était toujours la star.

– Et ça ne te gênait pas ?

– Non. À l'époque, pas encore. Parce que nous menions une vie incroyable. Après, on s'asseyait pour regarder les gens qui regardaient nos graffitis. Une fois, nous nous sommes fait un wagon de métro qui nous a pris toute la nuit. À sept heures du matin, on s'est retrouvés, épuisés, sur un quai parmi les gens qui allaient à leur travail, avec nos sacs, en attendant de rentrer chez nous… À ce moment-là, le wagon que nous avions peint s'est arrêté le long du quai, magnifique avec tout cet éclairage, et nous nous sommes mis à sauter en le montrant et en poussant des cris de joie.

– Quel était votre lieu préféré ?

– Le Viaduc. Nous travaillions beaucoup en bas, sur les piliers de béton. Un endroit fantastique. Une nuit, une femme s'y est suicidée, car il arrivait que des gens se jettent de là-haut. Nous l'avons vue, et Sniper en est resté très impressionné. Je crois que ça l'a marqué. C'est arrivé avant que la municipalité ne salope le Viaduc avec des panneaux en plexiglas pour empêcher les gens de sauter. Ils ne vous laissent même pas vous tuer si on en a envie, ces connards.

Il a encore une fois regardé sa montre. Je dois y aller, a-t-il annoncé en enfonçant son bonnet de laine. Il m'a laissée payer l'addition et nous sommes sortis. Il allait prendre le métro à la station Chueca, et je l'ai accompagné jusque-là. Le crachin était revenu et des minuscules gouttes d'eau nous mouchetaient la figure.

– Après, Sniper a fait un voyage, il a rapporté ces têtes de mort dans son sac, et ça a changé sa vie. Il était différent. Plus agressif… Il donnait l'impression de s'être transformé en un de ces junkies pour qui la peinture a moins d'importance que le bruit des billes quand on agite le spray ou celui de la couleur quand elle jaillit.

– Son adrénaline personnelle, ai-je commenté, qu'il remplace maintenant par l'adrénaline des autres… Ou par le sang des autres.

Il m'a jeté un regard en dessous, contrarié, comme si je lui en attribuais la responsabilité.

– Les derniers temps où nous avons été ensemble, au milieu des années quatre-vingt-dix, il se servait beaucoup des mots *casser*, *niquer*, *tuer*. Nous discutions, et il se renfermait sur lui-même. Après, il est allé au Mexique. À son retour, il a fait quelque chose sur l'AVE d'Atocha que tous les graffeurs de la ville sont allés voir : des ombres de passagers dont les squelettes

73

semblaient se déplacer sur le mur de béton, avec juste les mots : *Et si… ?*

– Je m'en souviens, ai-je confirmé. C'est resté là très longtemps, jusqu'à ce que débute le chantier du parking.

– Exact. C'était vraiment bon, non ?… Et ça a marqué notre séparation. À partir de ce moment, nous avons cessé d'être ensemble.

– Ça a dû être triste pour toi. Tu avais fini par l'admirer, je suppose.

Il n'a pas répondu. Il a continué à marcher en silence, les yeux au sol.

– Tu ne diras jamais son nom ? ai-je demandé.

Pas davantage de réponse. Il regardait les reflets de la lumière sur le sol humide.

– Comment expliques-tu que vous lui soyez tous à ce point loyaux ? me suis-je étonnée.

– Il sait s'y prendre avec les copains. – Il a hoché la tête comme devant une évidence. – Il fait appel à des choses que nous avons en nous et qui font qu'on se sent sale si on ne les respecte pas… Mais moi, j'ai une théorie plus tordue.

– Tordue ?

– Oui. Un peu. Au fond, personne n'a envie de savoir qui il est. Lui coller un visage et un nom serait décevant. Tant que ça reste ainsi, chacun peut l'imaginer à son gré. En l'aidant à garder son secret, ils se sentent tous une partie de lui… Sniper est une légende parce que ceux qui écrivent des graffitis ont besoin de légendes de ce genre. Et plus encore en ces temps de merde.

Il continuait de fixer le sol, comme si c'était là qu'il trouvait ces explications. Le vert, l'orange et le rouge des feux de croisement semblaient être des touches rapides de peinture fraîche sous ses pieds. Ce soir, ai-je pensé, Topo marche sur ses nostalgies. Finalement, il a relevé la tête.

– La municipalité de Barcelone lui a offert, il y a huit ans, un mur à côté du musée d'Art contemporain, avec la garantie de conserver la pièce, et il a refusé. Quatre graffeurs de renom y sont allés, mais pas lui. Quinze jours plus tard, il a bombé sans pitié le parc Güell : têtes de mort et mires de franc-tireur partout… Les journaux ont dit que tout nettoyer a coûté plus de onze mille euros.

Il a mentionné le chiffre avec une amère délectation, comme si c'était le prix qui aurait été atteint dans une galerie d'art. Puis il s'est tu et a fait quatre pas avant de parler de nouveau.

– Le pouvoir tente toujours de domestiquer ce qu'il ne peut contrôler.

– De te faire faire des claquettes, ai-je ajouté.

– Oui. – Cette fois, il a eu un sourire forcé, comme s'il lui en coûtait. – C'est ce qu'il disait.

Nous avons traversé la Plaza de Chueca : crottes de chien par terre et terrasses de café protégées par des stores et des parois en plastique, avec des poêles éteints et des chaises vides. Le crachin s'était transformé en neige fondue.

– Même la musique qu'il écoutait était très brutale, très dure, a-t-il dit au bout d'un moment. Il mettait son casque avec le walkman à fond, et il passait de tout : Cypress Hill, Redman, Ice Cube… Ses préférés, à l'époque, étaient *Lethal Injection*, *Black Sunday*, *Muddy Waters* et d'autres du même style. Une musique pour guérilla urbaine, disait-il. Combien de fois l'ai-je entendu dire que l'art a un côté dangereux, parce qu'il embourgeoise et fait oublier les origines. Le label de la légitimité, répétait-il, bousille n'importe quel bon artiste. Ils t'embarquent pour toujours, c'est comme vendre son âme au diable ou vendre son cul dans un parc. Et on ne peut pas rester avec un pied dedans et l'autre dehors. Illégal, c'était son mot favori.

– Il l'est toujours, ai-je commenté.

– Toute cette saloperie, disait-il, qui veut qu'une installation officielle soit considérée comme de l'art et qu'une autre, non officielle, ne le soit pas… Qui met l'étiquette ? demandait-il. Les galeristes et les critiques, ou le public ?… Si on a quelque chose à raconter, on doit le raconter là où ça se voit, en se servant de l'art. Et pour Sniper, tout l'art consistait à ne pas se faire prendre. À peindre là où on ne doit pas. À fuir les flics et ne pas se laisser attraper. Arriver chez soi et penser «je l'ai fait», c'est le must. Bien plus que le sexe ou les drogues. Et là-dessus, il avait raison. Nous sommes nombreux à avoir été sauvés d'un tas de choses par le graffiti.

Je me suis souvenue de ma récente conversation avec Luis Pachón.

– Il y a peu, à propos de Sniper, quelqu'un m'a parlé d'idéologie…

– Je ne sais pas si c'est le mot que j'emploierais, a répondu Topo après avoir réfléchi. Un jour, il a fait cette réflexion que, selon les autorités, le graffiti détruit le paysage urbain ; mais nous, on doit supporter les panneaux lumineux, les enseignes, la publicité, les autobus avec leurs annonces et leurs messages débiles… Ils s'approprient toute la surface disponible, m'a-t-il dit. Mêmes les chantiers de restauration des immeubles se couvrent de toiles publicitaires. Et nous, ils nous refusent l'espace pour nos réponses. C'est pour ça, répétait-il, que l'unique art que je conçois est de foutre en l'air toute cette merde… En finir avec les Philistins… Il appelait ça en plaisantant le graffiti de Samson et des Philistins : qu'ils aillent tous se faire voir.

Je n'ai pas pu retenir un rire sceptique.

– Seulement en plaisantant ?

– C'est ce que j'ai cru alors. – Il m'a lancé un regard vindicatif. – Aujourd'hui, je sais qu'il ne plaisantait pas du tout.

Nous nous étions arrêtés devant la bouche du métro. Il faisait froid et la neige fondue continuait de tomber. Les petites gouttes restaient accrochées à la laine du bonnet de Topo et à sa moustache que rejoignaient les pattes.

– Si tu veux appeler ça de l'idéologie, c'en est peut-être. C'est ce qui fait qu'il n'a pas abandonné le graffiti agressif ni sa manière d'agir… C'est ce qui fait qu'il ne pardonne pas à ceux qui se sont laissé domestiquer pour avoir de quoi bouffer.

– Tu t'inclus dans le nombre ? ai-je risqué.

Il a gardé le silence un instant tout en hochant la tête d'un air triste et découragé.

– Moi non plus, je ne lui pardonne pas.

– Pourquoi ?

Il a haussé les épaules, écœuré. Comme si ma question oscillait entre l'évidence et la stupidité.

– Sniper n'a jamais été un auteur de graffitis qui a refusé de se vendre, parce qu'en réalité il n'a jamais été un véritable auteur de graffitis.

Je me suis penchée vers lui, stupéfaite. Cette conclusion, à laquelle je n'aurais pas été capable d'arriver seule, me semblait d'une précision révélatrice.

– Tu crois qu'il n'est pas sincère ?… Que son radicalisme n'est pas aussi libre et honnête qu'il le laisse entendre ?

– Je te l'ai dit tout à l'heure : il est un parachutiste tombé en pleine rue. Un intrus. Il a trouvé le graffiti comme d'autres trouvent un pistolet chargé. Ce qui le motive, c'est de tirer.

– Et pour l'honnêteté ?

– Personne ne peut rester honnête aussi longtemps, à moins d'être fou. J'ai été son ami durant presque dix ans, et je t'assure qu'il est parfaitement sain d'esprit.

Le gris souris de ses yeux s'était obscurci comme si les orbites s'assombrissaient lentement. C'était l'effet des lumières de la place et de la neige fondue qui les voilaient, mais aussi du ressentiment qui sourdait de chaque mot prononcé.

– Il y a un Anglais, Banksy, qui a fait quelque chose de semblable, a-t-il brusquement ajouté. Cacher son identité pour attirer d'abord l'attention des habitants de la ville et ensuite celle du marché… Je crois que Sniper le fait encore mieux et avec plus de calme. Il est très malin. Il a su rester digne en apparence, sans se vendre alors que le marché l'aurait accueilli de façon spectaculaire. Ça a fait monter sa cote.

– En apparence, dis-tu ?

– Oui. Parce que je crois que c'est un plan. Qu'à la fin il acceptera, et que dans une vente aux enchères ses œuvres se vendront des millions. Alors il baissera le masque. Sa putain de tête de mort. Il ne pourra pas continuer éternellement… Le monde de la rue est un monde rapide. Si tu ne t'y maintiens pas, tu disparais. Tout comme moi j'ai disparu.

3

Les graffeurs aveugles

Pour mon deuxième jour à Lisbonne, les cartes météo situaient la ville entre deux fronts hivernaux. Le soleil était haut dans un ciel bleu vaguement brumeux, et la lumière de midi éclairait presque à la verticale la Casa dos Bicos[1], projetant un curieux effet de centaines d'ombres pyramidales sur les ornementations de l'édifice. Ce jeu de lumières permettait de remarquer, sur le mur quatre fois centenaire, les traces de la peinture qui avait été récemment effacée par les employés du nettoyage municipal : une intervention sur les pointes de pierre qui, coloriées comme les pièces d'un gigantesque puzzle, avait décoré la façade d'un énorme œil noir traversé d'une croix de couleur rouge ; le symbole de la cécité, dessiné par Sniper, et dont, dans la nuit du 7 au 8 décembre, une horde de graffeurs en folie avait saturé la ville à l'infini : des yeux traversés de croix partout, un bombage impitoyable de trains, du métro, d'édifices, de monuments et de rues entières. Des milliers d'yeux crevés dirigés sur les passants, la ville, la vie. L'action avait été préparée depuis des jours dans un secret absolu, en une opération de guérilla urbaine

---

1. « La Maison des Pointes », un des plus remarquables édifices de Lisbonne.

coordonnée et transmise en code à travers les réseaux sociaux. Sniper en personne y avait participé, aérosol à la main, se réservant la Casa dos Bicos, un choix qui ne devait rien au hasard. Depuis un an, l'édifice était le siège de la Fondation José Saramago, prix Nobel de littérature qui, toute sa vie, avait pratiqué un engagement de gauche radical extrêmement critique envers la société de consommation. Et l'un de ses livres les plus importants s'appelait *L'Aveuglement*.

Plantée devant l'édifice, dans la Rua dos Bacalhoeiros, j'ai contemplé le visage du vieil intellectuel : il me regardait, mélancolique, du haut d'une grande toile peinte accrochée au-dessus de la porte. *La responsabilité d'avoir des yeux quand d'autres les ont perdus*, me suis-je souvenue. J'avais beaucoup lu Saramago, que j'avais rencontré à Lanzarote quelques mois avant sa mort, quand j'étais allée lui demander une préface pour un livre sur l'art moderne portugais. Devant la Casa dos Bicos, je me suis rappelé sa silhouette maigre et fatiguée, déjà malade. Sa courtoisie et son regard triste à travers les verres de lunettes : le regard d'un homme qui, le pied à l'étrier, observe avec pessimisme tout ce qu'il laisse derrière lui. Un monde qui, depuis longtemps, a perdu son chemin et n'a nulle intention de modifier sa marche.

– La municipalité a dû débourser presque un demi-million d'euros pour nettoyer ces yeux crevés, m'avait confié la veille Caetano Dinis. Ce fut massif, impitoyable. Sans le moindre respect pour rien ni personne. Le plus désolant est que ça se soit passé dans la ville la plus tolérante du monde en matière de graffitis. Il n'y a guère de lieux où ceux qui écrivent sur les murs rencontrent autant de soutien et de compréhension.

Caetano Dinis, directeur du Département de conservation du patrimoine, était l'ami de Luis Pachón. Son correspondant local. Il m'avait répondu au téléphone avec beaucoup d'amabilité, en me donnant rendez-vous dans le restaurant où il déjeunait tous les jours. Je ne pouvais pas me perdre : c'était un ancien bistrot bien connu, le Martinho da Arcada, situé à un angle de la Praça do Comércio. Quand je suis arrivée, Dinis m'attendait à une table mise pour deux, près de la fenêtre. Je lui ai donné la cinquantaine. C'était un bel homme, corpulent, les cheveux blonds tirant sur le roux taillés en brosse, des taches de son sur le visage et au dos de ses grandes mains. Une espèce de Viking laissé là par les Normands qui, douze siècles plus tôt, avaient mis Lisbonne à sac en remontant le Tage.

– Quand nous avons restauré le Chiado, détruit par l'incendie de 1988, nous avons compris qu'il nous fallait choisir : soit nous nous ménagions les bonnes grâces des graffeurs, soit le nettoyage des façades tournerait au cauchemar. Et nous avons passé un pacte avec eux : zones autorisées, édifices historiques... Nous leur accordions des facilités, nous allégions la répression, et ils acceptaient de ne pas peindre n'importe où.

Nous avons été interrompus par un serveur qui apportait une bouteille de blanc du Miño. «Poêlée de riz aux fruits de mer pour madame, a commandé Dinis après m'avoir consultée. Et *bife al café* pour moi.» Cérémonieux comme un bon fonctionnaire portugais, il me donnait tout le temps du «vous» et je me suis conformée au protocole. Le regard de connaisseur qu'il m'avait lancé dès mon arrivée ne m'avait pas non plus échappé, ni sa réaction placide quand il avait reçu les premiers signes destinés à le décourager. Je ne suis pas une femme particulièrement attirante pour les hommes ;

mais je suis une femme et, comme telle, accoutumée à être jaugée au cours des trois premières minutes. Les imbéciles peuvent tarder un peu plus, mais Dinis avait été rapide. Et la question réglée.

– Nous avons cherché des usines abandonnées dans la périphérie et des bâtiments dégradés dans le périmètre historique, a-t-il poursuivi aimablement. La condition était qu'ils soient vides, que leurs propriétaires ne s'y opposent pas et qu'il y ait des projets de restauration en perspective. Cela nous garantissait que les peintures ne dureraient pas. Mais là-dessus est venue la crise économique, les projets ont été paralysés et les bâtiments conservent leurs graffitis, dans l'attente de jours meilleurs.

– À ma connaissance, même dans ces conditions, l'opération a été un succès.

– C'est vrai. Ça n'a pas fait disparaître les tags sauvages, mais ça nous a permis de conscientiser beaucoup de graffeurs, et le vandalisme s'est passablement atténué… Nous avons aussi créé pour eux un espace public, qu'on appelle la Calçada da Glória, qui constitue un lieu de liberté pour leurs pièces.

– Je la connais.

– Spectaculaire, non ?

J'ai acquiescé. Sa viande arrivait, en même temps que ma poêlée de riz fumante. Tout cela sentait bon et nous nous sommes mis à l'ouvrage.

– Nous avons fait, a-t-il poursuivi, une autre expérience avec le parc de stationnement du Chão do Loureiro, dans le quartier de l'Alfama. Nous avons invité cinq graffeurs à le décorer, et aujourd'hui c'est une visite touristique obligée. Il est devenu un lieu culte.

C'était vrai, et de cela aussi j'étais au courant. Ces initiatives avaient conféré à Lisbonne un prestige international comme capitale du graffiti, et les écrivains muraux de qualité en bénéficiaient. Des gens comme Nomen, Ram, Vhils ou Carvalho, qui avaient commencé en bombant des trains et le métro, étaient désormais respectés par la municipalité, exposaient comme des artistes en bonne et due forme et gagnaient de l'argent. Voyant leurs affaires prospérer, les galeristes portugais accordaient de plus en plus de place à l'art de la rue.

– Notre idée reste la même, a ajouté Dinis : briser la relation graffiti-vandalisme en proposant des voies alternatives. Même s'ils sont quelques-uns à refuser d'accepter les règles et à bomber tout ce qui se présente. Il y a aussi les étrangers qui viennent et bousillent tout : des touristes du spray. Dans le monde du graffiti européen, Lisbonne fait partie du Grand Tour… Il y a des années, à Barcelone, une répression brutale n'a pas freiné les graffeurs, mais elle a liquidé quantité d'œuvres de valeur qui se trouvaient sur des murs et que l'on aurait pu conserver. Ici, nous avons fait en sorte que cela n'arrive pas. Plusieurs pièces historiques datent du début des années quatre-vingt-dix. Il arrive que certains artistes consacrés qui exposent déjà dans des galeries d'art ne puissent se retenir et s'échappent dans la rue en quête d'un mur. Ce sont des effets collatéraux inévitables, mais dans l'ensemble nous sommes satisfaits.

– Que s'est-il passé le 8 décembre ?

Ce ne devait pas être son sujet de conversation favori, car il a plissé le front. Il a bu une gorgée de vin, qu'il a fait suivre d'un claquement de langue avant d'employer un peu plus de temps que nécessaire à s'essuyer les lèvres avec sa serviette.

– Quelles qu'en soient les raisons, Sniper a séjourné à Lisbonne. Il s'agissait de bomber la ville avec cet œil crevé, en hommage à Saramago… Vous avez lu le livre ?

– Oui.

– Nous avons calculé que cette nuit-là une centaine de graffeurs sont intervenus, en répétant le motif imaginé par Sniper, chacun opérant à sa manière : aérosols, pochoirs, affiches, collages… Ils ont tout bombé, y compris les monuments et les églises. Jusqu'aux tramways. Tout. Sur la figure de la statue de Pessoa, devant la Brasileira, ils ont peint des yeux crevés… Les services de nettoyage ont comptabilisé plus de deux mille peintures dans la partie noble de la ville. Ni le monastère des Hiéronymites, ni le monument aux Découvertes, ni la tour de Belém n'ont été épargnés.

– On en a arrêté ?

– Avec autant de monde en même temps dans la rue, faites le calcul. Cette nuit-là, il en est tombé une douzaine. Pris en flagrant délit, aérosol à la main. L'un d'eux venait de se faire prendre à l'Elevador de Santa Justa : un œil à chaque étage, de haut en bas, et ne me demandez pas comment il s'y est pris. On lui a mis la main au collet au moment où il peignait le cinquième.

– Et qu'est-ce qu'il a dit ?… Qu'est-ce qu'ils ont tous dit ?

– La même chose : Sniper, Internet. Une action préparée en code depuis des semaines. Jour J, heure H. Mission de bombage massif. Ils se sont payé du bon temps en vrais vandales.

– Mais lui, il était là… Personne ne l'a vu ?

Dinis coupait la viande dans son assiette. Il a hoché la tête avant d'en élever un morceau à la pointe de sa fourchette.

84

– Si certains l'ont vu, ils n'en ont rien dit. – Il mastiquait lentement, songeur. – Mais cela ne fait aucun doute qu'ils l'ont vu. Tout ce que nous avons réussi à savoir, c'est qu'un type, la capuche rabattue et une écharpe noire cachant son visage, est resté une demi-heure devant la Casa dos Bicos, juché sur une échelle. Quand, alertée par un voisin, une patrouille de la police est arrivée sur les lieux, l'œil crevé était là, énorme, signé de la mire de franc-tireur. Ils ont trouvé l'échelle et plusieurs aérosols vides dissimulés parmi les plantes de la place proche. Mais pas trace de l'auteur. Nous ne savons même pas combien de temps il est resté à Lisbonne.

– Quelqu'un a bien dû l'aider. Il devait avoir besoin de guides locaux. D'amis.

– Oui, c'est évident. Mais personne ne l'a dénoncé. Mieux : ils savent tous que sa tête est mise à prix. Que les hommes de ce millionnaire, son compatriote, le dénommé Biscarrués, le cherchent pour lui faire payer l'accident du garçon : raison de plus pour que règne la loi du silence. L'*omertà*, comme on dit en Italie, mais à la mode portugaise.

Il a posé ses couverts à côté de son assiette vide. Puis il a bu une autre gorgée de vin et s'est de nouveau essuyé les lèvres avec sa serviette. Il souriait.

– Il y a deux graffeuses locales qui ont pu être en contact avec lui : des filles plutôt rudes, à mi-chemin entre l'art urbain et le graffiti genre loubard. Elles signent *As Irmãs* : Les Sœurs.

– Je sais qui elles sont. Et je connais même leur galeriste à Lisbonne… Elles ont fait partie des artistes invités à intervenir sur la façade de la Tate Modern lors de l'exposition de graffitis à Londres, il y a quatre ans.

– Ce sont bien elles. Ici, nous leur avons laissé une des maisons de l'Avenida Fontes Pereira, celle où l'on voit une volée d'oiseaux sortir des fenêtres. Il faut admettre qu'elles sont douées. Amusantes, avec de l'humour et ce qu'il faut de méchanceté. Et, comme je l'ai dit, seulement à demi civilisées. Elles aiment le fil du rasoir.

– Vous croyez qu'elles ont travaillé cette nuit-là avec Sniper ?

Dinis a haussé les épaules et m'a adressé un regard placide. Presque innocent, ai-je observé. La nuance était dans le mot *presque*.

– Je ne peux pas le jurer, mais il y en a qui le jurent. Vous devriez leur parler… Si elles acceptent.

*

Laissant derrière moi la Casa dos Bicos, j'ai flâné en montant vers le quartier de l'Alfama, sans me hâter, entre le dédale de rues étroites où le linge étendu et les maisons aux façades décrépites, ocre, jaunes et blanches, encadrent des pentes abruptes et des escaliers interminables. J'ai rencontré beaucoup de graffitis dans cette partie de la ville : c'était plus un vomissement sauvage de signatures sur des murs et des portes, même si, à certains détours de rue et sur des petites places, je tombais sur des murs décorés avec goût et un souci de qualité. Mon attention a été attirée par une grande pièce avec des prétentions à l'art urbain, tout en couleurs, encastrée dans un angle près de l'église San Miguel : une femme nue, des yeux énormes et doux, des seins qui se transformaient en papillons voletant sur le mur. Elle était signée d'un certain Gelo et n'était vraiment pas mal. Pourtant, à la hauteur du ventre de la femme, quelqu'un, sans respect pour l'auteur et son œuvre – sans doute un des graffeurs anonymes qui, la nuit de l'hommage à Saramago, avaient bombé Lisbonne –, avait peint à l'aérosol en rouge et noir un de ces yeux crevés conçus par Sniper.

J'ai poursuivi mon chemin en gravissant les escaliers dans la direction du Chão do Loureiro, mais au bout de quelques pas l'envie m'est venue de photographier le graffiti aux papillons avec mon petit appareil extra-plat. J'ai fait brusquement demi-tour et, ce faisant, j'ai croisé un homme qui s'était arrêté sur la première marche afin de renouer un lacet de chaussure. Il y avait peu de monde dans la rue, et c'est ce qui a attiré mon attention : plutôt replet, taille moyenne, vêtu d'un manteau de loden vert et coiffé d'un chapeau en tweed anglais à bord court. J'ai remarqué une moustache blonde, légèrement frisée aux pointes, et des yeux clairs qui se sont à peine levés pour me regarder quand je suis passée à côté. Une fois la photo faite, je suis revenue à l'escalier et, à ce moment, l'inconnu était en haut, s'éloignant vers l'arc du Beco das Cruzes.

J'ai passé une demi-heure intéressante dans le parking du Chão do Loureiro. Chaque graffeur sélectionné par la municipalité s'était chargé d'un étage, avec pleine liberté de création. Le résultat était un bon témoignage des styles autochtones, à l'abri des intempéries et des barbouillages agressifs d'autres graffeurs. Le parking était compris dans certains parcours touristiques de la ville, et le gardien chargé des tickets vendait des cartes postales des œuvres. J'ai tout regardé, puis je suis ressortie, revenant sur mes pas pour monter jusqu'au mirador de Santa Luzia. Le ciel conservait une couleur bleue vaguement brumeuse, et la lumière particulière de Lisbonne dessinait jusqu'au bord du Tage une mosaïque de terrasses et de toits, avec le pont du Vingt-cinq Avril visible au loin et les bateaux descendant lentement l'estuaire vers l'Atlantique. La température était agréable, aussi me suis-je assise sur un banc devant la rambarde de fer du mirador, prenant des notes sur mon carnet. Au bout d'un moment, je suis allée à l'arrêt pour emprunter le tramway 28 et redescendre dans la partie basse de la ville. Quand le tramway s'est ébranlé, et pendant que je m'installais sur un siège de l'intérieur bringuebalant, j'ai regardé en arrière et j'ai cru voir, debout dans la rue, l'homme au manteau vert et au chapeau anglais. Après avoir relevé la coïncidence, je me suis concentrée sur mes affaires.

*

Sim et Não, également connues sous le nom d'As Irmãs, étaient jumelles, bien que différentes d'aspect. Sim, l'aînée – elle était née une demi-heure avant sa sœur –, ne se maquillait pas et portait un bonnet noir avec un blouson de camouflage militaire informe. Não, la cadette, était vêtue d'un jean étroit et d'une veste de chasse ajustée en cuir ; elle avait les cheveux dénoués et bouclés, un piercing à la lèvre inférieure et une demi-douzaine d'anneaux à chaque oreille. Pour le reste, leurs traits étaient presque identiques : elles étaient brunes, rudes. Avec le même visage anguleux et attirant, où quelques gouttes diluées de sang africain dessinaient une bouche large, charnue, et des grands yeux noirs.

– Pourquoi nous t'avons donné rendez-vous ici ?... Tu verras. Mystère !

Não avait un sac taché de peinture à ses pieds. Nous étions toutes les trois assises sur une des rampes en béton de la rive du fleuve, avec la voie de chemin de fer et la route derrière nous, et nous regardions passer les bateaux. Le soleil était déjà très bas, posant des reflets violacés sur l'eau et l'horizon. À notre gauche, on pouvait voir la tour de Belém se détacher sur le fond lointain et empourpré du pont éclairé par la lumière presque horizontale dans laquelle semblait s'endormir le paysage.

Pourquoi les graffitis dans la rue ? telle avait été mon autre question. Histoire de tâter le terrain. Comment deux femmes avaient-elles réussi à se distinguer dans un monde généralement masculin ? La question était d'un simplisme manifeste, mais je ne pouvais quand même pas dire : Salut, les filles ! et les interroger de but en blanc sur Sniper. Pas, en tout cas, avec ces deux-là. Il m'avait semblé judicieux de commencer par briser la glace ; bien qu'il ne m'ait pas fallu plus d'une demi-minute pour comprendre qu'il n'y avait rien à briser du tout : As Irmãs étaient des filles intelligentes, amicales et sûres d'elles. Directes. Leur galeriste avait répété la version que je lui avais servie : j'étais à Lisbonne pour me documenter sur les actions collectives de graffeurs autour de Saramago, dans la perspective d'un livre. Il m'avait décrite comme quelqu'un qui cherchait des talents artistiques et qui avait de l'influence dans le monde des éditeurs d'art. Mais je leur ai expliqué qu'il exagérait. Mon travail se limitait à repérer des auteurs et à émettre des suggestions, et je n'étais payée qu'après confirmation. Ce qui n'était pas toujours le cas.

– Nous étions des gamines quand nous avons découvert que le graffiti ne se conjuguait pas vraiment avec les fêtes, les petits amis et tout le reste, a raconté Sim. Il te fallait travailler dur pour te faire respecter. T'investir à fond comme tous les autres, et faire mieux que tous les autres… Au début, ils nous regardaient avec condescendance : « Pour une gonzesse, c'est encore ce que j'ai vu de mieux », et des choses comme ça… Ils passaient leur temps à nous charrier. Quand nous allions bomber avec un garçon, ils supposaient tous qu'on se le tapait. C'est pourquoi nous avons décidé de continuer seules. Pour notre compte.

– Nous avons même changé d'écriture, a précisé sa sœur.

– Pourquoi ? ai-je demandé, intéressée.

– Nous les filles, on a une écriture plus ronde, comme au collège, a expliqué Sim. Nous avons donc fait ce qu'il fallait pour la changer. Pour la rendre asexuée. Au début, nous signions *Sim et Não*, et durant un temps, personne n'a su qui nous étions… As Irmãs est venu plus tard, quand nous étions déjà connues. On a commencé à nous appeler ainsi, et nous l'avons gardé.

Je les écoutais attentivement. Leur parler était rapide, vulgaire : celui d'habituées de la rue. Sim avait la charge de conduire la conversation et Não se bornait à préciser ou à acquiescer. Elles venaient d'avoir vingt-huit ans – j'en avais eu la confirmation sur Google – et elles dessinaient des graffitis depuis leur quatorzième année. Elles s'étaient fait connaître à Lumiar, un quartier du nord de Lisbonne, en détournant des publicités avec des bombages agressifs qui portaient leur tag et d'autres messages intelligents, toujours radicaux. Leur style était inspiré du manga japonais, à mi-chemin entre le graff sauvage et l'art urbain conventionnel. Une action dans le Chiado lisboète leur avait valu, très jeunes, d'être invitées au Meeting of Styles de Wiesbaden. Et aujourd'hui, quatre ans après leur intervention à l'extérieur de la Tate Modern, elles étaient des artistes consacrées, elles jouissaient d'un prestige international et exposaient dans une galerie chic du Barrio Alto. Néanmoins, elles conservaient leur tendance au radicalisme clandestin, antisystème et plutôt violent. Le soir précédent, j'avais vu une œuvre d'elles sur un panneau de quatre mètres de large, éclairée par les projecteurs de la municipalité sur la Calçada da Glória. Sous une superbe composition de femmes affligées, enchaînées par des prêtres catholiques et des imams islamiques, la légende était sans équivoque : *Afastem os rosarios dos nossos ovarios*. «Écartez les rosaires de nos ovaires.»

— De toute manière, écrire sur les murs, ça n'a pas de sexe, a fait valoir Sim. Nous détestons celles qui affirment que leur graff a un genre… Un jour, une connasse est venue nous voir…

— Une sociologue, a précisé sa sœur.

— Oui. Une connasse de sociologue qui travaillait à une étude sur des graffeurs. Et nous lui avons dit d'aller se faire bouffer la chatte ailleurs… Ce qu'il y a de bien dans le graffiti, c'est que tu ne peux pas vraiment savoir qui est derrière, un mec ou une fille… La seule différence, c'est que nous pissons assises.

— Ou accroupies, si on trouve pas où s'asseoir, a nuancé Não.

Elles ont ri à l'unisson, identiques, en se balançant avec une espèce de synchronisation parfaite : une sorte de rap silencieux qu'elles seules pouvaient entendre. Elles travaillaient maintenant, ont-elles expliqué ensuite, sur un projet avec de la peinture ultraviolette. Quelque chose de nouveau et d'insolite qui les amusait beaucoup : des graffitis qui ne seraient vus que par ceux qui les chercheraient, avec les instruments optiques appropriés. Une Lisbonne secrète, invisible pour le profane. Le nec plus ultra.

– L'idée, c'est Sniper qui nous l'a donnée, a indiqué Sim. Et nous l'avons trouvée géniale.

Voilà qui m'offrait mon sujet sur un plateau.

– Ça s'est passé au moment de l'opération Saramago ?

Elles m'ont dévisagée, imperturbables, comme si nous jouions au poker. En silence.

– Mais vous le connaissez… ai-je risqué. Pas vrai ?

Elles ont laissé passer cinq secondes, pas une de plus, avant d'acquiescer quasi simultanément, sans desserrer les lèvres, dans l'attente de la question suivante.

– Comment l'avez-vous connu ?

Não a regardé sa sœur, et celle-ci a continué à me regarder. Une centaine de pas derrière nous, sur la voie ferrée proche, a retenti le fracas d'un train qui passait.

– C'était il y a sept ans, a dit Sim. Il venait à Lisbonne pour la première fois, et un de ses contacts n'était pas au rendez-vous. Un ami lui a donc donné nos noms en lui disant qu'il n'y avait pas meilleures que nous pour repérer des murs dans la ville. On est sorties avec lui.

– On a flashé, ma vieille, a corrigé Não.

– C'est rien de le dire. Nous l'avons trouvé dans un endroit génial à Santa Apolonia, et on est partis tous les trois. Nous, pour le regarder, et lui avec son sac et ses aérosols. À la moitié du job, ma sœur nous a prévenus que les vigiles se ramenaient et on s'est carapatés, vite fait bien fait, en courant le long de la voie.

– Mais ça ne s'est pas arrêté là, a dit Não.

– Bien sûr que non. Le travail était resté inachevé, et donc Sniper a tenu absolument à revenir la nuit suivante pour le terminer… Tu te rends compte ?

– Tu parles si je me rends compte ! ai-je répondu.

Durant un instant, elle m'a scrutée intensément, histoire d'établir si je savais réellement de quoi nous parlions. Elle a semblé m'accorder le bénéfice du doute.

– Il faut en avoir, a-t-elle dit, pour retourner sur un lieu que tu as quitté à moitié fait, en sachant qu'ils peuvent t'y attendre.

– Et vous y êtes allées avec lui ?

– Pas question. Tu déconnes ou quoi ?... C'était trop dangereux. Mais le lendemain, nous nous sommes risquées à reluquer le travail, et il était là, complet : un train entrant dans un tunnel qui était la gueule ouverte d'une de ses têtes de mort... Un flash, je te jure. Un truc très agressif et très fort. Et dessous, sa signature de franc-tireur.

– Vous l'avez accompagné quand il a fait la Casa dos Bicos ?

Elles m'ont de nouveau dévisagée, impassibles, sans desserrer les dents. Mais je sais déchiffrer les silences écœurés. La réponse était peut-être. C'est-à-dire, oui.

– Je me demande où il peut se trouver aujourd'hui, ai-je poursuivi, sans me laisser impressionner. Il est toujours au Portugal ?

Elles ont haussé les épaules en même temps, et Sim a pointé sa langue entre ses lèvres.

– Ça, ils sont nombreux à poser la question, a-t-elle dit, ironique. Et pas tous pour prendre des photos de ses pièces.

– Et vous ?

– Nous, on sait que dalle.

Elles disaient sûrement la vérité, ai-je pensé. As Irmãs étaient trop connues pour que Sniper reste longtemps en contact avec elles. C'était s'exposer trop gravement.

– Vous connaissez son vrai nom ?

– Non, a rétorqué Sim, cassante. Personne n'en a rien à cirer.

Sa sœur était du même avis :

– Sniper est Sniper… Aucun autre nom n'a de sens.

– Vous êtes déjà allées en Espagne ?… Avec lui ?

Elles ont hoché lentement la tête, affirmatives. Puis Sim m'a confié que Madrid était une ville dure. Beaucoup de surveillance, des rondes de flics. Un lieu difficile.

– Nous avons fait une pièce dans la gare de Chamartín et ç'a été comme une vraie défonce : trois murs complets en quarante-huit heures. En dormant dans une remise voisine, camouflées entre des cartons pour ne pas être vues. – Elle a regardé sa sœur. – Elle s'est planté un morceau de fer pendant que nous courions dans le noir pour nous approcher d'un train que nous avons peint en aveugles pendant qu'elle saignait comme un goret.

– Vois plutôt, a dit Não.

Elle a ouvert sa veste pour soulever le pull qu'elle portait dessous. Elle avait une longue cicatrice violacée sur le flanc gauche, au-dessus de la hanche. Une jolie hanche, assurément.

– Nous avions peur d'aller à l'hôpital et d'être identifiées par la police, a-t-elle ajouté en se rajustant. Si bien que ma sœur a téléphoné à Sniper, et il s'est chargé de tout… Il a été génial. Il vivait encore là-bas. L'accident de ce garçon qui est tombé du toit ne s'était pas encore produit.

Un autre train est passé derrière nous. Tacatac, tacatac. On entendait parfois un klaxon lointain sur la route qui filait au-delà. En face, des bateaux naviguaient silencieusement, éclairés par le soleil couchant.

– Beaucoup, a poursuivi Sim, ignorent ce que ça signifie d'être poursuivi et d'avoir à se cacher huit heures durant par un froid mortel, ou sous une pluie comme si c'était le Christ qui te crachait dessus, pendant que tous les employés du train sont à ta recherche. Ou de faire deux mille kilomètres pour se payer à Berlin ce wagon de métro dont un ami t'a parlé. De débarquer dans une ville et y passer deux jours sans manger, sans argent, dormant derrière des guichets ou sous un pont, juste pour écrire là-bas… Ceux qui n'ont jamais eu à se farcir ce genre de choses sont des toyeurs. Des amateurs.

Elle est restée un moment sans parler et, remontant un peu la manche de la veste militaire, elle a jeté un coup d'œil sur la montre qu'elle portait au poignet droit. Puis elle a relevé la tête pour échanger un bref regard avec sa sœur.

– Sniper nous a dit une chose importante, quand il était ici. On finit par comprendre que le paysage urbain est nécessaire. Que, sans lui, tu n'es rien. Ta pièce s'insère dans un tableau plus grand, dans un cadre : maisons, voitures, feux de croisement. Cette putain de ville est ton complément, tu piges ?… Elle est partie intégrante de ce que tu fais.

– Elle *est* ce que tu fais, l'a corrigée Não.

– Mais les galeries d'art… ai-je hasardé.

– On a rien à cirer de ce que bavassent ces débiles de galeristes : ces charognards et leurs critiques d'art achetés, qui ont autant de conscience sociale qu'un steak tartare.

– Comme artistes tout court, nous serions médiocres, a affirmé Não avec insouciance. Une vraie merde… Mais comme graffeuses, nous sommes géniales.

Encore une fois, le rire simultané. C'était étonnant, ai-je conclu, à quel point ce rire les rendait totalement identiques. Dédoublées comme devant un miroir.

– Les galeries s'intéressent à nous, et ça nous fait de l'argent, a dit Sim. Mais nous refusons de nous dire artistes. Là-dessus, nous sommes d'accord avec Sniper : la rue est le seul endroit où tu sais que quelque chose est réel.

– *Des doutes comme des bombes*, a précisé Não.

– C'est ce qu'il disait : lancer sur la ville des doutes comme si c'étaient des bombes. Le graffiti a besoin de champs de bataille, et c'est ce que nous, leurs auteurs, nous avons justement sous la main. L'art est une chose morte, alors qu'un auteur de graff est vivant. Bomber périodiquement est une nécessité.

– Je comprends l'idée, ai-je répondu.

Sim m'a adressé un regard soupçonneux. J'ai supposé qu'elle tentait de m'imaginer avec un aérosol à la main.

– Si tu n'as jamais écrit sur les murs, j'ai du mal à te croire. C'est comme avoir ses règles, tu percutes ?… Quelque chose d'inévitable, qui te rappelle qui tu es. Qui t'empêche aussi de rêvasser. De t'endormir.

Elle a regardé encore une fois sa montre, et de nouveau sa sœur. J'ai remarqué que leurs yeux se tournaient vers l'amont du Tage, du côté du pont du Vingt-cinq Avril. Les derniers rayons de soleil n'en éclairaient plus que les lointains piliers et les câbles métalliques, ainsi que les parties les plus élevées des bateaux qui passaient lentement sur le fleuve.

– Quand un ami t'appelle à quatre heures du matin ou te laisse un message t'annonçant qu'il vient de faire ceci ou cela, a poursuivi Sim, tu reçois ça comme un flash… Et tu crèves de jalousie, en pensant qu'il vient de revenir d'une mission parfaite pendant que tu dormais comme une conne.

Elle continuait de regarder le fleuve, vers la ville, et j'ai pensé qu'elles attendaient toutes les deux quelque chose que j'étais incapable d'imaginer. «Mystère», avaient-elles dit au début. Je me suis demandé où était ce mystère.

– Sniper est plus radical, a dit Sim. Plus intransigeant. Nous, en revanche, nous comprenons ceux qui vont à la soupe… Nous avons dû y passer il y a quelques années, quand une amende de six mille euros nous est tombée dessus et qu'il a fallu raquer. Nous avons donc accepté la légalité pour nous payer l'illégalité. Nous avons imprimé des cartes commerciales et travaillé rien que pour le fric. Nous personnalisions n'importe quoi avec des graffitis, pourvu que ça soit vendable : pantoufles, jouets, sacs, casquettes… Ensuite, ç'a été l'engrenage. Expositions, ventes. Des trucs comme ça.

Elle a fait avec les mains un geste imitant un T, comme pour indiquer que le temps était venu et, avec un sourire, elle m'a invitée à les suivre. Nous avons traversé la voie du chemin de fer et marché jusqu'à des murs proches, jouxtant une station-service.

– Regarde, a-t-elle dit.

J'ai obéi, et je n'ai pu m'empêcher de sursauter. Sur quelque six mètres carrés, le mur était entièrement peint en blanc, avec une seule phrase écrite en noir, au centre. La pluie et les intempéries avaient détérioré l'ensemble, et une douzaine de graffeurs spontanés avaient écrit leurs tags par-dessus, mais le texte d'origine était encore lisible : *Sniper n'est jamais venu ici*, signé en bas et à droite de la mire de franc-tireur impossible à confondre.

– Le fils de pute, s'esclaffait Sim… Et l'autre, là, est de nous.

J'ai pris une photo et j'ai regardé la seconde pièce. Elle était presque à touche-touche avec celle de Sniper, et portait la signature d'As Irmãs : un énorme billet de cinquante euros avec la chatte d'une femme et la légende, *Se eles comem tudo, que no-la comam.* La traduction était simple, quoique forcément approximative : « Si tu peux pas l'enfiler, pas question de la brouter. »

– Le pouvoir, l'argent et le sexe mènent le monde, a commenté Sim pendant que je photographiais leur œuvre. Le reste n'est qu'images à l'eau de rose. Nous, on ne croit pas à la fée Clochette de Peter Pan, aux petits lapins, aux jolis cœurs, à la poupée, à l'énergie positive et à toutes ces momeries… On te l'a déjà dit, cette histoire du graffiti féminin nous fait chier. On est une équipe solide et aguerrie qui sait encaisser avec le sourire en se pourléchant d'avance.

Nous avons retraversé la voie pour regagner la rive du fleuve. Tandis que nous nous éloignions, un autre train est passé derrière nous dans un tintamarre infernal.

– Je me rappelle toujours ce qu'a dit Sniper pendant qu'il écrivait ça : « Dans un musée, tu as la concurrence de Picasso qui est mort, alors que dans la rue ta seule concurrence, ce sont les poubelles et le flic qui te pourchasse. »

– C'est bien dit, ai-je approuvé.

– Oui, n'est-ce pas ?… En tout cas, c'est ce qu'il a dit. Ça te flanque une putain de claque, ce genre de phrases.

Quand nous sommes arrivées sur la rive, le soleil s'était noyé dans l'estuaire, tandis qu'une dernière fulgurance violette illuminait le ciel comme de l'étoupe en flammes. Une clarté décroissante mais toujours intense se répandait sur cette partie du fleuve. C'était une heure tranquille sans vent ni bruits, avec à peine un léger clapotis au pied de la rampe en béton de la berge. Sim a consulté une fois de plus sa montre et a regardé sa sœur. Celle-ci avait tiré des petites jumelles de son sac et observait l'amont du fleuve, vers le pont et la ville.

– Le voilà, a-t-elle dit.

Les premières lumières commençaient à s'allumer au loin, sur la partie basse de l'autre rive ; mais la clarté d'un gris bleuté qui régnait sur le fleuve était encore suffisante pour que l'on perçoive les détails. J'ai suivi la direction de leurs regards et découvert un petit cargo qui voguait vers l'Atlantique en se rapprochant de nous.

– Il est pile à l'heure, a commenté Sim.

Não lui a passé les jumelles, a sorti une petite caméra vidéo et s'est mise à filmer le bateau. Sim a jeté un regard puis m'a tendu les jumelles. Elle souriait, radieuse. Un sourire identique à celui de sa sœur, qui, au même moment, actionnait le zoom de sa caméra.

– Aujourd'hui, nous sommes plus à l'aise, a-t-elle dit. Moins de problèmes avec la police, plus de célébrité et d'argent, davantage aussi de mecs qui veulent baiser avec nous… Mais rien ne peut être comparé à ça.

J'ai regardé dans les jumelles. À mesure que le bateau s'approchait pour finir par défiler devant nous, j'ai réussi à voir son flanc droit. Il y avait, peint dessus, un immense graffiti, tout en magnifiques couleurs : des grands dauphins bleus avec des dos violets qui semblaient caracoler sur la mer, en liberté, comme s'ils voulaient laisser la proue derrière eux.

*

Dans la nuit, j'ai revu l'individu au manteau vert et au chapeau de tweed, et cette fois je l'ai bien observé. J'avais dîné au Tavares, un restaurant du Barrio Alto, avec l'éditeur Manuel Fonseca et sa femme – nous avions des questions professionnelles à régler, sans aucun lien avec Sniper –, et nous avions pris ensuite quelques verres dans un bar gay de la Rua das Gáveas. Manuel était un vieil ami et un type sympathique, et son épouse était merveilleusement douée pour la conversation, si bien que la soirée s'est quelque peu prolongée. En sortant, les Fonseca m'ont offert de me raccompagner à l'hôtel : je descends toujours au Lisboa Plaza, près de l'ambassade d'Espagne. Mais il était tard et leur voiture était garée dans la direction opposée, sur le parking du Chiado. La nuit était fraîche, quoique agréable ; j'avais mon blouson et une écharpe de laine, et je portais mon sac en bandoulière, sous le torse, pour éviter les mauvaises surprises. Il n'y avait que vingt minutes jusqu'à mon hôtel, et donc je leur ai dit adieu tout de suite et j'ai marché en direction du mirador de San Pedro, profitant du calme des rues dont les rideaux baissés et les murs dans l'ombre – désormais, je voyais tout cela d'un œil différent – étaient couverts de graffitis, en dépit des efforts de Caetano Dinis et de son département pour décourager les velléités locales. Ce fut une promenade tranquille, qui ne ressemblait guère aux rêves que je fais parfois. Dans mes cauchemars, je vois souvent apparaître des villes inconnues et des taxis qui ne s'arrêtent pas : des rues étranges où je marche en essayant de regagner un lieu dont je ne me souviens pas. Je rêve aussi que je séduis des femmes d'éditeurs et de libraires, mais ça, c'est une autre histoire.

Toujours est-il que je connais bien Lisbonne et que cette nuit-là je n'avais pas besoin de taxi. Laissant derrière moi l'église San Roque, je suis montée dans le funiculaire qui descend la pente abrupte de Glória et me suis assise. Il s'est ébranlé quelques minutes plus tard, et pendant qu'il dévalait la rue j'ai jeté un coup d'œil par la fenêtre : dans la pénombre du mur de gauche, aux deux tiers du parcours, peu avant d'arriver à l'arrêt de Restauradores, il y avait un graffeur en train d'écrire sur le mur. Il n'a pas bronché au passage du funiculaire. J'avais déjà acquis l'instinct du chasseur fasciné par la piste de son gibier : c'est pourquoi, obéissant à un élan de curiosité naturelle, sitôt arrivée au terminus, je suis revenue sur mes pas en remontant le long de la double voie, pour voir le graffeur de près. C'était un garçon mince et agile, aux traits imprécis, qui, en me sentant venir, s'est retourné pour identifier une possible menace. Il a dû se rassurer en constatant que je n'étais ni un policier ni un vigile, car il s'est borné à relever le keffieh palestinien enroulé autour de son cou, il a agité ses aérosols et s'est remis au travail. Il tenait un spray dans chaque main, comme les pistoleros ambidextres des films de cow-boys, et remplissait rapidement de jaunes et de bleus une pièce de grandes dimensions, haute, composée d'énormes lettres que le manque de lumière m'a empêchée de déchiffrer.

J'allais faire demi-tour quand j'ai découvert l'homme que j'avais vu le matin : replet, moustache blonde. Il portait le même loden et le même chapeau anglais en tweed. Le hasard m'ayant fait regarder vers le haut, je l'ai vu descendre dans l'ombre, à pied et de l'autre côté, en se hâtant. En m'apercevant, il s'est arrêté à une douzaine de pas, indécis. La situation était singulière : la rue était déserte à l'exception du graffeur, de l'homme et de moi. Après une brève hésitation, il a tout de suite poursuivi son chemin ; seulement, maintenant, j'étais sur le qui-vive et je ne pouvais plus nier l'évidence. Le seul réverbère allumé dans cette partie de la rue était proche, et il éclairait suffisamment pour que je le reconnaisse sans erreur possible. En un instant, j'ai compris : il m'avait suivi dans le Barrio Alto jusqu'à l'arrêt d'en haut. Ensuite, afin de ne pas se risquer dans le même funiculaire que moi, il avait descendu la côte en marchant très vite dans l'intention de me rejoindre en bas. En revenant sur mes pas pour observer le graffeur, j'avais fait échouer sa manœuvre.

Cela ne faisait pas l'ombre d'un doute que c'était l'homme de l'Alfama. Je le voyais pour la troisième fois en un peu plus de douze heures, et je me suis soudain souvenue de ce que disait Auric Goldfinger à James Bond dans le roman bien connu : une fois, c'est un hasard, deux, ce peut être une coïncidence, trois, ça signifie un ennemi en action. James Bond n'avait rien à voir là-dedans, ai-je pensé, et sans doute le mot *ennemi* était-il excessif – je devais vite me rendre compte qu'il ne l'était absolument pas –, mais nul n'aime découvrir qu'il est suivi à la trace avec des intentions pour le moins inquiétantes. C'était irritant ; et en matière d'irritation, je peux atteindre des niveaux aussi élevés que n'importe qui. J'ai éprouvé un mélange compliqué de stupéfaction, de peur et de colère, et après avoir consacré quelques secondes à rassembler mes idées, c'est la colère qui l'a emporté. Chat échaudé craint l'eau froide. Pour prolonger les métaphores littéraires, je ne suis pas ce qu'on pourrait appeler une sainte-nitouche. J'ai reçu et rendu pas mal de coups, et cetera. Et pas toujours au sens figuré. Aussi ai-je marché droit sur le type à la moustache blonde.

– Pourquoi tu me suis ? ai-je demandé sans préambule.

– Pardon ?

Il s'était arrêté en me voyant approcher. Il avait répondu en espagnol, probablement pris de court par mon ton brusque que le tutoiement rendait encore plus agressif.

– Je te demande pourquoi tu me files le train, bordel !

– Vous… a-t-il tenté de dire.

J'ai cru que le ton que j'avais pris me donnait l'avantage, et donc je l'ai conservé. Et je l'ai haussé d'un cran.

– Connard !

Il a écarquillé les yeux, décontenancé. Ou faisant semblant de l'être. J'étais un peu plus grande que lui, je consacre deux après-midi par semaine à nager dans une piscine, et je suis passablement bien bâtie. Quant au caractère, je n'ai jamais été de celles qui poussent des petits cris et se cramponnent en tremblant à l'épaule du beau cow-boy – c'est toujours à lui que vont les nanas éthérées – quand les Apaches attaquent le fort. Dit autrement : j'étais tellement en rage qu'à la moindre provocation de ce petit gros je lui aurais arraché ces yeux bleus qui me regardaient, innocents, comme stupéfaits, sous le bord court du chapeau anglais, dans la lumière jaune du réverbère.

– Vous n'avez pas le droit, a-t-il réussi à terminer enfin sa phrase.

J'ai traité par le mépris sa notion des droits et des devoirs dans un lieu tel que celui-là, passé minuit.

– Ce matin, tu me suivais dans l'Alfama, et maintenant tu es ici… Qu'est-ce que ça veut dire ?

Il m'a regardée encore un instant, très fixement. Il tordait sa moustache blonde, frisée aux pointes, découvrant des dents de lapin en se mordant la lèvre inférieure, comme s'il réfléchissait. Comme s'il essayait réellement de comprendre de quoi je lui parlais.

103

Pourtant, durant quelques secondes, l'expression glaciale de ses yeux m'a fait soupçonner que ce ne serait peut-être pas aussi facile de les arracher que je l'avais d'abord pensé. Qu'il n'était pas de ceux qui se laissent faire docilement. Ni arracher quoi que ce soit. Mais, je l'ai dit, ça n'a duré qu'un instant.

– Vous faites erreur.

Il a eu un mouvement brusque pour m'esquiver et reprendre sa descente. J'ai regardé son dos.

– La prochaine fois, je t'écrase la tête ! ai-je presque crié. Minable.

De l'autre côté de la rue, un aérosol dans chaque main, le tagueur s'était retourné pour nous observer avec curiosité. Puis il a ramassé tout son saint-frusquin et est parti en remontant la rue, silencieusement. Je suis restée plantée devant les jaunes et les bleus de son graff, respirant la peinture fraîche pendant que l'adrénaline se diluait dans mes veines et que mon pouls reprenait son rythme normal, jusqu'à ce que l'autre individu rejoigne l'arrêt du funiculaire, au bas de la pente, et tourne au coin sur la droite. J'ai tenté de le suivre après avoir jeté un regard prudent, mais j'ai perdu sa trace. J'ai pris à gauche l'Avenida da Libertade, en direction de l'hôtel, pendant que je tentais de remettre de l'ordre dans mes idées. J'ai sorti mon portable de mon sac et appelé Mauricio Bosque malgré l'heure tardive – qu'il prenne aussi sa part d'emmerdements, ai-je décidé –, mais je n'ai obtenu que sa boîte vocale. J'ai laissé un message en lui demandant de me rappeler. D'urgence. De temps en temps je tournais la tête pour regarder derrière moi, inquiète. Mais cette fois personne ne me suivait.

De retour à l'hôtel, j'ai demandé la clef, et le concierge de garde m'a remis la copie d'un message téléphonique qu'on avait laissé pour moi. Il était d'As Irmãs, comptait seulement quatre mots et m'a fait oublier sur-le-champ l'homme à la moustache blonde pour me précipiter vers un canapé du salon désert et brancher mon téléphone sur Internet. Le message disait : *Sniper. Scandale en Italie.*

4

Le balcon de Juliette

– Incroyable, a dit Giovanna.

J'étais d'accord. Ça l'était. Même les musées de la ville n'attireraient jamais une telle affluence. La cour de la maison de Juliette, au centre de Vérone, était pleine de gens qui se bousculaient sous la voûte d'entrée et jusque dans la rue, formant une queue que des policiers prétendaient discipliner. Le froid ne décourageait personne : sous la faible neige fondue distillée par un ciel gris rébarbatif se pressaient d'innombrables touristes munis de parapluies, vêtus d'anoraks, de bonnets de laine et tenant des enfants par la main ; mais aussi des habitants de Vérone qui accouraient voir ce que les journaux et la télévision de toute l'Italie, non sans une pointe de forfanterie chauvine, qualifiaient depuis trois jours d'*une des plus originales interventions d'art urbain illégal réalisées en Europe.*

– Comment a-t-il pu s'y prendre ? ai-je demandé. L'endroit n'est donc pas gardé la nuit ?

– Un vigile se trouve à l'intérieur de la maison, mais il n'a rien vu. Et le portail sur la rue était fermé.

Tout Vérone en discutait. Même les *carabinieri* chargés de l'enquête se perdaient en conjectures sur la manière dont Sniper avait réussi à s'introduire dans la maison-musée consacrée à la légende shakespearienne :

le lieu dont le balcon était censé avoir servi aux rendez-vous de la jeune Capulet et de son amant Roméo Montaigu.

– Est-ce qu'il est passé par le toit et s'est laissé glisser le long du mur ?

– C'est possible… Ou il s'est peut-être caché dans la maison jusqu'au départ des derniers visiteurs.

J'ai regardé autour de moi. Cela faisait longtemps que la cour s'était transformée en une sorte de petit enclos dédié au thème de l'amour : les grilles couvertes de cadenas portant des initiales, les inscriptions romantiques sur les murs et une mosaïque spontanée et multicolore composée de milliers de chewing-gums écrasés et collés aux murs avec des mots tendres écrits dessus. La boutique de souvenirs, tout comme celles qui avoisinaient la Via Cappello, déployait également un cauchemar bigarré de porte-clefs, de dés, de cendriers, de bols, d'assiettes, de Roméo et Juliette miniatures, de coussins, de cartes postales et de tout ce qu'il est possible d'imaginer en matière de mauvais goût, où dominaient des milliers de cœurs qui envahissaient tout jusqu'à donner la nausée. Avec le temps, cette explosion de camelote sans limites avait fini par déplacer l'intérêt premier pour le balcon et la statue de Juliette située au fond de la cour : la plupart des touristes avaient cessé de s'y prendre en photo, préférant poser devant ce décor délirant, ces centaines de cadenas accrochés aux grilles, ces milliers d'inscriptions manuscrites et cette mosaïque de chewing-gums qui couvraient la voûte et la cour. Une mutation perverse de l'art urbain, en quelque sorte. Interaction avec le public, et tutti quanti. Encore que l'on puisse trouver des façons moins indulgentes de le qualifier.

– En tout cas, a commenté Giovanna, Sniper est un génie.

J'ai regardé l'objet de ce commentaire : la raison pour laquelle s'était multiplié ces deux derniers jours le nombre de visiteurs venus voir le balcon de Juliette, dans le froid de février d'une petite ville du nord de l'Italie. Au fond de la cour, devant les grilles couvertes de cadenas porteurs de serments d'amour et la boutique de souvenirs constellée de cœurs, la statue de bronze grandeur nature de la demoiselle de Vérone, habituellement patinée par le frôlement de milliers de mains de touristes qui la caressaient avant de se faire photographier près d'elle, avait un aspect pour le moins insolite : son corps était tapissé de billets de cinq euros fixés avec de la colle et vernis à l'aérosol, et son visage était recouvert d'un masque de lutteur mexicain qui représentait une de ces têtes de mort, ou *calacas*, que Sniper utilisait habituellement dans ses travaux. Pour qu'il ne subsiste aucun doute sur l'auteur, le socle de la statue était décoré de la signature et du cercle de franc-tireur entourant une croix.

– Ils ne savent pas quoi en faire, riait Giovanna.

C'était vrai. Et évident. À la mairie, les services culturels étaient débordés par la situation. Avec la propagation de la nouvelle et l'intervention des médias, touristes et habitants s'étaient précipités en masse pour voir le travail de Sniper. La première réaction, qui était d'arracher la couche de billets et le masque du visage de Juliette, s'était heurtée à l'explosion médiatique de l'événement ; et maintenant c'étaient des milliers de personnes qui voulaient voir la performance en Italie de l'artiste illégal dont on savait qu'il se cachait pour des raisons confuses sur lesquelles, depuis des jours, la presse, la radio et la télévision ne cessaient de s'interroger. On était allé jusqu'à installer un châssis en aluminium et en plastique formant toit au-dessus de la statue pour la protéger des intempéries. Des critiques d'art et des universitaires commentaient devant les caméras l'action originale de l'artiste urbain espagnol – les détracteurs, quoique en minorité, le qualifiaient tout simplement de vandale –, dont la présence en Italie était passée inaperçue jusque-là. De sorte que les autorités avaient dû faire de nécessité vertu en décidant d'exploiter la répercussion de cette nouveauté dans le paysage touristico-culturel de la ville. Pour citer un éditorial publié le matin même dans le journal *L'Arena*, en plein mois de février et par ces temps de froidure, de crise économique et de basse saison touristique, la rencontre de Sniper et de Juliette – le pauvre Roméo avait été éjecté de la romance – était pour Vérone comme un miracle du Bon Dieu.

Nous avons quitté la queue et les flashes des appareils photo et des portables, et nous avons marché vers la Piazza del Erbe. Il faisait toujours très froid. Les gouttes de neige fondue commençaient à geler sur le sol mouillé et une mince couche blanche de minuscules flocons recouvrait la place. Nous avons décidé de nous réfugier dans le café Filippini pour y prendre une boisson chaude.

– On n'a pas le choix, a résumé Giovanna en secouant les gouttes d'eau de son châle de laine avant de l'accrocher au dossier de sa chaise.

Giovanna Sant'Ambrogio était élégante, attirante, avec de très grands yeux noirs et un long nez légèrement provocant qui, chez une femme autre qu'italienne, eût paru vulgaire. Maintenant elle se teignait les cheveux en noir charbon pour cacher les premiers fils gris. Nous nous étions connues une dizaine d'années plus tôt quand nous étudiions l'histoire de l'art à Florence, où nous avions eu une brève relation durant un cours d'été sur la chapelle Brancacci, avec d'agréables promenades le long des rives de l'Arno et des nuits d'intimité torrides dans la chambre exiguë de ma pension de la Via della Burella. Giovanna devait se marier quelques mois plus tard, et tout s'était achevé sans heurts pour ne plus être qu'une chaleureuse amitié. Aujourd'hui elle était divorcée et vivait à Vérone, où elle travaillait à la Fondation Salgari et comme éditrice de la revue culturelle *Villa Della Torre* financée par un important chai de Fumane, dans la Valpolicella.

– La question est de savoir si Sniper est toujours en ville, jouissant de son succès, ai-je suggéré.

Giovanna tournait sa cuillère dans son café-crème. Un *macchiato*, avait-elle demandé. Et un autre pour la dame. Avec quelques gouttes de cognac dedans.

– Je peux tenter de le vérifier, a-t-elle dit après avoir réfléchi un moment. Je connais des gens qui s'intéressent à l'art urbain, et certains sont des graffeurs… Nous ne perdons rien à déployer des antennes.

Elle a encore réfléchi, tout en portant la tasse à ses lèvres.

– J'ai un ami qui est dans le coup, a-t-elle poursuivi. Un type qui peut se vanter de tenir le record local de sanctions pour vandalisme. Il signe *Zomo*. On peut le suivre à la trace à travers toute l'Italie du Nord, dans les gares de chemin de fer et sur les lignes d'autobus… Dur et agressif, tout à fait le style que tu cherches.

Ce tag italien, *Zomo*, ne me semblait pas inconnu. J'ai cherché dans ma mémoire.

– Il est jeune ?

– Plus tellement. Il doit aller sur ses trente ans. Il intervient peu à Vérone, car la police le surveille et il s'exposerait à de graves conséquences ; mais, de temps en temps, il ne peut se retenir, et il sort dans la rue ou fait des expéditions punitives dans d'autres villes.

– Je crois que j'ai vu des choses de lui sur Internet… C'est lui qui fait des graffs sur les flics ?

– Oui, a ri Giovanna. Il ne les lâche pas depuis des années.

– En tout cas, il est plutôt bon.

Je me rappelais, enfin. Il y avait des œuvres de Zomo sur les pages de graffitis d'Internet. En plus des graffitis conventionnels, il aimait peindre des policiers italiens dans des situations scabreuses : en train de s'embrasser sur la bouche, de fumer un joint, de se sodomiser. Il travaillait avec des stencils tout prêts pour opérer rapidement : pochoir appliqué au mur, giclée d'aérosol et fuite sans demander son reste. Peignant de telles scènes, c'était naturel qu'il réduise le plus possible le risque d'être arrêté. Plus d'un policier aurait été ravi de l'épingler. De bavarder avec lui en tête à tête durant quelques minutes. Et pas pour lui demander des autographes.

Giovanna m'a raconté d'où elle le connaissait. Elle-même avait encouragé à Vérone, quelques années plus tôt, une initiative pour affecter un lieu au *street art* ; un appel public, sponsorisé par son chai. Le projet était d'inviter des graffeurs connus, comme cela s'était fait dans d'autres villes. Le site idéal était une ancienne usine abandonnée près du fleuve, au sud de la ville. Les gens pourraient voir travailler les graffeurs locaux à la lumière du jour, et le spectacle serait accompagné de musique funk, rap, hip-hop, et autre. Mais l'idée n'avait pas vraiment plu à la municipalité. Il y avait eu des débats, des discussions, et elle avait finalement été rejetée. Ce qui n'avait pas empêché Giovanna d'être en relation avec Zomo, qui devait se charger de tout organiser.

– Tu sais toujours comment le joindre ? ai-je demandé, intéressée.

– Oui. Et ce n'est pas un mauvais bougre… Un peu fêlé, mais pas un mauvais bougre.

– Tu es sûre qu'il connaît Sniper ?

– On m'a dit qu'il a été son explorateur autochtone dans l'histoire de Juliette… Qu'il lui a servi de guide local.

J'ai terminé mon fond de café. Voilà qui m'ouvrait des perspectives intéressantes.

– Tu veux dire que si Sniper est toujours à Vérone, ce Zomo serait en contact avec lui ?

Giovanna a souri, énigmatique. Une de ses mains, ornée d'anneaux d'argent et d'un gros bijou fantaisie, était près de la mienne. Faisant remonter mes souvenirs. Je l'ai regardée dans les yeux en lui rendant son sourire. À la façon dont elle entrouvrait les lèvres, j'ai su qu'elle aussi se souvenait.

– C'est possible, a-t-elle dit. Mais il y a peut-être encore mieux que ça… Une rumeur.

J'ai relevé la tête, soudain sérieuse, comme une chienne qui flaire l'odeur subite d'un bon os.

– Quelle sorte de rumeur ?

Elle a écarté sa main pour lever un doigt à l'ongle long et soigné, verni à la perfection, et le pointer vers la rue, où la neige tombait maintenant en abondance.

– Sniper n'en aurait pas fini avec Vérone. Il lui resterait encore des choses à y faire.

– De quel genre ? – J'ai poussé ma tasse de côté et me suis accoudée à la table. – Tu as un moyen de le savoir ?

– Une histoire curieuse circule. Il est peut-être en train de préparer un coup dont l'intervention dans la maison de Juliette ne serait que le prélude.

– Une autre opération ?

– C'est bien possible. Après-demain, nous serons le 14 février. En Espagne aussi, vous fêtez le jour de l'amour, n'est-ce pas ?

De nouveau ce sourire entendu, évocateur. Je me suis demandé avec qui Giovanna entretenait maintenant une relation. Homme ou femme ? Mon instinct me faisait pencher pour la seconde option. De toute manière, il n'était plus question d'approfondir. Je ne reviens jamais là où j'ai été heureuse. D'autres facteurs d'arrière-garde jouaient aussi. Des règles personnelles. Des loyautés.

– Oui, ai-je confirmé. Le jour des amoureux. La Saint-Valentin.

– Bien. Or Roméo et Juliette, grâce à Shakespeare, sont les amoureux par excellence. Et Vérone, la ville de l'amour. -- Elle s'est tournée de nouveau vers la fenêtre qui donnait sur la place. – Un amour que, comme tu l'as vu, le public, la bêtise, la contagion sociale, la télé et tout ce que ça implique, y compris les romans et les films de Federico Moccia, ont transformé en manifestation populaire, mercantilisée, la plus ringarde qu'on puisse imaginer… L'intervention de Sniper taperait en plein dedans.

– Et ?

– Et donc voilà… Selon les bruits qui circulent, il n'a pas fini d'exprimer ce qu'il pense de toutes ces niaiseries. Et il prépare un autre coup. Apparemment, des graffeurs de toute l'Italie convergent sur Vérone. Convoqués par Sniper en code, comme d'habitude… E-mails via Internet, textos, etc.

J'ai respiré lentement, en tentant de garder mon calme. Autrement, j'aurais bondi de ma chaise.

– Dans quelle intention ?

– Ça, je ne le sais pas encore. Mais je ne serais pas étonnée que d'ici deux jours nous soyons tous mis devant le fait accompli.

J'ai regardé le miroir qui se trouvait derrière elle. J'y voyais également mon reflet : assise, le col de mon blouson relevé, un foulard de soie autour du cou et les cheveux encore humides de neige fondue. Dans mon dos, au comptoir et devant des rangées de bouteilles alignées sur leurs étagères, il y avait des clients qui avaient fui le mauvais temps. J'entendais le bruit de leurs conversations. Peut-être, ai-je pensé avec un frisson, que Sniper est parmi eux. Buvant comme moi un café *macchiato* avec quelques gouttes de cognac, en train de préparer une deuxième partie de son intervention.

– Il faut que je voie Sniper. S'il est encore à Vérone, je dois le rencontrer.

Elle a hoché la tête, guère encourageante.

– Ça ne semble pas facile. Partout où il va, ses fans l'entourent d'un cordon de sécurité efficace. Mais Zomo est mêlé à l'affaire et nous ne perdons rien à essayer… Ce que je ne vois pas, c'est quelle raison convaincante tu peux faire valoir pour être prise au sérieux.

J'ai réfléchi à la question. Des arguments. Des appâts. J'ai regardé de nouveau le miroir, puis je me suis tournée vers la fenêtre dont la vitre se couvrait de buée. Dehors, dans l'air zébré de flocons qui tombaient doucement, la neige déposait une fine couche de blanc sur la statue de la fontaine centrale de la place.

– Est-ce que nous pourrions lui faire parvenir une lettre de moi par l'intermédiaire de Zomo ? Un message ?

– Nous pourrions. Mais je ne peux rien te garantir. Même pas qu'elle arrive à destination.

J'ai appelé le garçon pour demander l'addition.

– Je peux toujours tenter le coup, ai-je dit.

*

Quand je me rends à Vérone, je descends ordinairement à l'hôtel Aurora, qui est central et dont les prix sont raisonnables. Mais, cette fois, Mauricio Bosque prenait les frais à sa charge, et donc ma chambre – trois cents euros la nuit, taxes non comprises – était la 206 du Gabbia d'Oro, qui se trouve également à un pas de la Piazza del Erbe. Et cette même après-midi, pieds nus sur un joli tapis ancien et penchée sur un bureau du XIX\ siècle, j'y ai écrit ma lettre à Sniper. Lui donner la tournure voulue m'a coûté de nombreux brouillons, jusqu'à ce que je réussisse à trouver le ton qui m'a semblé le plus approprié. Je la transcris ici, littéralement :

Vous dire, au point où j'en suis arrivée, que j'admire votre travail me semble être une perte de temps. Je vous épargnerai donc un long préambule d'éloges. Je crois que vous êtes une des personnalités les plus intenses et les plus singulières de l'art contemporain, et que vos interventions vont directement au cœur de la grande question : dans une société qui domestique tout, achète tout et s'approprie tout, l'art actuel ne peut être que libre, l'art libre ne peut être réalisé que dans la rue, l'art dans la rue ne peut être qu'illégal, et l'art illégal se meut sur un terrain étranger aux valeurs qu'impose la société moderne. Jamais autant qu'aujourd'hui le vieil adage qui dit que l'œuvre d'art est au-dessus des lois de la société et de la morale de son temps n'a été aussi vrai.

Je possède l'expérience et les contacts indispensables. Je suis mandatée pour vous présenter un projet qui permettrait de porter, avec tous les honneurs, cette vérité au cœur même du système que vous combattez avec tant d'énergie. Je vous prie seulement de m'accorder, avec toutes les garanties de sécurité que vous estimerez opportunes, une brève rencontre qui me donnera une chance de vous l'exposer.

J'ai parcouru plusieurs fois la dernière mouture, j'ai éliminé les mots *avec tous les honneurs* du second paragraphe, j'ai introduit l'adjectif *explosive* après «cette vérité» et, une ultime lecture achevée, j'ai transféré mon texte dans mon courrier électronique et l'ai envoyé à Giovanna qui, à son tour, devait le faire suivre à Zomo. Puis j'ai allumé la télévision – la chaîne locale continuait de commenter le travail de Sniper dans la maison de Juliette –, me suis allongée sur le lit, et j'ai appelé l'éditeur de Birnam Wood pour lui rendre compte de mes dernières démarches.

*

Le lendemain 13 février, le portable de Giovanna a sonné en plein milieu du déjeuner. Nous étions dans la trattoria Masenini, face au château, et un garçon venait d'enlever le *primo piatto* quand elle a ouvert son sac pour répondre à l'appel et, tout en écoutant, elle m'a adressé un sourire qui s'est peu à peu élargi. À la fin, elle a dit *Grazie, caro*, a coupé la communication, rangé son téléphone et est restée à me regarder d'un air satisfait.

– Tu as un rendez-vous, a-t-elle annoncé.

Du coup, j'en ai eu la gorge sèche. Les pâtes mangées un instant plus tôt semblaient faire des nœuds dans mon estomac. Lorsque j'ai tendu lentement une main vers mon verre de vin, j'ai fait un gros effort pour qu'elle ne tremble pas.

– Quand ?

– Cette nuit, à onze heures. Au coin du Vicolo Tre Marchetti.

– Et ça se trouve où ?

– Près d'ici. Derrière les Arènes… L'amphithéâtre romain.

J'ai bu une longue gorgée de vin. C'était un amarone nicolis 2005 et, en cet instant, il avait le goût très particulier de la victoire.

– C'est Zomo qui appelait ?

– Oui. Il dit que tu dois venir seule, sans rien pour enregistrer, sans appareil photo ni portable… Qu'une fois sur place, on te fouillera pour vérifier.

– Qu'est-ce qu'il a dit d'autre ?

– Rien. Juste ça. – À son tour, elle a saisi son verre pour le lever légèrement en mon honneur. – Après tout, il semble bien que tu l'auras, ton Sniper.

Nous avons choqué légèrement nos verres. Le cristal a vibré, aigu et net, autour du vin couleur sang.

– Grâce à toi, ai-je dit.

Giovanna me regardait affectueusement.

– Je n'ai rien fait, a-t-elle répondu avec douceur.

Une nouvelle fois, j'ai aperçu ce sourire évocateur sur ses lèvres. Pareil au mien, ai-je supposé. J'ai compris qu'elle se souvenait de moi. De nous.

*

La neige avait cessé, mais les rues de Vérone étaient tapissées de blanc, et de grosses gouttes d'eau tombaient des toits des immeubles. Il était onze heures moins dix.

L'heure tardive, le froid sans vent, les immeubles dans l'ombre et la pâleur fantomatique des rues formaient un décor étrange, silencieux, dans lequel résonnait comme des craquements le bruit de mes bottes sur la neige. J'avais descendu la Via Mazzini et, arrivée sur le vaste espace blanc de la place, j'ai tourné à gauche, en direction de la masse noire de l'antique amphithéâtre. Le Vicolo Tre Marchetti débouchait juste à cet endroit, à peu de distance des arcs de pierre bimillénaires, sous des balcons en fer forgé et l'enseigne d'une trattoria déjà fermée à cette heure.

Je me suis arrêtée au coin et j'ai scruté les alentours. Bien que la nuit fût sans lune ni étoiles et que, dans cette partie, l'éclairage public fût éteint ou en panne à cause du mauvais temps, la réverbération de la neige diffusait une certaine clarté qui permettait de distinguer des formes dans la pénombre : il y avait des voitures garées, couvertes de neige, des traces de pneus qui avaient écrasé le sol gelé en le rendant glissant, et un lampadaire solitaire allumé du côté des Portoni della Brà dessinait la silhouette d'arbres éloignés et les gros balustres de pierre de la rambarde métallique qui entourait le fossé de l'amphithéâtre.

Dix minutes s'étaient déjà écoulées depuis l'heure convenue et je sentais mes pieds geler, immobiles sur cette surface blanche et glacée. J'ai frotté mes mains gantées l'une contre l'autre, ai piétiné le sol pour me réchauffer ; j'ai finalement marché vers l'énorme monument et longé le fossé sans voir personne. Parfois, les phares d'une voiture qui traversait lentement la place projetaient des ombres horizontales sur la neige ; et certaines de ces ombres étaient celles de passants qui, comme moi, avançaient avec précaution un peu plus loin. Mais aucune n'est venue à ma rencontre. J'ai commencé à me sentir inquiète. Troublée.

Je revenais sur mes pas en suivant la rambarde, de nouveau dans la direction du coin de la rue, quand en bas, dans le fossé blanc de neige, une silhouette s'est détachée, s'écartant un peu d'un des énormes piliers de pierre qui soutenaient les arcs de l'amphithéâtre.

– Sniper ? ai-je chuchoté.

Pas de réponse. Au son de ma voix, la silhouette était redevenue immobile. De nouveau une forme obscure se fondant dans l'ombre, sous l'arc.

– C'est moi, Lex Varela, ai-je dit.

J'ai cru entendre un rire bref, contenu ; mais je me trompais peut-être. Ce pouvait n'être qu'une brève quinte de toux due au froid. Puis la forme sombre s'est détachée un peu plus du pilier. J'étais en haut, les mains posées sur la rambarde, et elle restait en bas, protégée par l'ombre de l'arc de pierre. J'ai regardé autour de moi, cherchant un endroit par où franchir la rambarde : des marches ou une rampe pour descendre dans le fossé profond d'environ deux mètres ; mais, à ce moment, j'ai entendu des craquements sur la neige. Le bruit des pas de quelqu'un qui marchait sur le trottoir. J'ai fait demi-tour et tenté de me dissimuler dans l'obscurité. Ce fut d'abord une silhouette noire se découpant sur le paysage neigeux de la rue. Puis, alors qu'elle était déjà presque à côté de moi, les phares d'une voiture ont éclairé un instant une femme mince et grande, portant un chapeau, enveloppée dans un long manteau de vison. J'ai pu distinguer son visage sec et anguleux avant que la lumière des phares ne s'éloigne. La femme en a fait autant, longeant la rambarde pour se perdre de nouveau dans la nuit.

– Sniper ? ai-je encore interrogé en me tournant vers le fossé.

Pendant quelques secondes, rien ne s'est passé, et j'ai eu peur qu'il ne soit parti. Mais, finalement, j'ai de nouveau remarqué que quelque chose bougeait en bas, dans le noir. Encore une fois, la forme obscure s'est détachée de sous l'arc, et maintenant elle se rapprochait, sortant à découvert sur la blancheur du fossé enneigé. Une ombre masculine, le bas du visage caché, qui se déplaçait lentement, avec précaution, pour venir se situer sous mes pieds.

– Par où je peux descendre ? ai-je demandé en me penchant au-dessus de la rambarde.

Il a levé un bras pour désigner un point. Un geste obscur sur fond de neige, dirigé vers sa droite. C'est alors que plusieurs choses se sont produites simultanément. Du côté où j'avais vu disparaître la femme au manteau de vison, des pas ont de nouveau retenti sur le trottoir, se rapprochant rapidement ; et en me retournant un instant, je l'ai reconnue : elle était déjà presque sur moi. Mais cette fois elle ne s'est pas contentée de passer. J'ai reçu un coup très violent sur la tempe, aussi inattendu que brutal. Devant mes rétines ont jailli des étoiles multicolores qui ont déchiré les ombres de la nuit dans toutes les directions. J'ai perdu l'équilibre, et, le temps de me cramponner à la rambarde pour ne pas tomber dans le fossé, j'ai pu voir, malgré la commotion et à travers toutes ces petites lucioles en folie qui se bousculaient dans mes yeux, la forme noire de l'homme qui était en bas reculer brusquement, et, en même temps, une autre présence inopinée le rejoindre, sortant de sous les piliers des arcs, pour se jeter sur lui : une nouvelle ombre qui se déplaçait avec une rapidité et une violence extraordinaires. À ce moment, j'ai reçu un second coup sur la nuque, encore plus fort que le précédent, et, perdant complètement l'équilibre, j'ai basculé par-dessus la rambarde pour tomber la tête la première dans le fossé, deux mètres plus bas.

Je ne me rappelle pas clairement ces instants. Seulement l'impression de voir tout disparaître, la panique de la chute, la sensation de vide profond interrompue soudain par la violence du choc. Le subit manque d'air dans mes poumons, du fait de l'impact de mon corps contre le sol. C'est, je suppose, grâce à la couche de neige recouvrant le fond que j'ai évité de me briser quelques membres en atterrissant. Je suis restée sur le flanc, incapable de bouger, sans perdre connaissance mais sonnée au point de ne même pas sentir de douleur. J'ai ouvert la bouche pour crier et respirer, mais je n'ai pas réussi à émettre le moindre son, ni à introduire dans mes poumons davantage qu'un minuscule filet d'air. J'étais tuméfiée, insensible comme si j'étais la proie d'une soudaine paralysie qui ne laissait intactes que l'ouïe et la vue. J'avais la tête tournée sur le côté, reposant sur la neige. Les étoiles de toutes les couleurs se sont éteintes, et j'ai pu voir l'homme que j'avais aperçu dans le fossé s'écrouler près de moi : brefs bruits de lutte, grognements, gémissements. Quelqu'un m'a poussée du pied, cette fois sans violence, en me mettant sur le dos. J'ai cru entendre une voix de femme, tout près, qui prononçait des paroles que je n'ai pu comprendre. Une voix d'homme lui a répondu. La forme obscure qui gisait à côté de moi avait cessé de se débattre, ou c'est du moins l'impression que j'ai eue. Le faisceau d'une petite lampe, mince comme un crayon lumineux, a éclairé un moment mon visage, puis a cherché celui de l'homme à terre. Il y avait un autre homme debout devant lui, et il m'a semblé voir un long manteau de loden, une moustache blonde et des yeux clairs. Et aussi l'éclat fugace d'un couteau.

– Merde ! ai-je entendu.

Une discussion à voix basse a suivi : un rapide échange de brèves répliques, pour moi dénuées de sens. Puis le rai de lumière s'est éteint, j'ai entendu des pas s'éloigner sur la neige et le silence est revenu. Après quelques minutes – en réalité je ne suis pas sûre du temps qui s'est écoulé –, j'ai essayé de bouger, sans y parvenir. Je demeurais paralysée, bien que ne ressentant toujours aucune douleur. J'ai pris peur. Je veux avoir mal, ai-je pensé. Je veux être certaine que je ne me suis pas brisé la colonne vertébrale. J'ai pu enfin appuyer un bras sur le sol gelé et tenter de me relever. Une douleur atroce m'a tenaillé le thorax.

– Aahhh ! ai-je gémi.

Comme pour me répondre, une plainte est également montée du corps qui gisait près de moi. D'une main, je l'ai tâté. Ses vêtements étaient trempés d'eau et de neige. Totalement froids. Si c'était du sang, ai-je pensé, ils seraient chauds. Du moins, je suppose. Au contact de ma main, le corps a paru reprendre vie. Il a bougé un peu, lentement, et a de nouveau gémi de douleur.

– Sniper… ai-je dit.

– *Cazzo !* a été la réponse.

Il avait parlé en italien, et j'ai tardé à m'en rendre compte, car d'autres choses mobilisaient mon attention. Mes muscles commençaient à répondre ; et bien qu'endolorie de la tête aux pieds, je recouvrais ma mobilité. Je me suis relevée comme j'ai pu, me tâtant prudemment pour chercher si je ne m'étais rien démis. Je ne semblais pas avoir subi de dommages sérieux, hormis la commotion due au choc et l'intense douleur à la tête qui me torturait comme si ma cervelle avait éclaté et cognait contre la paroi intérieure du crâne. J'étais également imbibée de neige fondue et je grelottais. Au prix d'un nouvel effort, je me suis adossée à la paroi du fossé et j'ai tiré vers moi l'homme qui gisait tout près, en l'aidant à se redresser.

– *Cazzo*, a-t-il répété.

J'ai enfin compris : ce n'était pas Sniper. Cet enfoiré avait envoyé Zomo à sa place.

*

– Nous devrions peut-être appeler la police, ai-je suggéré.

Zomo fumait, et la braise de cigarette teintait de rouge le bas de son visage à intervalles réguliers. En m'entendant, il a fait la grimace.

– La police, je l'emmerde.

Nous étions dans une quasi-obscurité, assis sur les marches du porche fermé d'un des cafés de la place. Endoloris et encore hébétés. J'ai tenté de mettre de l'ordre dans mes idées, tout en contemplant les silhouettes fantomatiques des arbres au loin et la forme imposante, massive et sombre, de l'amphithéâtre. La réverbération de la neige dessinait les chaises et les tables du café empilées près de nous sur la terrasse vide, et parfois, l'espace d'un instant, les phares d'une voiture venaient nous éclairer. Zomo était doté d'un visage étroit et long, vaguement chevalin. Son crâne était tondu à zéro sous le bonnet de laine et il portait un caban de marin. Il gardait un petit sac par terre, entre ses bottes.

– Qu'est-ce qui s'est passé, bordel ? a-t-il demandé.

– Ils cherchaient Sniper.

– Et toi ? Qu'est-ce que tu as à voir avec eux ?

– Rien.

– Fais pas chier.

– Je suis sérieuse. Rien.

Il a tiré de nouveau sur sa cigarette, plongé dans un silence sceptique.

– Ils veulent lui régler son compte, ai-je dit. C'est pour ça qu'il se cache.

– Oui, je suis au courant. Le père d'un gosse qui est mort en Espagne… Ça, tout le monde le sait. Mais ce qui vient de se passer…

Il s'est interrompu, car, en allongeant les jambes, il n'avait pu retenir un grognement de douleur.

– Si tu n'étais pas de mèche avec eux, a-t-il repris un moment plus tard, qu'est-ce qu'ils foutaient ici ?

– Ils savent que je le cherche. Je suppose qu'ils me suivent depuis Madrid.

– Putain ! Donc ça veut dire que cette histoire qu'ils veulent lui faire la peau est vraie.

– Qu'est-ce que Sniper t'a dit à mon sujet ?

– Rien de particulier. Il y a une gonzesse qui veut entrer en contact avec moi. Va la voir et fais-la dégoiser. Et donc je suis venu.

Il a encore bougé en essayant de s'installer plus commodément et de nouveau grogné. Il n'était pourtant pas aussi mal en point que moi, après ma chute de deux mètres dans le fossé et le choc contre le fond enneigé. Ma tête continuait de me faire horriblement souffrir, et le reste de mon corps semblait être passé sous les sabots d'une mule. De temps en temps je me tâtais les côtes sous mon blouson, incrédule. Surprise de n'avoir rien de cassé.

– Je ne m'attendais pas à les trouver ici, a dit Zomo. Et je suppose que Sniper non plus… Ou du moins je préfère le penser. Ces salauds ont failli me tuer.

125

– Je ne crois pas qu'il l'ait su. Ni même qu'il ait pu le soupçonner.

– Bien sûr qu'il ne le savait pas… D'ailleurs, jamais il ne ferait une chose pareille. Envoyer un collègue dans un piège. Ce type est franc comme l'or.

– C'est pour ça que vous le protégez tous ?

Une voiture est passée tout près, en nous éblouissant un instant. Zomo remuait la neige avec ses bottes.

– Qu'est-ce que vous lui trouvez ? ai-je voulu savoir. Pourquoi suscite-t-il partout cette loyauté ? Cette complicité et ce silence ?

Il a tardé quelques secondes à répondre.

– Je te l'ai dit, c'est un mec honnête, qui ne s'est jamais vendu. Un authentique destroyer avec des idées géniales, qui la sort pour pisser sur tous les nantis, parce que lui, ils ne peuvent pas l'acheter… C'est aussi quelqu'un de spécial. Il a des choses que les autres n'ont pas.

– Par exemple ?

– Il sait te mettre en confiance. Il connaît les gens. Il sait toucher la fibre sensible.

– Et où est-il en ce moment ? ai-je risqué. Toujours à Vérone ?

Il a tiré une dernière fois sur sa cigarette, éclairant un sourire que la braise teintait de rouge. Puis j'ai vu celle-ci décrire une courbe dans l'air pour aller s'éteindre loin, dans la neige.

– C'est important que je le voie, ai-je insisté.

– Important pour qui ? Pour toi ?

– Pour lui. Et plus encore maintenant, après ce qui vient de se passer.

– Après ce qui vient de se passer, je doute qu'il veuille voir qui que ce soit. Et pas plus moi qu'un autre.

Il a pris son sac et s'est levé laborieusement.

– Où vas-tu ?

– J'ai à faire.

Je me suis levée aussi, en m'appuyant contre le mur.

– Laisse-moi t'accompagner, ai-je demandé.

– Pas question. Je suis mon chemin et toi le tien.

Nous nous sommes regardés dans la pénombre, immobiles et légèrement titubants. J'ai pensé que nous ressemblions à deux boxeurs sonnés.

– Dis-lui que je n'ai rien à voir là-dedans. Que je continue à avoir besoin de le voir.

Il a réfléchi un moment.

– Je peux toujours lui dire. Mais ce qui compte, ce n'est pas ce dont, toi, tu as besoin ; c'est ce dont, lui, il a besoin.

– Tu pourrais lui transmettre…

Il a levé à demi la main, d'un geste fatigué.

– Écoute, ma vieille. Je ne sais pas qui tu es ni ce que tu fricotes, et je m'en balance. Je suis venu cette nuit parce que Sniper me l'a demandé. Ils m'ont fait doubler de volume et laissé quasiment pour mort. Moi, lui, toi, c'est kif-kif… Et donc cette histoire s'arrête ici. J'ai fait mon devoir, et maintenant je me casse.

Une autre voiture est passée près de nous, lentement. Trop lentement. Je l'ai observée avec méfiance, mais ce n'était qu'un conducteur qui faisait attention à ne pas déraper sur le verglas. La lumière des phares s'est éloignée vers l'autre côté de la place.

– Juste une chose, ai-je insisté.

– Dis toujours.

– Qu'est-ce qui va se passer demain ?… Quel genre d'action Sniper a préparé pour la Saint-Valentin ?

Il a paru surpris.

– Qu'est-ce que tu sais de ça ?

– Ce qui court via Internet et les portables. Messages, convocations… Je sais que le coup de Juliette n'en est que le prélude. Que des graffeurs de toute l'Italie sont en route pour Vérone.

Pendant que je parlais, Zomo avait ouvert son sac et fouillait dedans.

– Demain, c'est déjà aujourd'hui, a-t-il dit.

Il avait tiré deux aérosols du sac. J'ai entendu le tintement des billes à l'intérieur tandis qu'il les agitait pour mélanger la peinture. Puis il s'est tourné vers le rideau de fer du café et a tracé dessus, en noir d'abord, un énorme cœur. Après l'avoir contemplé un instant d'un air satisfait, il a agité pareillement l'autre spray et a rempli le dessin avec de la peinture rouge.

– La journée des amoureux, a-t-il ricané.

Après quoi, il a remis les aérosols dans le sac, l'a chargé sur son dos et a disparu dans la nuit.

*

En revenant à l'hôtel, j'ai assisté à un spectacle stupéfiant : des Arènes au Corso Porta Borsari, rue après rue, le quartier historique était envahi par des ombres furtives qui peignaient des cœurs sur toutes les façades, murs ou monuments qu'elles trouvaient sur leur chemin. Il y avait des bruits de pas précipités, des chuchotements dans l'obscurité, des tintements et des chuintements d'aérosol, une odeur de peinture fraîche, des centaines de taches rouges qui coulaient des murs sur la neige comme du sang. À plusieurs carrefours, j'ai vu passer les gyrophares de voitures de police et entendu des sirènes qui déchiraient l'air glacé. Tout le centre de la ville semblait sur le pied de guerre, dévasté par une foule de maraudeurs rapides et clandestins, de commandos sans visage qui laissaient derrière eux une traînée implacable de cœurs rouges de tout format, sur la Via Mazzini, l'église de la Scala, celle de San Tomio, la rue de la maison de Juliette, la statue de Dante sur les Signori, le palais Maffei, la colonne du lion vénitien. Rien n'était respecté par cc bombage systématique de la ville. Et en arrivant sur la Piazza del Erbe, occupée en ce moment par les *carabinieri* – on y voyait aussi des forces antiémeute avec casques et matraques, ct dcs groupes de graffeurs appréhendés, les mains au mur et les sacs contenant des sprays de peinture par terre –, j'ai pu constater que, sans que l'on puisse comprendre comment, quelqu'un – j'ai su plus tard que c'était Sniper en personne – avait réussi à accéder à la tour Lamberti, dominant le toit de la mairie, et à peindre à sa base, bien visible de la place et éclairé pour l'heure comme une installation ultramoderne par les éclats intermittents des voitures de police, un énorme et provocant cœur rouge en trompe-l'œil, portant, peinte dessus, la légende *Vomito sul vostro sporco cuore* : « Je vomis sur votre cœur de merde. »

5

Ça, c'est ce que je ne suis pas

À mesure que mon train roulait vers le sud – de Vérone à Milan, et de là à Rome –, la rigueur du paysage hivernal s'est adoucie comme si le trajet abrégeait la distance entre hiver et printemps. Les plaines d'une blancheur immaculée et les petits villages perchés sur des collines enneigées ont cédé la place à de vertes prairies couvertes de gelée blanche et à des bois pris sous le givre. Puis le vert est devenu de plus en plus intense, gagnant tout le paysage, pendant que le soleil dissipait les brumes qui avaient brouillé l'horizon gris.

Six heures de train laissent du temps pour réfléchir. Pour envisager des situations possibles et probables, ou analyser des causes et leurs effets. J'étais montée dans le train comme j'en suis descendue plus tard à la gare de Roma-Termini pour me diriger au milieu des voyageurs vers la station de taxis : attentive aux visages qui m'entouraient, me retournant subrepticement pour regarder derrière moi, de la même manière que, dans le train, un livre de Beppe Fenoglio ouvert sur les genoux – *La Guerre dans les collines* –, auquel je n'avais pas vraiment prêté attention, j'étais restée attentive aux voyageurs que je croisais dans les couloirs ou qui occupaient une place près de moi. J'avais mis dans mon sac, à portée de main, un spray défensif projetant du poivre, acheté à Vérone sur les conseils de Giovanna, bien que n'étant pas sûre de son utilité réelle. Je n'avais rien repéré d'inquiétant depuis, mais je savais que, visibles ou pas, les raisons de m'inquiéter n'étaient que trop nombreuses : une moustache blonde et des yeux bleus, et un visage de femme anguleux et dur. Impossible de les oublier. Mon corps souffrait toujours de ma chute dans le fossé de l'amphithéâtre de Vérone, et mes joues me cuisaient encore au souvenir de cet incident. D'humiliation et de honte.

Il n'est pas de proie qui ne marque le chasseur lancé à sa poursuite, avais-je dit dans d'autres circonstances ; c'est pourquoi, durant tout le trajet, j'avais passé mon temps à observer les graffitis le long des voies et dans les gares. À Florence, sur un des wagons abandonnés, j'avais cru apercevoir au passage des squelettes de Sniper signés du cercle de franc-tireur, mais la vitesse du train m'avait empêchée d'en avoir la certitude. La même chose s'était produite en arrivant à Rome où, sur un mur surplombé par un viaduc, j'étais parvenue à lire *Non c'è cazzo più duro che la vita* – « Il n'y a pas de plus grande saloperie que la vie » – écrit en grosses lettres noires sous une petite fille berçant une poupée qui avait une tête de mort en place de visage. Il ne pouvait s'agir que de Sniper, ai-je conclu. Tout comme celui de Florence, ce graffiti semblait ancien, détérioré par le temps. Quelques tags étaient même dessinés dessus. Mais j'ai frémi à l'idée que ma proie pouvait avoir été là. Qu'elle avait pu y laisser sa trace, ignorant que j'allais la suivre.

La veille, j'avais de nouveau téléphoné à Mauricio Bosque, après avoir mis de l'ordre dans mes idées. Dans mes projets. En appelant l'éditeur de Birnam Wood mon but était de lui demander dans quel pétrin il m'avait mis et jusqu'à quel point je pouvais l'en considérer responsable. J'étais même allée jusqu'à lui demander s'il avait quelque chose à voir là-dedans. Bosque avait paru sincèrement étonné d'abord, alarmé ensuite. Je n'ai rien à y voir, a-t-il protesté. Je ne sais pas qui sont ces gens que tu m'as décrits, ni pourquoi ils te suivent. Ici, les personnes qui sont au courant du travail dont je t'ai chargée ne sont pas nombreuses. Naturellement, le secret n'est pas absolu. Ma secrétaire le connaît, et j'en ai peut-être parlé à certains à titre confidentiel ; mais il s'agit de personnes de confiance. Il se peut que ce soient tes recherches qui ont alerté quelqu'un. À force d'intermédiaires : au point où tu en es, je suppose que tu as dû parler à beaucoup de monde. N'importe qui peut avoir contacté Lorenzo Biscarrués, si c'est lui qui est derrière tout ça. Mais va savoir… Ce n'est pas d'aujourd'hui que Sniper se fait des ennemis. De toute manière, il n'était pas prévu que ce serait dangereux. Donc tu peux abandonner si tu le souhaites. Je te paierai les frais et on oubliera tout. Amis comme avant. Toi à Boston et moi en Californie.

Sa réponse m'avait d'abord laissée sans voix. Mon silence s'était tellement prolongé qu'il avait fini par me demander si j'étais toujours au bout du fil ou si la communication avait été coupée. Je suis là, avais-je répondu. Et je réfléchis à ce que tu viens de me dire. Au parti que je vais prendre. Je suis en train de creuser la question, avais-je ajouté. De peser les pour et les contre. De décider jusqu'à quel point ça vaut la peine de continuer. Et pourquoi veux-tu continuer ? avait demandé Bosque. Pourquoi prendre des risques ? Le plus probable est que ce sont des créatures de Biscarrués. J'avais répliqué quelque chose comme : Je ne sais rien de sûr. J'ignore par qui sont envoyés ces gens et pourquoi ils me suivent. Et donc je dois encore réfléchir avant de décider si je continue ou pas. Il avait alors glissé dans la conversation le mot *peur*, et j'avais dit qu'il ne s'agissait pas de ça. Qu'à tout prendre, je pouvais être aussi dure que d'autres. Aussi dangereuse. Et qu'un petit gros moustachu et une poufiasse en manteau de vison n'allaient pas me faire tomber deux fois de suite dans un fossé. Ou, en tout cas, avais-je ajouté, ils ne m'y feraient pas tomber seule. Et puis tu n'es pas seul en cause, avais-je dit. Après quoi, je le lui avais répété plus lentement, avec des pauses et une légère variante, pour m'en convaincre moi-même : Jamais il ne s'est. Agi. De toi.

Du coup, c'était Bosque qui était resté un moment silencieux. J'avais suffisamment travaillé avec lui pour bien le connaître, et j'avais pu entendre dans le téléphone le bruit des petites roues dentées qui tournaient dans son cerveau : à chaque tour, on entendait le « cling ! » d'une caisse enregistreuse. Je dois réfléchir, avais-je répété pour meubler le silence. Alors il avait soudain ri, comme si je lui avais donné la solution du problème. Si ça peut t'aider à réfléchir, avait-il dit, je double la somme prévue au contrat. Et ne me dis pas que je suis généreux, parce que c'est faux. Après les événements de Vérone, Sniper est devenu Dieu en personne. Il suffit de regarder les informations télévisées.

*

J'ai trouvé Paolo Taccia à L'Angoletto, un restaurant très agréable, presque caché au coin d'une petite place proche du Panthéon. Taccia était professeur d'université et critique d'art moderne au *Corriere della Sera* ; et il était aussi la raison de ma venue à Rome. C'était un ami de Giovanna Sant'Ambrogio, et elle lui avait annoncé ma visite. Paolo te plaira, avait-elle précisé en me faisant ses adieux. Il est cynique, intelligent et fait autorité en matière d'art de la rue. Il est l'auteur de *C'era un volta i muri*, qui est la première grande étude italienne sur le graffiti. Et il a des contacts fabuleux dans ce monde-là. Si quelqu'un peut te renseigner sur Sniper en Italie, c'est lui.

Physiquement, Taccia ne répondait pas au stéréotype de l'Italien méridional : il était presque blond, les cheveux taillés en brosse, et les yeux clairs derrière ses lunettes à monture d'acier complétaient un aspect qui n'aurait pas détonné, dans un film d'époque, avec celui d'un SS en uniforme. Il avait l'humeur plaisante et la conversation agréable, instructive, quasi socratique : il y glissait des amorces d'idées en manière de pistes et attendait ensuite patiemment, impavide, avec un sourire rusé et sceptique, que vous arriviez vous-même aux conclusions logiques. Chaque fois que l'une d'elles était correcte, Taccia vous gratifiait d'un large sourire. Tel a été son comportement une demi-douzaine de fois dans les premières minutes de notre conversation, jusqu'à ce qu'entre le sixième et le septième sourire approbateur je finisse par comprendre, aussi naturellement que si j'avais tenu le raisonnement moi-même, qu'il existait de puissants motifs pour supposer que Sniper se cachait dans le sud de l'Italie.

– Il y a une vieille et jolie histoire, a raconté Taccia, que nous pourrions appeler le conte du méchant monsieur et du gentil garçon, si tant est, bien sûr, que ce genre de distinction puisse encore être établi de nos jours par quelqu'un qui ne serait pas tout à fait un imbécile… Tu veux que je te la raconte ?

– Je t'en prie.

Il me l'a donc racontée. À sa manière. Avec des pauses et de nouveaux sourires pour que je remplisse moi-même les lignes laissées en pointillé. L'histoire s'ouvrait sur un personnage répondant au nom presque invraisemblable de Glauco Zuppa : un galeriste d'art moderne possédant des succursales à Londres, Monte-Carlo et Amalfi, qui opérait avec aisance dans le monde de l'argent. Un monde à mille lieues de celui des modestes amateurs d'art munis de téléphones portables et d'ordinateurs, plus portés à imprimer gratis une reproduction trouvée sur Internet et à l'accrocher au mur de leur appartement qu'à mettre les pieds dans une galerie pour voir l'œuvre originale, agrémentée d'un point rouge dans un coin du tableau acheté par Bono, Angelina Jolie ou n'importe quel millionnaire anonyme capable de débourser cinquante mille dollars, ou le double, sans sourciller. Le commerce du dénommé Zuppa était exclusivement centré sur cette sorte de clients, et il avait organisé à leur intention une vente aux enchères préparée avec un soin exquis et dans la plus grande discrétion. Le sujet en était le *street art*, et il incluait des œuvres urbaines qu'avec une totale absence de scrupules Zuppa et ses acolytes, utilisant la même technique que celle qui permet de détacher les fresques des églises et des monuments anciens, étaient allés arracher dans les rues de diverses régions d'Europe. Des sites sans propriétaires, naturellement : murs d'anciennes usines abandonnées, panneaux publicitaires, enceintes et autres supports.

– Devine combien étaient de Sniper ? a suggéré Taccia, en observant une pause.

Je me souvenais vaguement de cet épisode. J'avais lu quelque chose à ce sujet, mais j'ignorais certains détails et j'en avais oublié d'autres.

– Une demi-douzaine ? ai-je aventuré.

Son sourire de renard socratique s'est accentué.

– Dix-sept… Exactement les deux tiers des œuvres mises en vente.

– Et qu'en a dit Sniper ?

– Il n'a rien dit.

– Il a agi ?

Taccia a de nouveau souri, comme pour me féliciter de la justesse de ma conclusion. Puis, après une longue trêve pour terminer son poisson, il a repris son récit. Presque toutes les photos des œuvres que Zuppa s'était appropriées avaient été présentées sur Internet ; certaines y avaient été placées par Sniper lui-même. Avec ça et d'autres photos de son fonds, le galeriste avait composé un catalogue dans lequel chaque œuvre était accompagnée d'une large documentation sur l'emplacement d'origine. En réalité Zuppa ne lésait personne, puisque toutes ces œuvres avaient été exécutées dans la rue, et que la simple signature de leur auteur – quasiment aucun n'enregistrait légalement son tag et, pas plus que d'autres, Sniper ne l'avait fait – ne suffisait pas pour leur attribuer un propriétaire en bonne et due forme. Peints sur place et voués à la destruction par les intempéries ou par le vandalisme d'autres graffeurs, ces travaux appartenaient à qui saurait les récupérer. D'ailleurs Zuppa était un type rusé, qui jouait sur du velours.

– En revendiquer la propriété aurait été, de la part de Sniper, une contradiction, ai-je déduit.

Taccia m'a gratifiée d'un autre sourire approbateur.

– Un type comme lui, a-t-il confirmé, qui doit garder l'anonymat sous peine de perdre sa crédibilité comme artiste, contraint de se tenir à l'écart d'un marché capable, s'il n'y prend garde, de faire de lui un millionnaire… Un type qui se dresse contre toute forme de légalité, comme il le fait, se doit de rester fidèle à l'idéologie qu'il s'est forgée.

– Bien sûr, ai-je conclu, impressionnée par l'évidence. La rue se doit de rester à tout le monde.

– Parfaitement. Et Zuppa ne s'est pas privé d'en profiter : il était tout le monde !

Il a bu un peu de vin, tout en me regardant, patient, avec son sourire malin. C'était mon tour.

– Mais Sniper n'est pas resté les bras croisés, ai-je suggéré.

– Non, a approuvé Taccia. Et c'est là qu'intervient le soleil de l'Italie du Sud.

L'exposition qui précédait la vente aux enchères, a-t-il ajouté, avait été installée dans la galerie d'art que Zuppa possédait à Amalfi, en pleine saison touristique de l'élite qui fréquentait la région, et après deux mois de campagne publicitaire sur Internet. Parmi les œuvres de Sniper, la plus grande était une fresque d'un mètre quatre-vingts sur deux mètres quinze, représentant Super Mario en train de lancer un cocktail Molotov sur des policiers antiémeute, qui, dans l'attitude exacte des marines de la fameuse photo d'Iwo Jima, brandissaient le drapeau de l'Union européenne. Et le prix figurant sur le catalogue était de quatre-vingt-dix mille euros. La veille de la vente, Zuppa avait organisé une fête à Naples au café Gambrinus, pour recevoir les clients invités. Mais à la même heure, à Amalfi, une vingtaine de graffeurs coiffés de passe-montagnes ont attaqué la galerie, et Sniper était parmi eux. Avec la rapidité et l'efficacité d'une action militaire parfaitement planifiée, le gardien de nuit a été neutralisé, pendant que les dix-sept œuvres de Sniper étaient détruites à l'acide et les murs de la salle couverts de peintures qualifiant la vente d'acte de piraterie et de crapulerie mercantile.

Esto es lo que no soy, « Ça, c'est ce que je ne suis pas »,
affirmait une énorme inscription à l'aérosol sur un des
murs, au-dessus des restes de Super Mario. Signée du
cercle et de la croix du franc-tireur.

– Après cet exploit, a poursuivi Taccia, Sniper et les
graffeurs qui l'avaient aidé à dévaster le commerce de
Zuppa sont devenus les meilleurs amis du monde… À
l'époque, il était déjà poursuivi par cet industriel espagnol, celui dont le fils est mort à Madrid, et il allait de
planque en planque. Les Napolitains lui ont offert leur
protection et il est resté un temps avec eux…

– Un temps ?

– Eh bien, oui. Un long temps.

– Et il est toujours là ?

– Il pourrait l'être.

– Il pourrait ?

Mon interlocuteur a bu une autre gorgée de vin. Il
me regardait dans les yeux et son silence était éloquent.
J'ai posé les mains sur la table, de part et d'autre de
mon assiette, comme si j'avais besoin d'établir l'exacte
horizontale de tout ce qui m'entourait. J'éprouvais un
pénible début de vertige.

– Tu veux dire que chaque fois qu'il voyage dans un
but précis, comme pour Vérone, Sniper revient ensuite
à Naples ?… Que Naples est sa base d'opération ? Son
repaire ?

En manière de récompense finale, Taccia m'a adressé
un ultime sourire complice : du genre que l'on accorde
à une élève appliquée qui vient de passer brillamment
un examen où deviner les questions est encore plus
important que connaître les réponses.

– C'est en tout cas ce qui se dit, a-t-il confirmé.
Là-bas, ce sont tous des durs, à commencer par les
graffeurs. Ils le cachent et le protègent, en gardant le

secret… Tu as vu *Moi Claude empereur*, *Quo Vadis*, ou ce genre de séries télévisées ?

– Évidemment.

– Eh bien, c'est tout à fait ça. Ils sont sa garde prétorienne.

*

Cette après-midi-là, j'ai erré sans but dans Rome, enveloppée dans la lumière vermeille qui glissait le long des façades fatiguées de couleur ocre. J'étais venue ici deux fois avec Lita, bien des années auparavant. La petite taverne où nous avions l'habitude de dîner, dans l'étroite ruelle proche de la Via dei Coronari et de ses boutiques d'antiquités douteuses – elles avaient une centaine d'années, ce qui les rendait presque authentiques – n'existait plus. À sa place, j'ai trouvé un magasin de souvenirs pour touristes avec des tee-shirts *I love Italy*, des Colisée en plastique, des images du pape, des photos d'Audrey Hepburn avec Gregory Peck sur une Vespa, et un distributeur automatique de bouteilles d'eau minérale. Comme le reste de l'Europe et du monde, Rome tâchait de répondre aux goûts de la clientèle du XXIe siècle. Tandis que je m'éloignais, j'ai pensé que Lita aurait été déconcertée d'apprendre que, malgré tout ce qui s'était passé, je marcherais un jour dans cette ville sur les traces de Sniper.

Lita. Je me souvenais. À chaque coin de rue, je sentais ses yeux innocents et tristes – Rome rendait cette sensation plus intense – fixés sur moi. Je devinais son regard chargé de rêves qui n'avaient jamais été réalisés. Son doux fantôme attentif à l'écho de mes pas. Il est trop noir, ai-je pensé, le lieu qu'elle habite désormais. J'en ai éprouvé une mélancolie si forte qu'après avoir regardé de tous côtés avec l'angoisse subite de quelqu'un qui cherche une consolation je suis entrée dans la librairie Arion qui se trouve au bout de la Via Aquiro, dans le but de m'y ressaisir : il y en a qui prennent de l'aspirine comme analgésique, moi je prends des livres. Après avoir jeté un coup d'œil sur les nouveautés sans rien trouver d'intéressant, je suis passée dans le fond où sont disposées des vitrines consacrées à la bibliophilie. Je contemplais l'étiquette tapée à la machine glissée dans la couverture jaunie pour indiquer le prix – astronomique – d'une première édition du *Guépard*, quand, dans mon sac, le téléphone a vibré. Et la voix qui s'est fait entendre, la communication établie, m'a glacé le sang.

*

Cinq minutes après l'heure fixée – neuf heures du soir –, je suis arrivée au Fortunato : un restaurant bon chic bon genre, d'aspect classique, où officiaient des serveurs d'âge canonique. Un de ces endroits fréquentés jadis par les stars qui tournaient à Cinecittà, aujourd'hui par des Italiens de la bonne société et des touristes qui mettent encore un veston sombre ou un collier de perles pour dîner.

– Ravi de faire votre connaissance, a dit Lorenzo Biscarrués.

Pâtes aux truffes, steak et un vin rouge du Piémont dont l'étiquette laissait supposer un prix prohibitif. Mon interlocuteur sentait l'eau de Cologne. Il avait les cheveux gris, presque blancs, coiffés en arrière avec une raie, en harmonie avec des manières courtoises que le temps et l'argent s'étaient chargés de polir à partir d'une biographie aux origines obscures, pas toujours marquée par une stricte légalité. Biscarrués avait bâti une immense fortune au prix de quarante années d'efforts continus, d'une volonté de fer et d'un travail acharné. Il figurait sur la liste Forbes et la liste Bloomberg, et l'on avait du mal à imaginer que l'individu mince, d'apparence aimable, assis en face de moi à la meilleure table du restaurant, impeccablement vêtu d'un complet gris marengo, cravate de soie nouée sur son col italien, avait débuté en exploitant des immigrés asiatiques dans des ateliers de confection illégaux et en vendant lui-même dans une vieille camionnette, boutique après boutique, des contrefaçons de grandes marques. Aujourd'hui, avec une demi-centaine de succursales Rebecca's Box réparties dans le monde, seules restaient visibles, de ce tailleur mafieux sans scrupule, des mains laides et avides, quasi plébéiennes, et des yeux durs qui m'étudiaient fixement, aussi sûrs d'eux que de l'énorme fortune qui leur permettait de toiser le monde de la sorte.

– Je sais ce que vous êtes venue faire en Italie.

– Oui, ai-je admis. Je suppose que vous le savez… Je ne crois pas que vous m'ayez localisée rien que pour me faire goûter ce vin.

– Vous cherchez quelque chose que je cherche aussi.

– Peut-être. Mais si c'est le cas, les raisons en sont différentes.

Il a baissé les yeux vers son assiette. Il découpait son steak en petits morceaux, presque minuscules, avant de les porter à sa bouche.

– Vous n'êtes pas curieuse d'apprendre comment je suis arrivé jusqu'à vous ?

– Bien sûr que si. Mais, de toute manière, vous aviez l'intention de me le dire.

Biscarrués gardait toujours les yeux baissés. Il masquait lentement, avec méfiance.

– Je sais tout sur ce que vous faites en Italie. Sur votre voyage à Lisbonne. Sur votre présence à Vérone.

– Je suppose que oui, vous savez tout. Encore que, certaines fois, vous ayez, vous ou vos gens, largement dépassé les bornes. À Vérone, j'ai vu un couteau.

Il a relevé la tête pour me regarder, enfin. Il n'y avait pas la moindre trace d'excuses dans son silence. D'ailleurs, je n'en espérais pas.

– Permettez-moi de vous dire que j'ignore de quoi vous parlez. Bien que vous le dire deux fois serait faire insulte à votre intelligence, je présume.

Il souriait, mais son sourire ne m'a pas plu : la complicité qu'il sous-entendait avec un tel cynisme.

– Vous ne savez rien de mon intelligence.

– Vous faites erreur. Je sais beaucoup de choses.

Je me suis demandé si c'était Mauricio Bosque, l'éditeur de Birnam Wood, qui l'avait renseigné. Si les deux étaient de mèche. Vu la tournure prise par les événements, il se pouvait que mon expédition à la recherche de Sniper fasse partie du complot, et que le livre et tout le reste n'aient été que des prétextes. Peut-être, ai-je conclu, que tout répondait à une même manœuvre : Bosque me passe commande, les autres me suivent, et moi je trouve. Avec Biscarrués en coulisse, tissant patiemment sa toile d'araignée. La question, dans ce cas, était de savoir pourquoi il s'était manifesté au grand jour. Pourquoi il était là, en train de manger un steak.

– Pourquoi êtes-vous ici ?

– Je crois que les choses se sont un peu compliquées, a-t-il répondu après un moment de réflexion. Et sans nécessité, en plus. Et je crois que vous avez toutes les raisons d'être en colère. Cela n'a jamais été mon intention.

– Dans ce cas, vous devriez mieux choisir vos tueurs à gages.

Il me regardait, impassible, comme s'il n'avait pas entendu ma réplique.

– J'ignore si vous avez pu voir ce que mon fils a peint, la nuit de sa mort. C'était son nom. Sa signature.

– Holden, ai-je confirmé.

– C'est ça. Je sais que vous avez parlé avec un graffeur qui était son ami… Vous a-t-il dit pourquoi Daniel avait choisi cette signature ?

– Non.

– Sa mère lui avait donné un livre. Je ne suis pas grand lecteur, mais elle, si. Elle a davantage de temps. Elle lui a donné quelque chose qui avait pour titre *L'Attrape-cœur*. Mon fils adorait ce livre. C'est pour ça qu'il a pris le nom du personnage : Holden je ne sais quoi.

– Caulfield.

– Oui. C'est ça.

Il avait deux autres fils, a-t-il ajouté après un moment ; mais Daniel était le plus jeune. À sa mort, il avait dix-sept ans, et cela en faisait trois qu'il sortait la nuit avec ses aérosols. Il n'y avait pas moyen de le dissuader : il avait la passion d'écrire sur les murs. La police le ramenait à la maison, les mains et les vêtements tachés de peinture. Son père avait payé d'innombrables amendes. Fermé des douzaines de bouches avec son argent, pour éviter des problèmes.

– Dehors, je suis moi, disait mon fils. J'y gagne d'être respecté pour moi-même. Je suis ce que j'écris sur les murs, pas le fils de Lorenzo Biscarrués.

Il contemplait son assiette avec indifférence. Il semblait avoir perdu l'appétit.

— Il a toujours été un gosse un peu à part, a-t-il ajouté avec brusquerie. Introverti, sensible. Ressemblant plus à sa mère qu'à moi.

— Son ami graffeur, SO4, a dit qu'il était bon, dans la rue.

— Je ne sais pas. Je n'ai jamais rien compris à l'art, si on peut appeler ça de l'art.

— C'est une vieille discussion, mais je dirais que oui. Qu'on peut l'appeler ainsi.

Il m'a regardé avec attention, soupçonneux, comme s'il tentait d'établir si j'étais sincère ou si je lui offrais une consolation qu'il n'avait pas demandée. Après quelques secondes, il a paru se détendre.

— Une nuit, j'ai décidé de voir par moi-même ce qu'il faisait. J'ai demandé qu'on le suive, et je me suis fait conduire derrière lui. D'une voiture, de l'autre côté d'une place, je l'ai vu peindre un mur. Je ne le reconnaissais pas : agile, sûr de lui. Et cette étonnante camaraderie avec ses compagnons… C'était étrange, vous savez ? J'étais horrifié de le voir faire ça et, en même temps, je me sentais fier de lui.

Il a souri faiblement, l'air absent. Juste des lèvres.

— Je ne le lui ai jamais dit, a-t-il ajouté. Je ne lui ai jamais raconté que, cette nuit-là, j'étais allé le regarder de loin.

Le sourire s'était lentement effacé. Maintenant il contemplait d'un air songeur ses propres mains, immobiles sur la nappe : à celle de gauche luisait une alliance en or. Quand il a relevé la tête, son sourire était aussi glacial que ses yeux.

— Cet homme que vous cherchez… Vous êtes une femme et je n'utiliserai pas certains adjectifs. Je résumerai en disant qu'il a tué mon fils. Il l'a fait aussi sûrement que s'il l'avait poussé de ce toit. Et ce n'est pas le seul gosse qu'il a poussé.

– Tout n'est pas si simple, ai-je réagi. La responsabilité. C'est une chose de suggérer, et c'en est une autre de…

– Écoutez. – Il a levé un doigt comme quelqu'un qui est habitué à ce que ce seul geste ait un sens pour son entourage. – Je ne suis pas un homme qui parle pour ne rien dire. Je ne me vante jamais, et je tiens toujours mes serments.

Il a respiré. Visiblement. Profondément. Le doigt est revenu tranquillement à sa place parmi les autres, sur la main de nouveau immobile sur la table.

– J'ai juré que cet homme paierait pour ce qu'il a fait.

– Et qu'est-ce que vous attendez de moi ?

– Quand j'ai appris l'affaire de Vérone, j'ai pensé qu'on était en train de prendre une fausse direction. C'est pour cette raison que j'ai décidé de vous voir personnellement.

– Vous êtes ici pour moi ? ai-je demandé, incrédule.

– Oui. J'ai pris l'avion et je suis venu. Pour vous rencontrer.

J'ai médité cette réponse. De toute évidence, c'était la nuit des surprises. J'ai essayé de me raisonner, mais j'y ai renoncé. Ce n'était pas le bon endroit. J'avais besoin de solitude, de temps et de calme pour réfléchir.

– Je ne prétends pas vous impliquer davantage que vous ne l'êtes, a dit Biscarrués. J'ai seulement besoin que vos démarches me conduisent là où je veux aller.

– Mes démarches font partie d'un travail pour lequel je suis payée.

– Je sais. Et je sais exactement combien vous touchez. – Il a sorti une enveloppe de la poche intérieure de sa veste et l'a posée devant moi. – C'est pour ça que je vous offre davantage. Concrètement, dix fois plus.

L'enveloppe n'était pas fermée. Je l'ai ouverte. Elle contenait un chèque de cent mille euros. Le chiffre m'a laissée bouche bée. Littéralement.

– Qu'en pensez-vous ? a-t-il demandé.

– C'est généreux.

– Il inclut mes excuses pour Vérone.

– Et quelque chose de plus, je suppose. Ce que vous attendez de moi.

Il a haussé les épaules. J'avais juste à faire, a-t-il expliqué, ce que j'avais fait jusqu'à maintenant : mon travail. Mener à bien la mission que m'avait confiée Mauricio Bosque. Ce qu'il me demandait, c'était qu'une fois mon objectif atteint je lui transmette immédiatement l'information. L'endroit précis où se tenait Sniper, et dans quelles conditions il y vivait.

J'ai alors formulé la question inévitable :

– Et que se passera-t-il, si je le fais ?

– Vous recevrez un autre chèque du même montant.

J'ai avalé ma salive, et je suis arrivée à dire ce que je voulais dire.

– Ce n'est pas de ça que je parle.

– Pourtant, vous devriez. Je suppose que vous savez faire une addition.

Le ton ne m'a pas plu. La suffisance. Biscarrués n'était pas de ceux qui se bornent à payer, mais il voulait encore que ce soit bien clair qu'il payait.

– Je ne pensais pas au chèque, ai-je répliqué. Qu'arrivera-t-il à cet homme ?

– Il répondra de ses agissements.

– Devant qui ?

Un silence éloquent. À quoi bon se perdre en bavardages, disait son regard. Pourquoi aller à la chasse si c'est juste pour regarder son fusil ?

– Et si je ne le trouve pas ? ai-je insisté.

– Si vous avez fait preuve de bonne volonté, vous pourrez conserver ce chèque.

– Et vous, qu'est-ce que vous ferez ?

– Je suis aragonais. Je trouverai un autre moyen.

Un garçon s'était approché pour demander si nous prendrions un dessert. Biscarrués l'a renvoyé d'un geste sec.

– Laissez-moi vous raconter une histoire… Une fois, j'ai eu un associé. Nous avions commencé ensemble, en vendant des vêtements à des petites boutiques. Il était comme mon frère. Et il m'a roulé. Une affaire de règlements qui ne me sont jamais parvenus. J'ai pris tout mon temps pour réagir. Tout ce temps, il l'a vécu pleinement confiant. Et finalement, quand j'ai trouvé qu'il était à point, je l'ai écrasé. Il a tout perdu, du jour au lendemain. Tout.

Il avait des lèvres minces et dures. À nouveau, un rictus dénué d'humour à découvert ses dents. Des dents de carnassier, ai-je pensé. Celles d'un chacal tenace, qui ne lâche pas son morceau. Et qui a une très bonne mémoire.

– J'ai attendu presque trois ans pour le faire… Vous comprenez ?

Je comprenais.

– Dites-moi une chose, l'ai-je questionné. Est-ce qu'il vous est venu à l'idée que je pourrais refuser de collaborer avec vous ?

Sa surprise paraissait sincère.

– Ce serait absurde.

– Pourquoi ?

– Bon Dieu… Tout cet argent.

– Imaginez que je n'accorde pas autant d'importance à l'argent que vous le croyez.

Il continuait de m'observer avec attention, plus déconcerté, je suppose, par le ton que par le contenu de ma réplique. Des petites rides semblaient se pétrifier autour de ses yeux.

– Ce serait une erreur de votre part, a-t-il dit enfin, comme s'il parvenait au bout d'un raisonnement compliqué.

Non, ai-je conclu intérieurement. L'erreur, c'est toi qui viens de la commettre. À l'instant même. Et c'est la deuxième de la soirée. Sans compter Vérone.

– Vous savez quoi ?… Je vais réfléchir.

Il a ôté ses coudes de la table pour se laisser aller contre le dossier de sa chaise, digérant ma réponse. À l'évidence, elle avait du mal à passer.

– Je n'ai pas apprécié le mignon petit couple que vous avez mis à mes trousses, ai-je ajouté pour l'aider à digérer. Ni lui, ni elle. La rencontre de l'autre jour a été très désagréable.

Il m'étudiait toujours, songeur. C'est alors qu'il a commis la troisième et dernière erreur.

– Il peut vous arriver des choses encore plus désagréables, a-t-il dit.

Il avait pris de mauvaises habitudes. Argent, pouvoir, rancœurs, vieux complexes et graves raisons personnelles : un fils mort, et la soif de vengeance. Vu sous cet angle, j'étais disposée à me montrer indulgente ; mais moi aussi j'avais mes habitudes : détester qu'on me menace en était une. Et mes propres raisons. Aussi ai-je fait quelque chose dont, à coup sûr, je ne tarderais pas à me repentir. J'ai laissé tomber quelques gouttes de vin sur le chèque, en l'étudiant comme si elles allaient y produire une réaction chimique. Et quand j'ai relevé la tête pour regarder Biscarrués, j'ai lu de la colère dans ses yeux.

– Vous avez tort, a-t-il dit froidement. Une femme comme vous, avec…

– Avec quoi ?

– Avec vos goûts.

– Mes ?…

– Oui. Ça vous rend vulnérable.

– Vulnérable, dites-vous ?

– C'est bien ce que je dis.

Je me suis levée lentement, laissant le chèque taché de vin sur la table.

– J'ai l'impression que vous n'avez pas l'habitude… Ça fait donc si longtemps que personne ne vous a envoyé vous faire foutre ?

6

Le tueur à gages cultivé

J'aime Naples. C'est la seule ville d'Orient, Istanbul mise à part, qui se trouve géographiquement en Europe. Et qui est dénuée de complexes. Tandis que le taxi que j'avais pris à la Gare centrale longeait les vieux remparts espagnols noircis, la Méditerranée envahissait de sa lumière les rues saturées de bruit, de trafic et de gens, où un feu rouge, un panneau de sens interdit sont de simples suggestions. Quand la voiture s'est arrêtée devant mon hôtel, j'ai regardé le compteur et l'ai comparé au prix de la course que me demandait le chauffeur.

– Pourquoi voulez-vous me voler ? ai-je demandé.

– Pardon ?

J'ai désigné le compteur.

– Je ne suis pas une touriste américaine ou allemande. Je suis espagnole… Pourquoi vous me volez ?

Le chauffeur était un individu très mince, cheveux noirs, teints, légèrement relevés en banane sur le front. Sa lèvre supérieure était ornée d'une moustache finement taillée, comme celle des traîtres des vieux films en noir et blanc. Ses bras maigres étaient couverts de tatouages, et il portait un petit brillant au lobe d'une oreille.

– Espagnole ?

– Oui.

– J'aime le Real Madrid.

Il est descendu de son siège et m'a ouvert la portière. Il avait posé une main agrémentée de trois anneaux d'or sur sa chemise en soie gaufrée à la hauteur du cœur. L'autre poignet arborait une montre et une grosse chaîne, également en or.

– Je ne suis pas un voleur, madame. Demandez à mes collègues. – Il désignait du menton la station de taxis du coin. – Demandez-leur qui est le comte Onorato.

Il se montrait offensé, solennel. J'ai haussé les épaules, résignée, et lui ai tendu deux billets de dix euros, la somme qu'il me demandait. Il les a refusés avec hauteur.

– Vous vous trompez sur moi, et sur Naples. Vous êtes mon invitée.

J'ai discuté cet honneur, j'ai refusé de l'accepter, le chauffeur s'est obstiné. J'ai terminé en m'excusant de mon indélicatesse tout en essayant de lui fourrer l'argent dans sa poche, et il résistait en se débattant sous le regard réjoui du portier de l'hôtel, vers lequel mon comte Onorato se tournait de temps en temps pour lui adresser quelques mots rapides en dialecte napolitain, le prenant à témoin de l'indécence de la situation. Ce fut réellement amusant, et tout a été résolu quand j'ai fini par payer trente euros pour une course qui en coûtait dix.

– Si vous avez besoin de vous déplacer, je suis à votre disposition, madame, a-t-il dit en guise d'adieu, en me donnant une carte avec son numéro de téléphone, avant de démarrer bruyamment et de se perdre dans la circulation.

– Il est vraiment comte ? ai-je demandé au portier qui s'emparait de ma valise.

– Le titre est dans la famille, a expliqué celui-ci, toujours souriant. Il le tient de son père, un escroc qui s'est fait passer pour comte jusqu'à ce qu'on l'envoie à Poggioreale.

– Poggioreale ?

– Oui. La prison.

Mon hôtel était le Vesuvio. Mauricio Bosque couvrait plus que jamais les frais, et j'étais bien décidée à en profiter. Au point où j'en étais, surtout après l'incident de Vérone et l'âpre échange avec Biscarrués, je n'éprouvais aucun remords en ouvrant les rideaux de la chambre luxueuse et en découvrant au pied du balcon le Lungomare et, en face, le Castel dell'Ovo et la baie de Naples avec, à peine visibles sur l'horizon gris-bleu, Capri et la côte de Sorrente. J'ai défait ma valise, connecté mon ordinateur portable à Internet et travaillé tout le reste de la matinée. Ensuite, après plusieurs coups de téléphone, je suis descendue à la réception et j'ai demandé un plan de la ville que j'ai étudié à fond, déployé sur la nappe, pendant que je mangeais de l'autre côté de la rue, jouissant de la température presque printanière à la terrasse d'un des restaurants situés près du port. Puis j'ai pris deux cafés avant de me lever et de faire une longue promenade jusqu'à la Piazza Bellini. De temps à autre, je me retournais de façon apparemment fortuite, pour voir si j'étais suivie. Je n'ai rien remarqué de suspect, bien que dans une ville comme celle-là on ne soit jamais sûr de rien.

*

Nico Palombo habitait un vaste atelier d'artiste genre loft, avec une magnifique baie vitrée orientée au sud qui permettait de voir, au-delà des toits et des terrasses, le campanile de San Pietro a Majella. Toute la maison sentait la peinture fraîche, le vernis et une créativité intense. Il y avait de grands tableaux sur des châssis appuyés aux murs, et des papiers, des cartons, des toiles à moitié peintes couvraient une table de travail posée sur des tréteaux en bois. Les assiettes et les couverts de la nourriture, pas lavés, se mêlaient dans le réfrigérateur aux boîtes de dissolvants, aux aérosols et aux flacons tachés de couleurs. Et, venant d'une chaîne enfouie sous une pile de CD, un rapeur que je ne connaissais pas proposait en italien local et sur un ton très agressif de bombarder l'île de Lampedusa avec tous les immigrés qui s'y trouvaient. *Missili, missili*, réclamait-il tout bonnement, truffant son morceau d'onomatopées du genre « poumba, poumba » – censées traduire le bruit des bombes atteignant leur cible – et aussi « glou, glou » : Lampedusa s'enfonçant dans la mer, j'imagine. C'est en tout cas ce que j'ai cru comprendre.

– Sniper peut être ici, a dit mon hôte, comme il peut ne pas y être… Mais ce qui est sûr, c'est qu'il y a passé un certain temps. Il reste encore des travaux de lui dans la rue.

– J'aimerais les voir.

– Facile. Il y a une fresque qui occupe tout le mur à côté de la Poste centrale. Elle est toujours visible.

Nico Palombo m'avait plu dès le premier coup d'œil : chauve, petit, nerveux et très sympathique, avec des yeux vifs et intelligents, jamais en repos. Naples l'avait fait ainsi. Né dans une ville où le mot *rue* était synonyme de danger et où contrebande, délinquance, police et Camorra se combinaient de façon malsaine pour quelqu'un qui sortait la nuit avec des sprays de peinture dans son sac. Cet homme qui, onze ans durant, avait inscrit sa signature sur les murs avant de devenir un des artistes italiens les plus reconnus gardait toujours les traces de la tension et de l'adrénaline du passé. Palombo, qui en ce temps-là signait *Spac*, était aussi l'unique graffeur de son pays à porter dans le dos, en manière de rouge médaille du courage, la cicatrice d'une balle reçue quand, en pleine action nocturne, il avait tenté de s'enfuir sans répondre aux sommations d'un policier qui avait bu quelques verres de trop : bien qu'affectant sans nul doute le jugement du serviteur de la loi – le coup avait été tiré à vingt mètres –, cela n'avait pas pour autant affecté la précision de son tir.

– Il est exact que durant un temps, a poursuivi Palombo, Sniper a été en relation ici avec ce que nous appelons un *crew* : un groupe de graffeurs qui l'a aidé à Amalfi, quand ils ont ravagé l'exposition. Ils sont jeunes et se font appeler les *gobbetti di Montecalvario*.

Ma curiosité en a été piquée. Mon italien était juste assez bon pour me permettre d'en saisir le sens.

– C'est le diminutif de *gobbo*, « bosse », a confirmé Palombo. Montecalvario se trouve en haut du quartier espagnol.

– Les petits bossus ?... Quel nom bizarre !

– Pas tellement. Il se réfère au sac contenant les sprays de peinture que le graffeur porte presque toujours sur le dos. Mais ne te laisse pas leurrer par cette appellation. Ils sont très agressifs.

– Quand ils peignent ?

– Et aussi quand ils ne peignent pas. Plus qu'un groupe, ils sont une bande.

Il avait sorti une bouteille de vin blanc du réfrigérateur et était sur le point de l'ouvrir. Il s'est interrompu pour porter le tire-bouchon à la hauteur de son cou, parodiant le geste de se couper la gorge.

– Quand Sniper est venu à Naples, sa tête était déjà mise à prix. Et ne me demande pas comment, mais il a obtenu leur protection.

– Ils sont nombreux, ces petits bossus du spray ?

– Comment savoir ? Douze, trente ?… Impossible de préciser. – Il a fini de déboucher la bouteille et a rempli deux verres. – Ce sont tous des gosses à mi-chemin entre l'art de la rue et la délinquance ordinaire. Ils se servent du graffiti pour marquer leur territoire : ils bombent à tout-va, sauvagement, bien que l'on trouve parmi eux quelques bons artistes, d'une qualité supérieure à la moyenne. Le problème, c'est qu'ils agissent toujours en groupe, sans initiatives individuelles. Et ils ne respectent pas grand-chose.

– *Si c'est légal, c'est pas un graffiti*, ai-je cité en souriant.

– Ça va plus loin. Pour eux, tout ce qui est légal doit être attaqué sans pitié. Systématiquement.

J'ai regardé avec une sincère admiration les travaux que Nico Palombo avait dans son atelier ; des œuvres de grand format qui avaient pour thème des pièces de jeu d'échecs et des cartes du tarot, avec des scènes et des personnages noyés dans un pointillisme diffus qui suggérait comme un épais brouillard. Peu de gens auraient fait le rapprochement avec les origines de graffeur de leur auteur ; mais j'étais au fait de ses difficiles débuts le long des voies de chemin de fer, et de son évolution vers la maturité de l'artiste indiscutable qu'il était aujourd'hui. Même ainsi, Palombo continuait d'avoir recours à l'aérosol : fat cap avec une forte pression, laid de près, superbe de loin. C'était ce style qui l'avait fait connaître à Venise – une intervention illégale sur la Commedia dell'Arte en utilisant un support papier pour ne pas abîmer les bâtiments – et à Rome, où il avait finalement été présent, avec tous les honneurs cette fois, dans une exposition intitulée *Gouvernement anti-éthique et antiesthétique*. Il avait en outre le privilège d'être un des deux seuls peintres de rue – l'autre était un artiste de Rimini nommé Eron – à avoir été choisi pour décorer la coupole coiffant le transept d'une église du XVIe siècle récemment restaurée. Ce qui constituait une nouveauté en matière d'art sacré : deux auteurs de graffitis portant atteinte sans complexes aux règles canoniques. Je l'avais vu sur Internet, et j'en avais conclu que c'était seulement en Italie qu'une initiative aussi audacieuse pouvait être réalisée avec bon goût et donner un excellent résultat.

– Je connais les gobbetti, a poursuivi Nico Palombo, parce qu'il m'est arrivé d'avoir affaire à eux. Et je n'en garde pas un bon souvenir. Ce sont des jeunes très agressifs, de ceux qui portent un spray dans une poche de leur survêtement et un couteau dans l'autre. De ceux qui ne font aucune différence entre la rue et leur maison… Comme je te l'ai dit, leur repaire se trouve dans les rues hautes du quartier espagnol.

– Comment Sniper est-il entré en contact avec eux ?

– Je n'en ai pas la moindre idée. Il se peut que des amis communs l'aient recommandé au moment d'Amalfi, ou qu'il les connaissait déjà avant. En tout cas, il leur a plu et ils l'ont adopté. Ainsi, contrairement à son compatriote, le dénommé Biscarrués qui avait lancé ses chiens à ses trousses, eux ont décidé de le protéger.

Palombo avait vidé son verre. Le gardant à la main, il a désigné la fenêtre, la rue, la ville.

– Certains disent que les gobbetti sont liés à la Camorra. Si c'est vrai, Sniper n'aurait pas pu trouver meilleure protection en Italie.

– Et ils continuent de le protéger ?

– S'il est toujours à Naples, c'est probable… Mais il est possible qu'il soit parti. Le coup de Vérone est peut-être une nouvelle étape. Une manière spectaculaire de tourner la page.

– Combien de temps a-t-il passé ici ?

– Entre six mois et un an. Il est intervenu avec ses compagnons dans divers événements. L'un a été la grève du ramassage des ordures de l'an dernier, quand Naples s'est transformée en dépotoir et que les gobbetti ont couvert la ville de slogans contre le maire. Sniper a signé quelques fresques que, malheureusement, les services municipaux se sont empressés d'éliminer en vingt-quatre heures. Elles sont quand même sorties sur Internet et dans un reportage à la télévision, où l'on voit Sniper parler devant l'une d'elles…

Je l'ai interrompu.

– Il est apparu ici, à la télévision ?… Je ne savais pas !

– Oui. Sur Telenapoli : une chaîne régionale qui a une forte audience. Il était devant une de ses œuvres, il avait la capuche rabattue et l'on ne voyait pas son visage, mais il a fait un certain nombre de déclarations pittoresques sur les ordures, la ville et le maire. Comme un Napolitain de souche. Tu peux le voir sur Internet, si tu le souhaites.

– Il était avec les gobbetti ?

– Oui. Il y en avait quatre ou cinq autour de lui, jouant les gardes du corps.

J'ai réfléchi à ce que je venais d'entendre. Aux voies à emprunter. Aux pour et aux contre.

– Comment puis-je arriver jusqu'à eux ?

– Ils ne sont pas du genre facile. – Palombo souriait, évasif. – Ils sont terriblement méfiants.

– Tu as des amis chez eux ?

– Non. Mes amis qui continuent dans la rue sont des graffeurs normaux. Pas une bande de sociopathes, comme eux. Et je ne suis pas bien vu.

– Malgré la balle que tu as reçue ?

Il a éclaté de rire.

– Malgré la balle. Avec des nuances.

– Comment se fait-il qu'un flic t'ait tiré dessus ?

Il m'a raconté. Six ans auparavant, quand il signait encore *Spac*, il s'était glissé de nuit sur les voies de la Gare centrale. Deux graffeurs l'accompagnaient, et leur objectif était de faire un triple whole-car en peignant trois wagons jusqu'au toit. Après avoir escaladé le mur d'enceinte, ils avaient rampé et étaient arrivés sans problème jusqu'au train, avec leurs sprays dans des sacs en plastique au cas où ils devraient se sauver en abandonnant le matériel. Palombo avait déjà dessiné le contour et effectué le premier remplissage de son wagon quand il avait été ébloui par une lampe. Il s'était mis à courir, il avait senti un choc dans le dos, entendu en même temps une détonation et perdu connaissance. Il s'était réveillé le lendemain à l'hôpital.

– Après ça, je suis devenu une célébrité. Et cette renommée m'a permis de faire le saut pour passer à l'art sérieux. J'ai pu exposer dans une galerie de Milan des photos de mes travaux sur les trains, et le reste a suivi facilement. À mon retour ici, j'étais une sorte de gloire locale. Dans cette ville, le fait qu'un flic te tire dessus signifie que tu es respectable. Qu'on peut te faire confiance.

– Et tu ne l'es pas pour les gobbetti ?

– Eux, ils sont différents. Si j'avais continué dans la rue, ils me considéreraient comme un héros. Mais j'ai choisi ce chemin. Je me suis laissé récupérer par le système. Mes tableaux atteignent douze ou quinze mille euros dans une vente et sont exposés dans des galeries d'art ; donc ils me considèrent comme un traître, un vendu. Ils sont radicalement opposés à tout aspect légal qui ait à voir avec des bombes de peinture. C'est pour ça qu'ils adorent Sniper.

– Il doit bien y avoir un moyen de les approcher.

– Pas en passant par moi, en tout cas.

– S'il te plaît.

– Je n'ai rien à gagner là-dedans. – Il a fait la grimace. – Sauf des problèmes.

– Tu ne sembles pas être de ceux qui ont peur des problèmes.

Ses yeux fuyaient les miens.

– Il ne s'agit pas de peur. Je sais comment ils sont. C'est tout.

Il était mal à l'aise, comme quelqu'un qui ne se montre pas aussi poli qu'il devrait l'être avec un hôte. Il a fait quelques pas dans l'atelier en tripotant machinalement divers objets.

– Pourquoi un tel intérêt ? a-t-il demandé après un moment de silence.

– Comme je te l'ai dit au téléphone, je prépare un livre, ai-je répondu avec simplicité. Très important, et lié à des expositions de haut niveau… Il faut que Sniper y figure.

– Ça, je peux le comprendre. Il devrait y être. Comme dans n'importe quel musée du monde, d'ailleurs. Ils paieraient une fortune pour l'exposer. Mais je ne crois pas qu'il soit du genre à se laisser faire.

– C'est ça le défi. Le tenter, comme l'a fait le diable avec le Christ. Ne me dis pas que ça n'en vaut pas la peine, hein ?… Tenter Sniper.

Il m'a étudiée en me jaugeant.

– Et en y mettant le prix ?

– En y mettant tout ce qu'il faudra. Et je ne parle pas seulement d'argent.

– N'importe qui pourrait lui offrir la même chose.

– Pas au niveau des gens que j'ai derrière moi.

Il était revenu vers moi, lentement. Il penchait la tête et fronçait les lèvres, comme s'il se mettait dans la peau du personnage dont je suivais la trace.

– Tu crois que ce type est sincère ? l'ai-je interrogé.

Il gardait les lèvres froncées et la tête basse, les mains dans les poches.

– Je ne sais pas, a-t-il répondu au bout d'un moment. Il y en a qui disent que oui. Mais nous avons tous notre prix, notre stratégie… Et lui…

Il n'a pas poursuivi, mais j'avais compris. Ce n'était pas la première fois que j'entendais Sniper jugé de la sorte. Des chiens flairant un autre chien. À Madrid, Topo avait dit exactement la même chose.

– Stratégie, ai-je répété, en isolant le mot.

– Peut-être.

Il est resté de nouveau silencieux ; mais, bien entendu, je connaissais ce genre de silence. L'âge et la vie m'en avaient suffisamment appris. C'était la condition humaine dans sa simplicité : tout faible a besoin d'autres qui lui ressemblent, de la même manière qu'un traître aspire à ce qu'il y ait d'autres traîtres. Cela signifie consolation, ou justification, et permet de dormir plus tranquille. L'être humain passe la plus grande partie de son temps à chercher des prétextes pour calmer ses remords. Pour effacer ses défaillances et ses compromissions. Il a besoin de l'infamie des autres pour se sentir moins infâme lui-même. C'est ce qui explique la méfiance, la gêne et même la rancœur suscitées par ceux qui ne transigent pas.

– Il est trop parfait, ai-je insisté. Tu ne trouves pas ?

– Sniper ?… C'est possible. Oui. Qu'il le soit.

J'ai ri, tout en lui montrant, comme un reproche, mon verre vide.

– Ne me dis pas que l'idée te déplaît : l'irréductible franc-tireur puissamment tenté… Si c'est là son jeu, l'heure est peut-être venue pour lui d'en récolter les bénéfices.

Palombo a resservi du vin, songeur. Ses yeux vifs me scrutaient attentivement, comme indécis. Après quelques instants, il a souri lui aussi.

– J'ai un ami, a-t-il dit. Et qui est un ami de ses amis, je crois.

*

Après avoir quitté Nico Palombo, j'ai marché lentement parmi les étalages des librairies qui, depuis la voûte de la Port'Alba, occupent la rue jusqu'à la Piazza Dante. Je regardais distraitement les livres – je pensais au rendez-vous que Palombo allait tenter de me ménager pour le soir –, quand il m'a semblé apercevoir dans la foule, sous la voûte même, la présence du moustachu blond. L'homme de Lisbonne et de Vérone. Il ne portait plus son manteau de chasseur, mais une veste en daim beige ; pourtant j'ai cru reconnaître sa silhouette replète, collée à la vitrine d'une librairie spécialisée dans les sciences naturelles. J'ai marché encore un peu, calmement, afin qu'il ne se doute pas que j'avais repéré sa présence ; mais quand, arrivée au coin de la place, je me suis arrêtée, sous prétexte de regarder des cartes postales, pour jeter un coup d'œil derrière moi, mon suiveur avait disparu. Comme je m'étais attendue à un tel cas de figure, le fait d'avoir la confirmation qu'ils avaient pu me suivre jusqu'à Naples ne m'a pas inquiétée outre mesure. Néanmoins, pour en être sûre, je suis revenue sur mes pas et suis allée m'asseoir à une terrasse de la Piazza Bellini, d'où je pouvais surveiller la rue. J'y suis restée une demi-heure, que j'ai employée à manger une médiocre pizza et à boire un café relativement bon. Après quoi, j'ai marché encore une demi-heure jusqu'à la galerie Umberto Ier et me suis de nouveau assise à la terrasse d'un café, sans rien déceler de suspect. Là-dessus, je suis rentrée à l'hôtel.

*

Je l'avais devant moi, sur l'écran de mon ordinateur. Une archive vidéo de Telenapoli : vingt-quatre minutes sur la grève des éboueurs qui, six mois plus tôt, avait transformé la ville en un immense cloaque. Les images montraient des sacs et des détritus entassés dans les rues, des syndicalistes en colère, des porte-parole de la municipalité impuissants, des habitants qui passaient près des montagnes d'ordures en se bouchant le nez pour se protéger de la puanteur ou qui manifestaient leur mécontentement devant le micro. Vers la moitié du reportage, la caméra se promenait sur des murs couverts de graffitis concernant la question, avec des termes très durs pour les autorités locales ; et à la dix-septième minute, Sniper faisait son apparition. Il était interviewé de nuit, dans la rue, avec pour arrière-plan un mur décoré d'un énorme graffiti que l'on pouvait apercevoir à la lumière d'un réverbère voisin malgré le flou de l'image, trop sombre. Cet éclairage produisait un effet d'ombre chinoise qui laissait son visage caché sous la capuche rabattue d'un survêtement noir.

Il semblait grand et plutôt maigre. Il était filmé en plan moyen, à partir de la taille ; la capuche qui laissait le visage dans l'ombre lui donnait un aspect imposant de moine médiéval, d'inquisiteur ou de guerrier mystérieux ; et parfois, quand il faisait des gestes en parlant, on voyait entrer dans le champ ses mains fines, aux doigts longs, sans bagues ni montre visibles. Sa voix m'a paru agréable : masculine, légèrement rauque. Il s'exprimait dans un italien très convenable, presque aussi bon que le mien : il commentait le mur qu'il venait de peindre et sur lequel, au même moment, d'autres graffeurs – ses amis les gobbetti, ai-je supposé –, tournant le dos à la caméra, complétaient les contours en employant des teintes argentées. Son intervention durait une demi-minute et ne contenait rien de particulièrement remarquable ni d'original : solidarité avec le peuple de Naples, le graffiti comme expression non soumise aux pouvoirs et aux hiérarchies, illégalité de la rue pour dénoncer l'arrogance des institutions corrompues, etc. L'intérêt résidait dans le ton, la manière dont Sniper débitait son propos. Sa froide assurance en citant les raisons pour lesquelles, à son avis, cette grève et ses résultats faisaient de Naples le symbole de la décomposition d'un monde absurde, suicidaire à force d'autosatisfaction. Ces monceaux d'immondices – le graffiti du mur représentait un colosse à tête de mort dont les pieds étaient des sacs d'ordures – constituaient l'unique art réellement possible : le spectacle que cette ville, musée improvisé dans son atmosphère de puanteur, offrait au monde comme symbole et comme avertissement.

Revenant en arrière, j'ai vérifié si n'apparaissait pas au bas de l'image une légende indiquant le nom de Sniper : peut-être le reporter l'ignorait-il, ou l'anonymat

– s'ajoutant ironiquement au tag déjà anonyme – avait-il été la condition formelle exigée pour être filmé. Ou il se pouvait encore qu'en artiste gonflé de superbe et de présomption Sniper avait considéré que sa fresque sur le mur suffisait à ceux qui le connaissaient pour l'identifier. Et c'était bien le cas. L'authenticité de cette œuvre – que, selon Nico Palombo, la municipalité avait fait disparaître sans ménagement dès le lendemain – ne pouvait laisser planer le moindre doute, même si elle n'était pas signée en bas du cercle de franc-tireur. J'ai bloqué l'image et suis restée un moment à regarder la silhouette immobile de Sniper se découpant sur le noir de la nuit : ce visage sous la capuche que l'ombre rendait impénétrable. Tu es également doué pour les mises en scène, mon salaud, ai-je pensé. Aucun expert en marketing n'aurait pu mieux faire. Il faut que je me souvienne de te le dire quand je te verrai.

*

Palombo m'a appelée à six heures du soir, et une heure plus tard j'étais prête pour le rejoindre. Par-delà la large fenêtre et le petit balcon de ma chambre, le ciel rougissait lentement au-dessus de la baie de Naples. J'ai mis le nez dehors afin de vérifier la température extérieure. Elle était aussi plaisante que le panorama. Dans la nuit tombante, le cône noir et brumeux du volcan s'élevait au loin, bordant la baie sur la gauche ; et à mes pieds, quatre étages plus bas, le trafic s'écoulait bruyamment sur le Lungomare. J'allais rentrer dans la chambre quand, appuyée au parapet du pont qui relie la terre ferme au château, j'ai découvert une silhouette familière.

Revenue dans la chambre, j'ai pris le petit appareil photo qui était dans mon sac et, mettant le zoom au maximum, je m'en suis servi comme de lorgnette pour étudier le blond grassouillet. Je n'étais restée que quelques secondes sur le balcon et j'étais maintenant cachée par les rideaux de la fenêtre, de sorte qu'il ne semblait pas se rendre compte de ma présence : il portait la même veste en daim qu'à midi et lisait un livre en levant de temps en temps les yeux pour surveiller la porte de l'hôtel ou les diriger vers les étages. Un tueur cultivé, me suis-je dit. Rien de mieux que la lecture pour meubler les longues attentes ; et cet homme, sans nul doute, semblait être habitué à celles-ci. Elles faisaient sûrement partie de la routine de son travail, quel qu'il soit. Il avait peut-être acheté le livre le matin même, pendant qu'il me filait parmi les étalages de Port'Alba : roman policier, essai, philosophie. Je me suis demandé qui il pouvait bien être. Un employé de Biscarrués, un détective privé, un tueur à gages ? La dernière hypothèse, cependant, correspondait mieux que le livre au couteau que j'avais vu luire dans ses mains quand lui et la femme en manteau de vison s'étaient trompés de cible aux Arènes de Vérone. En tout cas, ai-je conclu, ce type replet, apparemment amateur de vêtements coûteux style gentleman-farmer, avec son aspect pacifique et un livre dans les mains, ne collait pas avec le profil auquel on pouvait s'attendre chez ce genre d'individu. J'ai pensé aussi à la femme, ce qui m'a conduite à scruter les alentours pour la chercher : mais je n'ai pas trouvé trace d'elle. J'ai envisagé toutes les possibilités : couple professionnel, sentimental, occasionnel. Allez savoir… Je me reprochais de ne pas avoir posé plus de questions sur ces deux oiseaux au restaurant de Rome, lors du *primo piatto*, quand le ton de la conversation avec leur commanditaire était encore cordial.

J'ai laissé l'appareil photo, j'ai mis le spray de poivre dans mon sac et décroché le téléphone posé sur la table de nuit. Aimable, efficace, le concierge m'a informé que, en effet, il y avait une porte de service qui donnait sur l'autre rue, derrière l'hôtel. Puis j'ai cherché la carte que le chauffeur de taxi m'avait remise l'avant-veille : *Onorato Ognibene, servizio taxi*, avec un numéro de téléphone. Je l'ai composé, ça a sonné trois fois et une voix masculine a répondu *Pronto ?* sur fond de bruit de circulation, et vingt minutes plus tard le comte Onorato et son véhicule étaient à ma disposition, m'attendant devant l'autre porte.

*

Les samedis soir – et c'était le cas –, le vieux Naples offre un spectacle fascinant. Dans le quartier espagnol, trente siècles d'histoire accumulée, de pauvreté endémique et de soif de vivre débordaient d'un quadrillage de rues étroites, de venelles, d'églises délabrées, d'images de saints, de linge étendu et de murs rongés par la lèpre du temps. Dans ce lieu bigarré, dangereux, où peu d'étrangers s'aventurent, la ville atteint le paroxysme de son caractère férocement méditerranéen. Et les veilles de jours fériés, quand vient l'heure de la fermeture des commerces, le quartier entier se transforme en un pandémonium d'embouteillages, de vacarme, d'avertisseurs, de musique sortant des fenêtres ouvertes, de motocyclettes avec des familles entières entassées dessus en défiant toutes les lois de l'équilibre qui circulent à toute vitesse au milieu d'une foule braillarde, joyeuse, faisant sa promenade vespérale avec le sans-gêne viscéral des peuples prolifiques, indestructibles et éternels.

Nico Palombo m'attendait près de la Piazza Montecalvario, au coin des premières marches d'une rue escarpée au pied desquelles le taxi du comte Onorato s'est arrêté.

– C'est en haut, a dit ce dernier. Et faites attention à votre sac.

Je l'ai remercié pour le conseil, je suis descendue de la voiture en esquivant de quelques centimètres – ou vice-versa – une motocyclette conduite par un enfant de dix à douze ans qui avait derrière lui une jeune personne rondelette, robe très foncée, tenant un enfant en bas âge assis sur ses genoux. J'ai supposé que c'était sa sœur. Ou sa mère. J'ai suivi des yeux la moto qui s'éloignait en zigzaguant pour éviter les passants.

– Vous m'attendrez ici ? ai-je demandé au chauffeur, qui avait mis la radio de son taxi à plein volume et était sorti pour s'adosser avec indolence à la portière.

– Bien sûr. Ne vous inquiétez pas, madame.

J'ai coincé mon sac sous un bras, contourné des déchets de légumes que l'employé d'une boutique balayait devant sa porte, et j'ai gravi les marches à la rencontre de Palombo. Il était accompagné d'un garçon brun et maigre, le visage couvert d'acné, les mains enfoncées dans les poches d'un blouson de motard aux épaules rembourrées.

– Voici Bruno… Elle, c'est Alejandra Varela.

Le garçon au blouson m'a tendu la main.

– Espagnole ?

– Oui. Tu peux m'appeler Lex.

– D'accord, Lex.

Nous avons marché tous les trois vers une des rues qui convergeaient sur la place. Bruno était un graffeur, a expliqué Palombo. Il n'appartenait pas aux gobbetti, mais un de ses cousins en faisait partie et c'était lui que nous allions voir.

– Tu connais le Porco Rosso ? a demandé Bruno.

– Le dessin animé ?

– Non. Le bar.

Nous étions devant. Le Porco Rosso était situé à l'entrée d'une rue étroite, entre un petit autel orné de fleurs en plastique et une poissonnerie fermée, sur la porte de laquelle étaient scotchés une demi-douzaine de faire-part exhibant les photos des défunts du voisinage. Le décor était complété par quelques tables, des chaises dépareillées et une douzaine de cyclomoteurs et de petites motos stationnées n'importe comment, bloquant presque totalement le passage. Cet endroit, a expliqué Bruno, était le point de rendez-vous habituel des gobbetti de Montecalvario. C'était de là qu'ils partaient pour leurs expéditions dans la ville.

– Et plus encore ces jours-ci, en pleine guerre de course.

Déconcertée, j'ai regardé Palombo, qui a ri. La guerre de course, a-t-il expliqué, était une rivalité entre bandes de graffeurs, motivée par des questions territoriales ou de prestige – ordinairement, une chose n'allait pas sans l'autre –, où les antagonistes s'affrontaient en recouvrant mutuellement leurs pièces ou en écrivant dans des zones qui ne leur appartenaient pas. Une de ces guerres avait éclaté quelques semaines plus tôt, quand un crew du quartier du port, qui signait collectivement *TargaN* et opérait d'habitude le long de la Via Americo Vespucci, s'était mis à écrire dans les rues basses du quartier espagnol. La réponse avait été fulgurante, avec des expéditions punitives qui avaient donné lieu à leur tour à de nouvelles attaques de l'autre bande. Sniper y avait participé en mettant son génie et son talent au service des gobbetti, pour qui il constituait un allié formidable. La guerre avait duré au moins deux mois et était pratiquement terminée, même si quelques membres de la TargaN maintenaient des foyers de résistance dans des quartiers qui n'étaient pas les leurs, et si deux ou trois rencontres nocturnes inopinées s'étaient terminées à coups de poing et de couteau.

– Mon cousin Flavio, a dit Bruno. Et voici Lex.

– Et l'autre, c'est qui ? a demandé ironiquement le dénommé Flavio.

– Nico Palombo, a répondu l'intéressé en se présentant lui-même.

– Ah, bien sûr… L'artiste.

Ça ne commençait pas bien. Le mot *artiste* avait été prononcé avec un dédain corporatiste : un soldat s'adressant à un autre qui est passé dans le camp adverse où il a été promu sergent. Flavio était un garçon mince et blond, d'aspect ascétique, et une barbiche clairsemée complétait sa vague ressemblance avec un autoportrait de Dürer conservé au Prado. Il portait un jean très serré, des Nike tachées de peinture et un survêtement noir sur lequel étaient imprimées une feuille de marijuana et les mentions *Culiacán* et *México*.

– Vous prendrez de la bière, a-t-il décidé sans nous consulter.

Il avait des manières de dur, et j'ai obtempéré. Nous sommes allés nous installer debout à l'extrémité du comptoir, devant quatre bières dans des gobelets en plastique. La musique était urbaine et agressive : *Stankonia* d'OutKast, mis suffisamment fort pour rendre la conversation difficile ; mais Flavio et ses congénères semblaient à l'aise dans ce bruit. Au Porco Rosso, l'esthétique des rappeurs dominait : casquettes, survêtements, pantalons tombants, baskets. Certains appartenaient aux gobbetti et d'autres non, a expliqué Flavio, ambigu, en réponse à une question que je lui avais posée. Le bar était décoré de photos encadrées de pilotes d'hydravion et de vues aériennes d'îles de l'Adriatique, et accrochées aux murs couverts de graffitis évoquant le même sujet. Sur l'un de ces murs, autour de la tête peinte d'un porc avec des lunettes de soleil et un bonnet d'aviateur, j'ai lu, écrit en superbe bubble style : *Un porc qui ne vole pas est seulement un porc.* J'ai remarqué, surprise, que c'était signé du cercle entourant la croix du franc-tireur.

– Sniper, ai-je dit pour aller droit au but.

Flavio a regardé son cousin, puis Nico Palombo, et a finalement posé ses yeux marron sur moi.

– Qui ça ?

J'ai levé une main pour indiquer le graffiti et ensuite, de l'index, je lui ai touché l'avant-bras :

– Est-ce que je saute toutes les formalités préalables, ou est-ce qu'on perd dix minutes pour que tu me dises que tu ne sais pas de qui je parle et que je te prouve que tu le sais quand même ?

C'était un tir en aveugle, mais il a eu un demi-sourire. J'avais dû trouver le ton juste.

– Et alors ? a-t-il demandé.

– Alors tu devrais être le premier intéressé à connaître la raison de ma présence.

Le sourire s'est légèrement accentué, puis il a disparu.

– Possible.

Je la lui ai dite, en forçant la voix pour dominer le vacarme de la musique pendant qu'il buvait sa bière : éditeur international, livre important en préparation, grande rétrospective prévue à New York ou Londres.

Tout ça. J'étais depuis trois semaines sur sa piste. De Lisbonne à Vérone, et maintenant à Naples. Les gobbetti et le reste. La guerre de course.

Il s'est tourné, hargneux, vers son cousin et Palombo.

– C'est vous autres qui l'avez mise au parfum ?

Je suis tout de suite intervenue pour parer le coup.

– C'est une affaire connue. Célèbre. Votre histoire avec les types de la TargaN a fait du bruit.

Ça a paru lui faire plaisir. Le coup de la célébrité. Dans le monde du graffiti, presque tout peut être résumé par le mot *respect*. Les règles internes, naturellement. Les codes qui régissent les initiés. Quand nous étions encore ensemble, Lita m'avait dit quelque chose que je n'ai jamais oublié : « Dehors, sur ces murs que nous peignons, se sont réfugiées des choses que les gens ignorent. Des vieux mots que personne ne prononce plus. Des mots que les jeunes comme moi sortent chercher chaque nuit, en rêvant de les faire leurs. »

– Je ne crois pas que Sniper avale ça, a estimé Flavio. Toute cette merde.

– C'est ce que je veux vérifier : s'il l'avale ou s'il reste le gosier sec.

Il n'a pas souri. Il a hoché la tête, écartant d'avance les vérifications inutiles.

– Ils veulent l'abattre, a-t-il précisé avec brusquerie.

– Tu ne penses quand même pas, ai-je répondu calmement, que c'est moi qui veux l'abattre.

Quatre autres bières sont arrivées. Flavio regardait Nico Palombo et Bruno comme s'il les rendait responsables de mon existence. Le cousin a haussé les épaules, mais Palombo est venu à ma rescousse.

– C'est une brave fille, a-t-il argumenté. Elle fait seulement son travail.

172

Le coup d'œil qu'il a obtenu en réponse n'a pas été encourageant. Flavio l'étudiait du même regard méfiant.

– Qu'est-ce que tu gagnes, dans l'affaire, l'artiste ?

– Je la trouve sympa.

– Elle te la suce ?

Palombo a ouvert la bouche pour répondre, mais, d'un geste, je l'ai fait taire.

– Je préfère bouffer la chatte de ta copine, si tu en as une, ai-je lancé à Flavio brutalement, bien décidée à lui répondre du tac au tac.

Il y a eu un silence : relatif, parce que rempli par le fracas du rap : Mos Def et son *Black on Both Sides*. Les trois autres m'ont regardée, stupéfaits.

– Alors comme ça, t'es pas vraiment bonne, a commenté finalement Flavio.

– Non, ai-je admis.

Je le fixais dans les yeux, sans ciller, et j'ai continué à le faire en buvant la deuxième bière. Ce chemin-là, ai-je confirmé en mon for intérieur, était aussi direct que n'importe quel autre. C'était Flavio qui marquait la mesure.

– Sérieusement, t'aimes les filles ? a-t-il demandé.

– Et vous, les graffeurs de Naples, vous êtes vraiment tous des demeurés ?

Il a regardé autour de lui, pour vérifier si, malgré le bruit de la musique, quelqu'un m'avait entendue. Le cousin Bruno se marrait, jusqu'à ce que Flavio lui ferme le bec d'un coup d'œil rien moins qu'amical.

– Lex… c'est bien comme ça que tu t'appelles ?

– Oui.

– Tu cherches les emmerdes, Lex.

Je me suis dit que je faisais fausse route. Pendant que je pestais silencieusement contre ma maladresse, on a posé quatre nouvelles bières sur le comptoir. Celle de Flavio a laissé des traces de mousse sur les poils de sa barbe.

– T'es payée pour ça, ou c'est pour l'amour de l'art ?

– Je suis payée.

– Beaucoup ?

– Convenablement.

– C'est une spécialiste, a expliqué Palombo, plein de bonne volonté.

– Oui, a confirmé le cousin Bruno qui avait à peine idée de qui j'étais.

– Spécialiste de quoi ?… De chercher les gens ?

– Plus ou moins, ai-je dit. Les gens et les livres. Je travaille dans l'art depuis très longtemps.

Flavio a esquissé un sourire méprisant. Un sourire d'initié.

– On appelle n'importe quoi de l'art.

– Sur ça, on est d'accord.

Une pause de cinq secondes. Redoublement de la musique.

– Tout le monde veut rencontrer Sniper.

– Je sais. Mais pas avec les mêmes intentions. Moi, je veux seulement lui transmettre le message. La proposition. Je suis ici, je souhaite lui parler et la lui exposer de vive voix. C'est tout.

Je souhaitais aussi aller aux toilettes, mais je ne l'ai pas dit. Le moment était mal choisi. J'ai regardé le graffiti de Sniper sur le mur.

– Quand est-ce qu'il l'a fait ? ai-je demandé.

Il n'y a pas eu de réponse immédiate. *Je sais où tu vis,* disait maintenant en italien un autre rappeur, dont la voix portée à son maximum faisait vibrer dans ma main le gobelet en plastique. Poumba ! Poumba ! *Je sais où tu vis et je vais te chercher. Parce que vous me jalousez*

174

tous. Parce que c'est moi qui ai les plus belles filles et les plus beaux murs. Poumba ! Poumba ! Je sais où tu vis. Et si vous y allez, moi je suis de retour. Poumba ! Poumba ! Enfoirés.

Flavio souriait, hostile. Fuyant. Comme si les paroles étaient de lui.

– Il n'est pas à Naples, a-t-il fini par dire.

J'ai soupiré, sincèrement lasse. C'était toujours à recommencer.

– Je préfère qu'il me le dise lui-même.

– Qu'il te dise quoi ?

– Qu'il n'est pas à Naples.

Il a bu longuement, a émis un claquement de langue et s'est essuyé la barbiche du dos de la main. Il regardait Palombo et le cousin Bruno comme pour les prendre à témoin de mon outrecuidance.

– Sniper n'accepte de proposition de personne. D'autres ont déjà essayé.

– Je veux seulement arriver jusqu'à lui. Et il décidera.

Flavio tenait encore le gobelet près de ses lèvres. De sa main libre, il m'a touché une fesse.

– Je ne me suis encore jamais fait une gouine.

J'ai vidé le mien d'un trait. Puis je l'ai écrasé de façon à le transformer en un aggloméré de plastique grinçant plein d'arêtes et de pointes, et je l'ai planté à quelques centimètres de son menton.

– Peut-être, mais moi j'ai déjà tailladé la gueule d'un enfant de putain.

Je n'avais pas fini ma phrase que j'ai senti le cousin Bruno passer près de moi, à toute vitesse, pour disparaître dans la rue, tandis que Nico Palombo me poussait dans la même direction. Je me suis retrouvée dehors et, en me retournant, j'ai vu que Flavio nous suivait.

J'ai mis une main dans mon sac en cherchant le spray de poivre.

– Trop dégueulasse pour être une gonzesse, a-t-il lancé en s'arrêtant sur le seuil.

– Va téter ta mère, arriéré ! lui ai-je lancé.

Palombo continuait de me pousser pour me faire descendre la rue en direction de la place.

– Tu es folle, ou quoi ? tempêtait-il, indigné.

J'ai éclaté de rire, me libérant de la tension accumulée dans la dernière demi-heure. Un rire surexcité, incontrôlable. Tout ça est absurde, ai-je conclu. Sans issue. J'étais comme une mouche qui se cogne sans relâche à la vitre. Mauricio Bosque, Biscarrués, Sniper… Tout ça n'était qu'une énorme histoire de fous. Et pour la première fois, j'ai été tentée d'accepter la défaite.

*

Nous avons continué, Nico Palombo et moi, à commenter les événements dans le taxi. Le comte Onorato gardait le silence, attentif en apparence à son volant ; mais je voyais dans le rétroviseur ses yeux m'observer au gré des lumières changeantes des voitures. Palombo nous a demandé de le déposer Piazza Dante où nous nous sommes quittés tristement, après avoir convenu de nous revoir un jour prochain pour déjeuner et parler de son travail.

– Je suis désolée pour la scène, Nico.

– Ne t'inquiète pas. Ce n'était pas ta faute… C'est ça aussi, Naples.

J'ai vu sa petite silhouette se perdre parmi la foule, sous les réverbères de la place ; et quand le feu est passé au rouge, mon chauffeur a fait une manœuvre scandaleusement illégale en coupant la circulation pour reprendre la Via Toledo. Deux agents plantés à côté d'un véhicule de police ont observé l'infraction, les mains placidement croisées dans le dos, et nous ont laissés passer sans autre forme de procès. Le comte Onorato continuait de me regarder dans le rétroviseur.

– Est-ce que ça vous intéresse vraiment ? a-t-il fini par demander. Le graffiti ?

– Ça m'intéresse, ai-je répondu, résignée. Pourtant on ne peut pas dire que j'ai beaucoup de chance.

– Sniper ?

J'ai sursauté en entendant ce nom dans sa bouche, mais j'ai tout de suite compris qu'il l'avait entendu prononcer par Nico Palombo et par moi durant le trajet depuis Montecalvario.

– Oui, Sniper, ai-je confirmé. Vous savez qui c'est ?

Le feu de croisement mettait une tache verte sur son profil latin : le nez aquilin et la banane légèrement relevée sur le front.

– Naturellement. Vous voulez voir quelque chose de lui ?

J'ai mis un moment à me remettre de mon étonnement. À réagir.

– Bien sûr.

– Dans ce cas, ce sera un plaisir de vous y conduire.

Il a braqué violemment le volant vers la gauche, faisant crier les pneus, pour s'engouffrer dans une rue étroite. Trois feux rouges plus tard, nous sommes arrivés sur la place qui s'étendait devant le bâtiment de la Poste et nous avons pris une nouvelle rue, tout aussi étroite.

– Voilà, a dit le chauffeur en freinant net. Un authentique Sniper.

Je suis descendue, stupéfaite. J'ai entendu la portière du conducteur claquer dans mon dos et, un instant plus tard, le comte Onorato était près de moi et allumait une cigarette.

– Je préfère Picasso, a-t-il dit.

À ce moment, je n'étais pas certaine de préférer Picasso. Ni aucun autre. L'éclairage n'était pas bon, il provenait de l'enseigne lumineuse d'un magasin et d'un réverbère collé au mur voisin ; mais c'était suffisant pour prendre la mesure d'une œuvre de grandes dimensions, au moins quatre mètres de long sur deux de haut, qui serait sûrement apparue monumentale à la lumière du jour : entourée de figures inspirées du *Jugement dernier* de Michel-Ange, chacune habillée de sous-vêtements modernes, une Madone au sourire paisible portait sur son sein un Enfant Jésus qui avait pour visage une des typiques têtes de mort de Sniper. Cette fois, la légende était *Non siamo nati per risolvere il problema* : « Nous ne sommes pas nés pour résoudre le problème ». Et elle était signée de la mire du franctireur.

– Ils ne l'ont pas vraiment respectée, a fait remarquer mon cicerone.

C'était vrai. La fresque avait été bombée sans le moindre égard : une partie du côté droit, avec les figures qu'elle comportait, était recouverte d'un graffiti de facture vulgaire, grosses lettres en wild style quasi illisibles à base de rouges, d'argents et de bleus, qui représentait, ai-je cru déchiffrer, le nom du groupe TargaN. Le reste était très maltraité, avec des signatures qui allaient des couleurs et des taches d'aérosol à de simples traits d'épais marqueur. Excepté une grande part de la Madone et certaines figures au-dessus, l'œuvre était gravement abîmée. Un vandalisme peut en cacher un autre, ai-je pensé. En théorie, Sniper devrait apprécier. Selon ses propres règles, le traiter de la sorte ne pouvait que le vivifier.

– Qu'est-ce que vous savez de son auteur ? ai-je demandé au comte Onorato.

Il n'a pas répondu immédiatement. Il restait près de moi, songeur, à contempler le graffiti. Quand il s'est tourné pour me regarder, la lumière de l'enseigne et du réverbère a éclairé le diamant à une oreille, la chaîne et la montre en or au poignet de la main qui tenait la cigarette. Et cette petite moustache taillée qui lui donnait l'aspect d'un traître dans un vieux film…

– Ça m'arrive de le prendre dans mon taxi.

J'ai failli me cramponner à son bras pour ne pas tomber. Je voyais trente-six chandelles étinceler devant mes yeux. Ou dedans.

– Vous connaissez Sniper ?

– Bien sûr.

J'ai attendu que toutes les lucioles s'éteignent.

– Et comment est-ce possible ?

– Pourquoi ça ne le serait pas ?… Il prend des taxis, comme tout le monde. Et aussi, il aide à décorer une église de Montecalvario. Je le vois parfois dans les parages.

– Vous l'avez transporté dans votre voiture ?

– À plusieurs reprises, je vous dis. En réalité, c'est à moi qu'il fait appel en cas de besoin.

– Et vous l'avez… – J'ai fait un geste vers le mur. – Vous l'avez vu faire ce genre de choses ?

– Oui. Même qu'il nous est arrivé de tourner à la recherche d'un bon endroit. – Il a montré fièrement le mur. – C'est moi qui l'ai conduit à celui-là, tout chargé de ses bombes de peinture.

J'ai respiré trois fois, bien à fond, avant de poser la question suivante.

– Comment est-il ?

– Physiquement ?… Bah, normal, âge moyen. La quarantaine. Il est espagnol, comme vous, mais il parle bien italien. Mince, plutôt grand… Pas très causant, mais aimable. Et généreux, question pourboires.

– Vous savez où il habite ? Vous pourriez m'y conduire ?

Il a esquivé mon regard, tout en tirant fortement sur sa cigarette dont le brasillement lui sculptait encore plus le visage.

– C'est un client, a-t-il dit en expulsant la fumée par le nez. Je ne peux pas trahir sa vie privée, exactement comme je ne trahirais pas la vôtre.

– Pas même pour de l'argent ?

Il a poussé un gros, un profond soupir. Trop gros.

– Madame, vous n'allez pas tout gâcher. Tout à l'heure, en vous entendant parler, j'ai compris l'intérêt que vous lui portez. Vos problèmes. – Il a haussé les épaules. – Mais je suis le comte Onorato, vous comprenez ?… Tout Naples me connaît.

Il tirait toujours sur sa cigarette, ce qui creusait encore ses joues, l'air songeur comme s'il essayait de se convaincre de ce qu'il venait de dire.

– J'ai une réputation à maintenir.

Par ces paroles définitives, prononcées sur un ton résigné, il semblait écarter toute tentation possible. Il se situait lui-même, au prix d'un violent effort intérieur, hors de ma portée. De tout ce qui était matériel.

– On doit bien pouvoir trouver une solution honorable, ai-je répliqué après un temps de réflexion.

Le chauffeur regardait son mégot, réduit à une braise qui lui brûlait presque les doigts. Il l'a laissé tomber par terre et est resté à le contempler d'un air mélancolique.

– C'est combien, honorable ? a-t-il demandé.

– Cinq cents euros.

Il a sursauté et relevé la tête. Puis il a porté sa main baguée à la hauteur de son cœur et ses yeux sombres m'ont adressé un muet, douloureux, très long reproche.

– Mille ? ai-je aventuré.

7

Trente secondes sur Tokyo

J'ai passé la moitié du lendemain dans ma chambre de l'hôtel Vesuvio en me rongeant les ongles d'impatience pendant que j'essayais de lire sans parvenir à me concentrer, ou que je visitais sur mon ordinateur portable les sites d'Internet susceptibles de contenir une trace de Sniper. Je suis restée tout le temps ainsi, à surveiller le téléphone posé sur la table de nuit et le portable sur le couvre-lit, forte de la promesse du comte Onorato. La température extérieure continuait d'être agréable, et j'avais donc laissé ouverte la grande fenêtre qui donnait sur le balcon d'où l'on voyait, au fond, la baie et le château. Une légère brise de mer agitait de temps en temps les rideaux, et d'en bas montaient le bruit de la circulation et les coups d'avertisseur chaque fois que le feu de croisement situé devant l'hôtel passait au vert. À deux heures moins le quart, le rectangle de lumière solaire qui, entrant par la fenêtre, s'était déplacé sur le sol avec une lenteur désespérante a semblé s'arrêter quand mon portable a vibré.

– Vous avez un rendez-vous, a annoncé la voix du chauffeur de taxi. Je passerai vous prendre vers six heures.

Je voulais en savoir davantage, mais le comte Onorato, prenant très au sérieux son rôle de messager des dieux, est resté avare de ses paroles. Il a répété les instructions, ajoutant que je ne devais porter sur moi ni appareil photo ni téléphone portable, et a raccroché. Savourant ma joie, je suis descendue manger une assiette de pâtes au Zi' Teresa en sortant par la grande porte de l'hôtel ; à vrai dire, une fois sur place, excitée comme je l'étais, c'est à peine si j'en ai goûté une bouchée. Ensuite, pour me calmer, je me suis promenée sur le Lungomare – cette fois, personne ne semblait me suivre – jusqu'à la librairie Feltrinelli, où j'ai flâné parmi les nouveautés et les livres d'art. J'ai acheté un roman de Bruno Arpaia et un essai de Luciano Canfora et, après avoir pris un café, je suis revenue sans me hâter par la Via Chiatamone, ce qui m'a conduite tout droit à l'arrière de l'hôtel. Pour ne pas avoir à contourner l'immeuble, je suis entrée par là et j'ai parcouru les couloirs de service jusqu'aux ascenseurs du hall ; mais je me suis arrêtée net : dans un des fauteuils voisins de la porte du bar, opportunément dissimulé derrière un ficus au feuillage touffu, était assis l'individu rondouillard à la moustache blonde. Il portait la même veste de daim que la veille et tenait, ouvert sur ses genoux, un livre auquel il n'accordait aucune attention, car il avait la tête tournée vers la porte tambour qui donnait sur la façade principale et le Lungomare. Mon trouble a été bref. Il ne m'a pas fallu plus de trois secondes pour comprendre qu'il guettait mon retour ; et ces trois secondes m'ont suffi pour reculer prudemment, emprunter l'escalier et me demander pourquoi juste en ce moment. Pourquoi maintenant, et à l'intérieur même de l'hôtel. Pourquoi pas avant. Pourquoi si près.

Le battement de mon sang dans mes tempes m'assourdissait pendant que je marchais en me hâtant sur la moquette du couloir du quatrième étage pour gagner ma chambre. J'ai essayé d'empêcher mon cœur de s'emballer – en cet instant, il semblait pomper des torrents d'adrénaline –, tout en mettant utilement de l'ordre dans les pensées qui se bousculaient dans ma tête. Je me répétais : « Réfléchis. Réfléchis posément. Pèse ce qui a changé. Ce qu'il y a de nouveau. Ce qui se passe pour que cet individu prenne encore plus de risques. Pour qu'il s'approche à ce point de toi. » Pendant que je faisais mes derniers pas, l'intuition qu'un danger supplémentaire, une grave modification des événements étaient en train de se manifester a transformé mon appréhension en certitude. C'est probablement pour cela que l'effet de surprise escompté n'a pas vraiment joué : je me tenais plus sur mes gardes que d'habitude quand j'ai glissé la carte dans la serrure, ouvert la porte et me suis trouvée nez à nez avec la femme qui, à Vérone, m'avait frappée à la tête et balancée dans le fossé. Cette fois, elle ne portait pas de manteau de vison, mais un tailleur-pantalon sombre, des chaussures plates et les cheveux rassemblés sur la nuque – tous détails que j'ai pu mieux enregistrer un peu plus tard. Le visage était bien tel que dans mon souvenir : très mince, osseux et anguleux, à la limite de la laideur, avec des lèvres fines et des yeux noirs très grands, très vifs, qui ont paru sortir de leurs orbites en me voyant là, à quelques centimètres de sa figure. Elle était un peu plus grande que moi, et ça m'a facilité les choses. Portée par l'impulsion qui s'était renforcée dans le couloir pendant que toutes ces idées défilaient dans ma tête, encouragée par l'ahurissement qui semblait creuser encore davantage les traits de l'intruse, rendue furieuse jusqu'au dégoût physique de la voir là, violant mon intimité, je me suis haussée sur la pointe des pieds et, oubliant le spray de poivre que je portais dans mon sac, je lui ai asséné un coup de boule droit dans la figure.

Ça a résonné fort. Avec un grand « crac ! ». Mais le bruit ne venait pas de moi. Je crois que j'ai eu de la chance. Le hasard a fait que je l'ai atteinte en pleine face, alors même que, du coin de l'œil, j'avais vu sa main droite, soudain devenue poing, se lever sur moi. Mais la violence de mon coup a suffi pour que le sien perde de sa force à mi-course et s'achève dans le vide. Face de Rat, ou quel que soit son nom, a émis une plainte rauque et sourde, celle de l'air s'échappant de ses poumons, et elle a reculé en titubant et en agitant les bras pour trouver un appui où récupérer son équilibre. J'avais pris tout de suite le dessus, mais au point où j'en étais le coup porté n'allégeait pas d'une once la colère qui me tenait : il n'était pas question d'en rester là. Et donc, sans même réfléchir, je l'ai suivie, ou plutôt je me suis ruée sur elle et lui ai expédié de toutes mes forces un coup de pied dans le ventre qui l'a fait se plier en deux avant de l'envoyer au tapis. Elle m'a regardée sans renoncer à ses efforts désespérés pour se relever – j'ai remarqué qu'elle saignait du nez – avec une expression que je n'oublierai jamais, car je ne m'étais encore jamais trouvée dans une situation aussi extrême. Ses cheveux s'étaient dénoués et lui tombaient maintenant sur la figure, noirs comme les ailes d'un corbeau de mauvais augure, souillés de sang, intensifiant la haine dans ses yeux. Hébétée et venimeuse. J'ai frémi, non sans raison, en me rappelant le coup qu'elle m'avait porté aux Arènes de Vérone : précis et quasiment scientifique. J'ai pensé : « Une bonne femme capable de te regarder et de frapper comme ça… Je ne sais pas si Face de Rat est une professionnelle des coups ou non, mais ce qui est sûr, c'est qu'elle sait les donner. Et comment ! Si je lui permets de se relever, je suis cuite », ai-je conclu. C'est pourquoi je me suis mise à la bourrer de coups de pied à la tête jusqu'à ce qu'elle cesse de bouger.

*

L'individu à moustache blonde et pointes frisées ne m'a pas entendue arriver. Il était toujours assis derrière le ficus, en train de surveiller la porte principale de l'hôtel, quand je suis sortie de l'ascenseur et me suis plantée devant lui. Sous la veste de daim il portait une cravate en tricot et une chemise rose pâle dont les boutons étaient trop tendus sur l'abdomen. La stupéfaction que j'ai lue dans ses yeux bleus, quand il les a levés vers moi en sursautant, a été un autre glorieux exploit de cette journée.

– Maintenant, je dois choisir entre deux options, ai-je dit calmement. Tu veux que je te les expose ?

Il n'a pas répondu. Il continuait de me dévisager, abasourdi et silencieux. Les incisives de lapin pointaient dans sa bouche entrouverte par la stupeur. Je me suis assise dans le fauteuil voisin en me penchant un peu vers lui, jouissant de l'avantage que m'offrait la situation. Moustache Blonde avait fermé le livre de poche qu'il tenait sur ses genoux, et j'ai réussi à en lire le titre : *Le Jardinage à la campagne*. Je ne l'aurais jamais deviné, ai-je pensé absurdement. Puis je l'ai regardé de nouveau dans les yeux.

– La première option est d'aller au comptoir de la réception, de demander qu'on appelle la police, et que celle-ci jette un coup d'œil sur ce qu'elle trouvera dans ma chambre. L'autre…

Je me suis interrompue. Mon interlocuteur avait cillé à trois reprises, comme si cela pouvait l'aider à recouvrer l'usage de la parole.

– Vous venez de là-haut ? a-t-il finalement demandé.

Il avait parlé d'une voix rauque, sourde, qui réclamait d'être lubrifiée d'urgence. Prononciation cultivée, accent espagnol. Les yeux clairs restaient perplexes.

– J'en viens. Et il y a une femme inconsciente sur ma moquette.

Dans les yeux de Moustache Blonde, la perplexité a cédé la place à l'alarme.

– Vous dites : inconsciente ?

– Oui.

– Que s'est-il passé ?

La voix restait rauque. J'ai haussé les épaules.

– Elle est tombée. Comme ça, sans raison. Paf ! Elle est tombée et s'est cogné plusieurs fois la tête. Paf ! Paf ! Toute seule. On dirait qu'elle aime tomber.

– C'est vous qui avez fait ça ?

– Je n'ai rien fait. Je te répète qu'elle est tombée toute seule. Moi, je me suis bornée à l'attacher pour qu'elle ne tombe plus… Je me suis servie de sacs de linge tordus et de ceintures de peignoir. Et je suppose qu'elle est toujours là-haut. En train de dormir à plat ventre. À son réveil, elle aura besoin d'aspirine et peut-être d'un docteur. Sa figure est plutôt amochée, à supposer qu'elle ait jamais été belle… J'ai idée qu'elle a le nez cassé.

J'ai remarqué chez Moustache Blonde un mouvement que je n'ai pas su interpréter. D'inquiétude, peut-être, ou alors de menace. Il semblait recouvrer son contrôle et m'étudiait, soupçonneux, évaluant la situation. Il devait sûrement chercher à savoir où je voulais en venir. Quelles étaient mes intentions. J'ai eu un léger mouvement de recul en me laissant aller contre le dossier de mon fauteuil. Prudente. De toute manière, ai-je conclu, il ne tenterait rien contre moi dans un endroit pareil, avec le barman à dix mètres, et les réceptionnistes et les concierges à l'autre bout du hall. Un cri de ma part suffirait à le faire repérer.

– Vous avez parlé de deux options, a-t-il dit.

Il avait fini par retrouver son calme. Et en conservant le « vous » malgré mon tutoiement. Disposé à négocier l'option la moins mauvaise. Cela m'a arraché un soupir de soulagement que j'ai essayé de ne pas extérioriser. En réalité – et je m'en suis rendu compte ensuite –, à part l'inquiétude que j'éprouvais pour l'état de la femme gisant à l'étage, je jouissais de la situation. De mon triomphe. Du moment présent et de ses perspectives.

– La seconde est que tu montes et que tu t'occupes de cette salope.

Il a soutenu un instant mon regard. Cette fois, sans ciller.

– Et ?… a-t-il finalement demandé.

– Et c'est tout. Que tu l'emmènes dans un hôpital ou là où ça te chante. – J'ai regardé ma montre. – Et que Lorenzo Biscarrués me téléphone.

– Je ne connais pas ce Biscarrués.

– C'est ça. Mais arrange-toi quand même pour que ce porc m'appelle. Je tiens à lui présenter la facture.

Les yeux bleus se sont tournés vers le hall, puis ils m'ont scrutée longuement, pesant le pour et le contre, considérant sans hâte tout ce que je venais de dire. Après quoi, Moustache Blonde a mis le livre dans une poche de sa veste et esquissé un rictus qui a découvert un peu plus ses incisives : un sourire froid, factice. Résigné.

– C'est bon, a-t-il dit.

Nous nous sommes levés – il l'a fait avec une agilité étonnante pour un type de sa corpulence – pour nous diriger vers l'ascenseur comme des clients apparemment innocents. J'ai appuyé sur le bouton et nous sommes montés en évitant de nous regarder directement, tout en nous surveillant mutuellement, mine de rien, dans le miroir. Moustache Blonde gardait ses yeux de fouine rivés sur ma main droite, glissée dans la poche où se trouvait le spray de poivre : surtout ne pas me tromper de côté en visant, ai-je pensé absurdement, sinon je suis faite. Mais je n'ai pas eu besoin de m'en servir. Une fois à l'étage, nous avons parcouru le couloir en silence et j'ai ouvert la porte avant de m'effacer, prudente.

– Putain ! s'est-il exclamé en entrant.

Face de Rat gisait toujours à terre, sur le ventre et ligotée, telle que je l'avais laissée en partant. Dans les films, les gens qui reçoivent des coups se relèvent ensuite comme si de rien n'était ; mais je savais que dans la vraie vie les choses se passent rarement ainsi : il y a des commotions cérébrales, des hémorragies et autres bagatelles du même acabit. À mon grand soulagement – j'avais peur d'avoir exagéré lors des derniers coups de pied –, la femme était à demi consciente et poussait des gémissements sourds, gutturaux. Elle avait répandu du sang sur le tapis, et une croûte brunâtre commençait à se former sur son nez et sa lèvre supérieure. Elle avait aussi un gros hématome violacé au front et les yeux gonflés. Même moi j'ai été apeurée par son aspect, et je me suis réjouie que ce soit Moustache Blonde qui la prenne en charge.

– Putain !… a-t-il répété, en s'agenouillant, incrédule, près de la femme. C'est vous qui avez fait ça ?

– Puisque je te dis qu'elle est tombée. Plusieurs fois.

Il m'a adressé un regard mi-réprobateur mi-admiratif pendant qu'il défaisait les liens qui entravaient les mains de Face de Rat. Ça n'a pas dû être facile de la mettre dans cet état, semblait-il dire. Il faut que vous ayez eu sacrément de la chance, ou alors c'est que vous êtes encore plus garce qu'elle. Et de beaucoup.

– Vous avez de la glace dans le minibar ?

– Je ne pense pas qu'elle ait envie de prendre un verre maintenant, ai-je rétorqué méchamment.

Il a paru encaisser mon sarcasme avec beaucoup de flegme.

– Vous avez de la glace ou pas ? a-t-il insisté.

– Non.

– Alors apportez-moi des serviettes trempées dans de l'eau froide, s'il vous plaît.

Il paraissait maître de lui. Habitué, malgré son allure pacifique, à des situations semblables. Je me suis rappelé l'éclair du couteau dans ses mains, quand j'étais étalée sur la neige, à Vérone, à côté du malheureux qu'il avait pris pour Sniper. J'ai pensé que j'avais peut-être commis une erreur en l'amenant ici. En allant me fourrer dans un nouveau piège. Tandis que je trempais les serviettes dans le lavabo, j'ai cherché autour de moi quelque chose qui puisse me servir d'arme défensive, mais je n'ai rien trouvé. Puis je me suis souvenue du vase en verre qui était sur le secrétaire. En cas de besoin, il pourrait me servir en complément du spray.

– Aidez-moi, a demandé Moustache Blonde.

À nous deux, nous avons soulevé Face de Rat et l'avons étendue sur le lit. Elle revenait à elle. Elle continuait de gémir, et ses yeux vitreux nous fixaient à travers ses cheveux collés et ses paupières gonflées en tentant de nous identifier. Son camarade a nettoyé

191

le sang du nez, puis il lui a appliqué les serviettes mouillées sur sa figure. Précautionneuse, je suis allée me poster tout près du vase en verre, une main dans ma poche. En calculant les distances.

– Comment va-t-elle ? me suis-je enquise.

Il m'observait, méfiant, intrigué. Il avait l'air de se demander pourquoi je restais si calme, sans déclencher un scandale.

– Pas trop mal, a-t-il dit. Le nez n'est pas cassé.

– Tu pourras l'enlever d'ici ?

– Je crois que oui. Je pense que, dans un moment, elle tiendra debout… Vous avez des lunettes de soleil ?

– Pour quoi faire ?

Il a montré la femme dont le visage, à l'exception d'une petite ouverture pour respirer, était recouvert de serviettes.

– Elle ne peut pas traverser le hall avec une tête pareille. Elle attirerait trop l'attention.

J'ai ouvert mon sac, j'en ai tiré les lunettes et les ai jetées en l'air. Il les a attrapées au vol. Pour la première fois, l'expression de ses yeux clairs avait quelque chose d'aimable. De presque sympathique. La moustache blonde a semblé se retrousser un peu plus sur la grimace de lapin.

– Pour des tueurs à gages, vous n'avez pas l'air d'être particulièrement brillants, ai-je commenté.

Il n'a pas répondu. Il a seulement émis un léger rire, contenu. Ce rire lui conférait un aspect bonasse, faussement bienveillant. Il aurait plutôt bonne allure, ai-je pensé, avec dix ou quinze kilos de moins, sans un ventre à faire sauter les boutons de sa chemise, et plus grand de quelques centimètres. La moustache et ses pointes frisées lui donnaient une touche de distinction ridicule.

– Je veux parler à Biscarrués, lui ai-je rappelé.

Il m'a regardée pendant quelques secondes avec curiosité, tandis que son esquisse de sourire s'éteignait très lentement. Je me suis demandé ce qu'il savait de ma vie. Depuis combien de temps il me surveillait. Y penser m'a fait éprouver un étrange sentiment d'intimité violée. Et ça m'a mise en rage.

– Biscarrués, ai-je répété, sèchement.

J'ai eu l'impression qu'il ne m'entendait pas. Il regardait sa camarade, qui se remettait peu à peu, geignante et endolorie.

– Ce n'est pas facile de le déranger, a-t-il fait observer, objectif.

– Je suppose. Mais maintenant, nous avons fait la paix. Pour ce qui concerne Vérone.

Il a paru considérer sérieusement l'argument. Puis il a fait un léger geste d'assentiment, comme à contre-cœur.

– N'y voyez rien de personnel. Il n'avait rien contre vous.

– Tu peux me tutoyer, ai-je dit en riant, sarcastique. Au point où nous en sommes…

Il n'a hésité qu'un instant.

– Il n'avait rien contre toi.

– Ni contre ce pauvre type, je suppose. Celui que vous avez confondu avec Sniper.

– Contre lui non plus. C'était un malentendu.

– C'est ça. Et vous avez été à deux doigts de nous trucider.

Il a fait un geste vague, évasif, un peu las. La vie, semblait-il exprimer, regorge de moments où le premier venu peut être expédié *ad patres* par erreur ou par hasard. Chercher des responsables est absurde.

– Biscarrués, ai-je insisté. Et je te le dis pour la dernière fois.

Il a continué de m'observer quelque temps, comme s'il doutait encore. Tendue, je gardais un œil sur le vase de fleurs. Puis il a sorti un téléphone de la poche de sa veste et a composé un numéro.

– Elle est là, a-t-il dit, laconique, quand il a eu la communication.

Après quoi, il m'a tendu le portable, je l'ai pris et je suis sortie dans le couloir.

*

Lorsque je suis revenue dans la chambre, Face de Rat semblait reprendre un peu de forces. Son camarade l'avait assise sur le lit, adossée aux oreillers. Elle n'avait plus les serviettes mouillées sur la figure. À travers les cheveux humides qui laissaient voir un gros hématome sur l'arête du nez, ses yeux sombres me jetaient des regards de haine sous les paupières enflammées.

– Il veut te parler, ai-je dit à Moustache Blonde en lui rendant le téléphone.

Il l'a porté à son oreille et a écouté longuement en silence ; il a émis quelques monosyllabes d'assentiment, les derniers sur un ton de légère hésitation, mais à aucun moment il n'a manifesté d'objections. À la fin, il a coupé la communication, a remis le portable dans sa poche et est resté à me regarder, déconcerté.

– Je ne vois pas pourquoi… a-t-il commencé.

Il s'est interrompu, songeur. Il n'était pas, me suis-je dit, le genre de types à faire des confidences sur ce qu'ils voient ou ne voient pas devant quelqu'un qui vient de flanquer des coups de pied dans la figure de leur collègue de travail – à supposer que ce soit bien le mot juste pour définir l'activité de ces deux personnages. Là-dessus, Face de Rat a ressenti une urgence

– « J'ai besoin de pisser », a-t-elle murmuré, la bouche pâteuse, avec une vulgarité pleine de hargne –, et Moustache Blonde l'a aidée à se lever et à marcher en s'appuyant sur lui jusqu'à la salle de bain. Puis il a fermé la porte, s'est tourné vers moi en tirant de sa poche un paquet de cigarettes et un briquet en or.

– On peut fumer ? a-t-il demandé.

– Ça risque de déclencher l'alarme. Va plutôt sur le balcon.

Il a esquissé un sourire. Un sourire finalement sympathique, ai-je constaté en me forçant à l'impartialité, avec ces incisives qui pointaient sous la moustache aux extrémités frisées. Un sourire agréable dans un visage joufflu et anachronique d'authentique salopard. Pendant qu'il passait près de moi et allait sur le balcon pour y allumer sa cigarette, je me suis demandé s'il portait sur lui le couteau qu'il avait bien failli planter dans le corps du pauvre Zomo aux Arènes de Vérone.

– Tu as toujours ton couteau ? l'ai-je questionné en m'adossant à l'encadrement de la fenêtre ouverte.

Il a confirmé et, le sortant de la poche de sa veste, il me l'a montré dans la paume de sa main : long, en métal argenté et avec des incrustations de nacre. Il semblait même beau. J'ai observé qu'il y avait un bouton sur le manche : il devait actionner automatiquement un ressort qui, d'une simple pression, faisait jaillir la lame. Un modèle ancien, sûrement. À ma connaissance, le port de ce genre de couteau était prohibé.

– Comment tu te débrouilles, dans les aéroports ? ai-je demandé, intéressée.

– Je l'enregistre avec mes bagages.

– Je suppose que l'époque n'est pas facile pour les assassins, non ?… Avec tous ces scanners, tous ces détecteurs et toutes ces tracasseries.

– À qui le dis-tu !

– Vous assassinez seulement de temps en temps, ou c'est un emploi fixe ?

Il n'a pas répondu. Il me regardait avec une expression presque amusée, plissant les yeux à cause de la fumée de la cigarette qui était maintenant plantée dans sa bouche. La veste en daim était de qualité. Bien coupée, chère. De même pour les chaussures. J'ai observé que ses cheveux étaient légèrement ondulés, taillés avec soin. C'était un tueur à gages soucieux de son apparence. Et qui en avait les moyens.

– Jolie vue, a-t-il dit en désignant le soleil qui se couchait sur la baie.

– Ça fait longtemps que tu travailles avec Face de Rat ?

Son sourire s'est élargi.

– C'est comme ça que tu l'appelles ?… Face de Rat ?

– Oui.

– Je ne crois pas que ça lui plaira. Même si, à mon avis, elle a d'autres problèmes plus importants en ce moment. – Il m'a adressé un regard entendu. – On ne peut pas la laisser dans cet état.

– Et toi, tu es Moustache Blonde.

– Sérieusement ?… Eh bien, on ne peut pas dire que tu aies fait un gros effort d'imagination.

– On ne peut pas dire non plus que vous soyez très efficaces. Je vous trouve plutôt du genre bricoleurs.

Il a ri.

– Je t'assure que d'habitude elle a de meilleurs réflexes.

– En tout cas, je ne m'en suis pas aperçue.

– Bah, tu sais… Il y a des jours où on n'est pas en forme.

– Ça doit être ça.

Le bruit de la chasse d'eau de la salle de bain s'est fait entendre, et Face de Rat est apparue dans la chambre en se déplaçant d'un pas encore mal assuré. Elle faisait presque peine à voir. Moustache Blonde a écrasé la braise de sa cigarette sur la rambarde en fer du balcon et a jeté le mégot dans le vide. Après quoi il s'est empressé de la rejoindre.

— Devine, a-t-il dit, comment elle t'appelle.

*

À huit heures moins vingt, après être restée seule et avoir pris une douche, vêtue d'un jean et d'un sweater sous mon blouson, je suis descendue par l'escalier de service, j'ai parcouru le couloir intérieur et, utilisant la porte arrière de l'hôtel, je suis sortie dans la rue où m'attendait mon taxi.

— Tout va bien, madame ?

— Tout va bien.

Je n'ai pas fait de commentaire sur les événements de l'après-midi. Ça ne s'imposait pas. Le comte Onorato m'adressait un sourire épanoui dans le rétroviseur.

— Nerveuse ?

— Un peu.

Il a démarré et nous nous sommes insérés dans l'intense circulation. La nuit était presque complètement tombée : les phares de voitures et l'éclairage urbain effaçaient l'ultime clarté du ciel. Nous sommes passés par le tunnel de la Vittoria pour ressortir de l'autre côté, sous le palais et les tours noires du château, et nous avons suivi l'avenue qui longe les installations portuaires. Là, mon chauffeur a arrêté le taxi près d'une construction que la lumière de quelques réverbères tordus permettait d'identifier comme étant les débris d'un bunker criblé de crevasses où poussaient des arbustes clairsemés et poussiéreux. Dans cette partie du port qui avait subi pendant la guerre les bombardements et les destructions les plus terribles, il restait ainsi des ruines que personne ne s'était donné la peine de raser.

– C'est bien l'endroit ? ai-je demandé, intriguée.

Le chauffeur était sorti du taxi et fumait, adossé au mur du bunker.

– Oui, madame, a-t-il répondu.

– Et qu'est-ce que nous faisons ici ?

– On attend.

J'ai fait quelques pas en scrutant les alentours. Étrange lieu pour un rendez-vous, telle a été la première pensée qui m'est venue à l'esprit. Ou pas si étrange que ça, ai-je rectifié aussitôt. Ça sentait les ordures, le vieux béton, la saleté séculaire. De l'autre côté d'une grille proche encerclant les installations portuaires on apercevait des conteneurs empilés, avec des taches de rouille sur les noms des compagnies de navigation. Au-delà brillaient les lumières du port, plus fortes, éclairant des grues, des entrepôts, des engins et une espèce de tour ou de cheminée coiffée d'un clignotant rouge.

– Les voilà, a dit le comte Onorato.

J'ai retenu mon souffle. Les phares oscillants de deux motos arrivaient par le même chemin que nous. Elles se sont arrêtées près du taxi, sans éteindre les moteurs. Dessus, trois silhouettes masculines se détachaient dans la pénombre. Deux sur une moto, une sur l'autre.

– Elle, c'est Lex, a dit une voix.

J'ai reconnu Flavio, le type avec qui j'avais failli me battre, au Porco Rosso : il portait le même survêtement avec la feuille de marijuana imprimée, le même jean étroit. La seule nouveauté était une casquette de baseball noire dont la visière semblait creuser des ombres dans son visage. Les autres étaient habillés pareillement : survêtements, jeans, Nike tachées de peinture. Des vêtements faits pour peindre et courir.

– Tu peux partir, a dit Flavio au chauffeur de taxi. Nous la ramènerons plus tard.

Le comte Onorato m'a lancé un regard, demandant confirmation. J'ai acquiescé, il m'a adressé un dernier grand sourire et m'a dit *Buona fortuna*, avant de disparaître avec son taxi.

Flavio est descendu de sa moto sans arrêter le moteur.

– Lève les mains, m'a-t-il ordonné.

Je me suis exécutée sans protester. Il s'était agenouillé devant moi et me fouillait calmement. Très rapide et efficace.

– Pas de magnétophone, ni de téléphone, ni d'appareil photo, m'a t-il prévenu.

– Je n'ai rien de tout ça. Le chauffeur de taxi me l'a déjà dit… Tu n'as pas confiance ?

Il a extrait le spray de poivre de ma poche et l'a jeté au loin.

– Bien sûr que je n'ai pas confiance.

Il s'est relevé après s'être assuré que je ne portais rien d'autre et est remonté sur sa moto, l'air suffisant.

– Assieds-toi derrière.

J'ai obéi. En m'installant sur la partie arrière du siège, j'ai passé mes bras autour de sa taille. Il a fait pétarader le moteur plusieurs fois, puis a démarré en trombe. Nous allions beaucoup trop vite, enveloppés dans le vrombissement des moteurs, en faisant des embardées sur un sentier étroit et sans asphalte. Les phares oscillaient follement, et la moto qui nous suivait projetait notre ombre sur les conteneurs entassés en manière de hauts murs de l'autre côté de la grille. En résonnant, les tuyaux d'échappement vibraient comme des orgues qui cracheraient de la musique techno. Un moment plus tard, quand nous avons cessé d'être à l'abri des conteneurs, Flavio a éteint le phare, l'autre moto a fait de même, et nous avons continué de la sorte dans l'obscurité tels des centaures candidats au suicide, sans qu'aucun de ces cinglés ne réduise la vitesse, tandis que je me cramponnais de toutes mes forces à Flavio comme si cela pouvait me protéger au cas – hautement probable – où nous atterririons en enfer.

*

Il y avait quatre autres graffeurs, et ils nous attendaient. À peine les motos stoppées, leurs silhouettes se sont détachées de la pénombre. Ils sont sortis de l'obscurité où ils se tenaient à l'abri d'un mur qui les protégeait des lumières du port. Comme ceux qui m'escortaient, ils portaient des petits sacs. Tout était de couleur noire. « Elle, c'est Lex », s'est borné à répéter, sans plus, Flavio en guise de présentation. Aucun nom de l'autre côté, aucun visage discernable sous les capuches ou les visières des gobbetti de Montecalvario. J'ai serré des mains jeunes, vigoureuses, tandis qu'ils se déplaçaient en silence autour de moi. Ils le faisaient avec une assurance quasi militaire, ai-je pensé. Comme des soldats avant un combat nocturne. Leurs vêtements sentaient la sueur et la peinture.

– Et Sniper ? ai-je demandé.

– Plus tard, a dit Flavio. D'abord tu viens avec nous… Pour passer l'épreuve.

– Quelle épreuve ?

Pas de réponse. L'un d'eux avait sorti des bouchons de liège brûlé qui circulaient de main en main, et tous s'en noircissaient la figure. Quand mon tour est venu, assistée de Flavio, je me suis charbonné le nez et le front.

– Pas besoin de te déguiser en négresse, a dit le graffeur. Juste de masquer le blanc du visage.

J'ai acquiescé, obéissante. Je me sentais à la fois ridicule et excitée. C'était comme jouer entre gosses, ai-je conclu. Retrouver un fragment d'enfance. L'émotion du défi, l'inconnu du moment à venir. L'aventure. J'imaginais, inquiète, que je pourrais finir la nuit arrêtée par un flic avec cette tête-là. Une étrangère de mon âge, jouant à la guérilla urbaine. Faisant de l'art illégal, ou toute autre activité à laquelle pouvait se livrer cette troupe. Ce serait évidemment très difficile à expliquer. Une situation scabreuse.

– Où on va ? ai-je demandé.

Flavio me l'a expliqué. Non loin de là se trouvait une gare de triage qui servait au transbordement des marchandises arrivées par mer. La veille, lors d'une reconnaissance préalable, ils avaient découvert un train de sept wagons-citernes qui transportaient des produits chimiques. L'objectif était d'en peindre le plus possible.

– Leur destination est Milan, et ils partent demain… Ça ne leur laissera pas le temps d'éliminer la peinture, et donc les wagons vont parcourir la moitié de l'Italie avec ce que nous aurons peint dessus.

Des coups ont retenti sur le sol. Plusieurs membres du groupe sautaient pour vérifier si les sprays de peinture ne tintaient pas dans leurs sacs ou s'ils ne portaient pas des objets isolés. Tout paraissait en ordre.

– On y va, a dit Flavio. À partir de maintenant personne ne fume, et défense de parler à voix haute.

Nous avons marché en file indienne sans faire de bruit le long du mur. Un peu plus loin, celui-ci cédait la place à un épais grillage métallique de quelque deux mètres et demi de haut, surmonté de rouleaux de fil de fer barbelé. Nous nous sommes arrêtés groupés, plaqués au sol comme dans les films de commandos, et j'ai pensé que ces garçons avaient dû voir trop de jeux vidéo, même s'ils semblaient prendre les choses très au sérieux.

– Respirez-moi ça, a dit une voix avec délectation. Ça sent les trains.

Flavio a sorti des pinces de son sac pour couper les fils de fer. Durant cinq minutes, il a cisaillé le grillage et fini par pratiquer le trou adéquat. Nous l'avons franchi l'un après l'autre en rampant. Le film devenait réel.

– Ne te relève pas encore, a chuchoté Flavio qui me précédait. Il y a un poste de surveillance à trente mètres sur la droite.

Nous avons progressé sur les coudes et les genoux, avançant dans l'enceinte en cherchant la protection de l'obscurité. Formidable, ai-je pensé. Le battement du sang qui tambourinait dans mes tympans sous l'effet de la tension et de la peur assourdissait tout. Je me retrouvais petite fille, jouant à me cacher dans la nuit : des échos de lointains jeux enfantins, des moments que je croyais effacés de ma mémoire me revenaient.

– Voilà le tunnel, a dit quelqu'un.

Nous nous sommes à demi relevés et nous avons parcouru, courbés, les derniers mètres très lentement en tâchant de ne pas faire de bruit. L'entrée obscure d'un tunnel s'ouvrait devant nous comme la gueule sinistre d'un animal engloutissant le double reflet métallique des rails qui couraient par terre, à nos pieds. Le convoi, a expliqué Flavio, était de l'autre côté, sur une voie de garage.

– Attention ! a dit un graffeur en me soutenant par un bras.

Je l'ai remercié, car j'avais glissé sur une flaque de cambouis. Nous avons pénétré dans le tunnel comme des rats, en suivant à tâtons les murs suintants d'humidité. L'atmosphère était méphitique. Au loin, on distinguait l'autre issue : une espèce de demi-cercle un peu plus clair dans l'obscurité qui nous entourait, avec le double et ténu reflet métallique de la voie dont les rails semblaient converger en son centre. La distance entre la voie et le mur était minime. Si un train se présente dans le tunnel pendant que nous y sommes, ai-je pensé avec inquiétude, il est capable de nous transformer en chair à pâté.

– Et si un train arrive ? ai-je questionné à haute voix.

– Mieux vaut pas, a répondu un garçon derrière moi.

D'un ton joyeux, en dialecte napolitain, un autre graffeur a lancé quelques mots que je n'ai pas compris et qui ont suscité des rires étouffés jusqu'à ce que Flavio réclame le silence. Nous sommes tous restés muets jusqu'au bout du tunnel, où nous nous sommes regroupés en nous affalant sur la voie.

– On y est.

Entourée des graffeurs dont les visages noircis arboraient des sourires satisfaits, j'ai regardé ce qu'ils regardaient tous. La voie du tunnel en rejoignait d'autres qui se multipliaient une cinquantaine de mètres plus loin, dans un entremêlement de postes, de signaux et de fils électriques. Il y avait des wagons un peu partout, isolés ou accrochés les uns aux autres. J'en ai compté une vingtaine. Le lieu n'était pas complètement dans l'obscurité, car une rangée de puissants projecteurs éclairait une sorte de quai et des hangars situés un peu plus loin ; et cette lumière découpait les contours de sept wagons-citernes stationnés sur une des voies de garage.

– Ce sont les nôtres ? ai-je demandé.

– Bien sûr.

Personne n'a paru surpris que je considère moi aussi comme mien l'objectif de cette nuit.

– Qu'est-ce que vous allez faire ?

– Pas question de fignoler, a répondu Flavio tout en enfilant des gants en latex. On s'en tient aux règles du bombage : on écrit et on file.

– Et si quelque chose tourne mal ?

– Mal ?

– Si un gardien nous découvre ?

Des grognements de désapprobation se sont fait entendre tout autour, comme si le seul fait d'en parler pouvait attirer le mauvais sort. Flavio a fouillé dans son sac et m'a passé une petite lampe en plastique.

– Dans ce cas, tu cours jusqu'au tunnel et tu cherches ensuite le trou dans le grillage… Tu connais le chemin.

– Et si je me fais prendre ?

Nouveaux grognements hostiles. Tous agitaient la tête dans l'ombre, écœurés.

– Ça, c'est ton affaire.

Ce n'était pas du tout rassurant, aussi ai-je décidé de ne pas trop y penser. J'ai mis la lampe dans une poche de mon blouson et suis restée allongée en étudiant le convoi : les wagons étaient sans motrice, et dans le contre-jour du quai éclairé les projecteurs laissaient un espace d'obscurité et de pénombre qui rendait possible de s'approcher sans être vu et de peindre, relativement à l'abri, sur le côté des wagons-citernes opposé au quai.

– Tu veux un spray ? a demandé Flavio en faisant tinter un aérosol.

– J'aime mieux pas. Je préfère observer.

– Comme tu voudras. – Il s'était tourné vers les autres. – Bonne chasse, les amis.

Ils ont rabattu les capuches de leurs survêtements ou se sont caché le visage sous des passe-montagnes. Quelques-uns ont mis des masques. Puis nous nous sommes relevés et nous avons avancé pliés en deux, en nous dispersant en direction du convoi. J'ai suivi Flavio, qui s'est dirigé vers le premier wagon à droite. J'avais la bouche sèche et mon pouls accéléré continuait à me marteler les tympans. En cet instant, Sniper était vraiment le cadet de mes soucis.

*

C'était donc ça, ai-je conclu. Trente secondes sur Tokyo. L'excitation intellectuelle, la tension physique, le défi lancé à sa propre sécurité, la peur maîtrisée par la volonté, le contrôle des sensations et des émotions, l'immense euphorie de se mouvoir en pleine nuit, en plein danger, en transgressant l'ordre établi ou prétendu tel. En se déplaçant avec des précautions de soldat aux limites étroites du désastre. Sur le fil incertain du rasoir. C'était ainsi que j'avançais dans cette nuit avec mes compagnons de hasard, courbée, aux aguets, scrutant l'obscurité, guettant les menaces qui pourraient surgir de l'ombre. Les wagons-citernes étaient là, lourds, noirs, de plus en plus gros, de plus en plus proches, et finalement si près que je pouvais les toucher en posant la main sur leur surface froide, métallique, rugueuse et légèrement rebondie : le carré de tissu unique sur lequel Flavio appliquait déjà l'embout de son aérosol, la peinture libérée dans un sifflement de gaz s'échappant de son emprisonnement, les couleurs prêtes à couvrir de leur signification particulière ou de leur identité tout ce qui – interdits, conventions, injustices, mépris – pesait sur les villes et les normes de la vie. À cet instant, j'aurais crié de joie pour claironner dans l'Univers entier ce que nous étions en train de faire. Ce que nous avions enfin réussi à réaliser.

– Vas-y, a dit Flavio en me passant un spray. Éclate-toi.

Cette fois, je n'ai pas émis d'objection. J'ai pris le spray sans me soucier de la couleur qu'il contenait ni de mon rôle dans tout cela. Je l'ai agité, faisant tinter les billes, j'ai approché l'embout à quelques centimètres de la surface métallique et j'ai pressé dessus. Le son du liquide pulvérisé en sortant a déclenché en moi une explosion quasi physique. Ça sentait fort, très fort, la peinture et le dissolvant ; et cette odeur vous montait par les fosses nasales jusqu'au cerveau avec l'intensité d'une drogue dure. J'ai laissé aller ma main et j'ai peint partout, sans but, sans plan, prise d'une sorte de folie, sans autre accompagnement musical que celui de ce son, respirant cette odeur, couvrant n'importe comment ma part du wagon tandis qu'à quelques pas sur ma gauche Flavio travaillait sérieusement, méthodiquement, traçant et remplissant des lettres énormes qu'il exécutait avec une rapidité et une facilité stupéfiantes ; et tout le long du convoi, échelonnés devant les différents wagons, six autres ombres faisaient la même chose, agiles et silencieuses, dans le contre-jour de lointaines lumières qui éclairaient le lacis de fils électriques tendus entre les poutrelles métalliques, ainsi que les reflets jumeaux, prolongés jusqu'à l'infini, des rails.

– Ils arrivent ! a crié quelqu'un.

Un instant, mon cœur s'est arrêté de battre. J'ai regardé vers les voies et j'ai vu s'agiter entre elles et le quai trois points lumineux qui s'approchaient à toute allure. C'étaient des lampes.

– Taille-toi ! m'a lancé Flavio.

Une des ombres les plus proches, celle du graffeur qui avait œuvré sur le wagon voisin, a couru vers moi, m'a donné un coup sur la main pour me faire lâcher le spray et m'a poussée vers les voies, dans la direction opposée de celle des lampes qui approchaient. Un coup de sifflet a retenti, qui dans mon affolement m'a fait l'effet d'un coup de poignard. Flavio n'était déjà plus qu'une tache sombre qui s'enfonçait dans l'obscurité, et les autres garçons, fugaces comme des exhalaisons, passaient près de moi en fuyant dans la même direction. La panique s'était emparée de mon corps, irradiant de l'intérieur vers l'extérieur en me paralysant ; et je serais restée sur place, immobile jusqu'à ce que je me fasse prendre, si le graffeur qui m'avait poussée n'était revenu sur ses pas pour me tirer violemment en me forçant à le suivre. J'ai enfin réagi et couru derrière lui en ignorant où il allait, sans prêter attention à rien, terrorisée à l'idée que cette fugace silhouette noire, mon unique et dernier espoir, ne s'évanouisse dans la nuit en me laissant seule.

– Attends ! ai-je crié.

Peine perdue. Je le suivais tant bien que mal sur la voie ferrée, en essayant de ne pas trébucher sur les traverses, quand nous sommes passés près d'un de nos camarades d'aventure qui bondissait avec une agilité stupéfiante pour atteindre le faîte d'un haut mur. J'ai hésité un instant à suivre son exemple – le mur semblait plus sûr et plus proche, il m'aurait évité de poursuivre cette course aveugle dans la nuit –, mais j'ai tout de suite compris que je serais incapable de sauter si haut. Ces secondes d'indécision m'ont fait perdre de vue le garçon qui filait devant moi, aussi ai-je réagi, terrifiée, en me lançant dans sa direction pour le rattraper. Il n'y avait pas d'éclairage en cet endroit et j'ai cessé définitivement de le voir. Je pouvais seulement encore entendre les pas allongés de sa cavalcade qui s'éloignaient.

– Attends ! ai-je de nouveau imploré.

Soudain, le bruit de pas m'est arrivé avec un écho différent, et j'ai vu la voûte de pierre du tunnel. Un moment plus tard j'étais dedans, courant toujours entre ses parois humides. Seule, sans entendre autre chose que mes pas. Épuisée par l'effort et respirant avec difficulté – chaque bol d'air semblait m'arracher les poumons –, j'ai empoigné, désespérée, la lampe que m'avait donnée Flavio, afin d'éclairer le chemin. Et quand je suis ressortie à l'air libre, dans la faible clarté des projecteurs qui éclairaient les conteneurs empilés, une ombre est sortie de l'obscurité. Sa main sur mon bras a bien failli me faire crier.

– C'est par là, a dit l'ombre.

Elle m'a arraché ma lampe et l'a éteinte. Puis elle m'a entraînée vers le grillage par lequel nous étions tous entrés une heure plus tôt. Je l'ai vue tâtonner le long du treillis métallique jusqu'à ce qu'elle rencontre le trou.

– Passe. Vite.

J'ai obéi. L'ombre m'a suivie en rampant comme moi. Une fois de l'autre côté, nous nous sommes relevés et nous avons couru encore un moment, pliés en deux, protégés par les arbustes. Nous nous sommes finalement arrêtés loin du grillage, à l'abri d'un mur en ruine. Je me suis laissée choir, à bout de forces, transpirant sous mon blouson et mon sweater, pendant que le graffeur, le visage toujours invisible sous sa capuche, s'adossait au mur et se laissait glisser lentement près de moi.

– Saloperie ! ai-je dit.

– Oui, a-t-il répondu.

J'ai entendu le déclic d'un briquet et, à sa brève lueur, j'ai vu un visage mince, brun, dont le menton n'avait pas connu le rasoir depuis plusieurs jours. J'ai vu aussi un de ces sourires pour lesquels il faut avoir deux fois vingt ans avant que la vie ne vous le dessine ainsi sur les lèvres et dans le regard. Et alors, comme une révélation brutale, j'ai su que j'avais rencontré Sniper.

8

Le chasseur et la proie

– Je crois que tu t'es donné beaucoup de mal, a dit Sniper. Pour me trouver.

J'ai recraché une gorgée d'eau. Nous ôtions la suie de nos visages à une fontaine publique proche de la Piazza Masaniello.

– C'est vrai, ai-je répondu.

– Et ça en vaut la peine ?

J'ai regardé ses yeux. À cette lumière, ils semblaient châtains et tranquilles. Il avait rejeté en arrière la capuche de son survêtement, découvrant ainsi sa chevelure qui était vaguement frisée et commençait à se raréfier sur le front. Ses traits étaient réguliers, peut-être séduisants : bien que cela fût probablement dû en partie au sourire, franc et large, qu'il gardait aux lèvres.

– Ça dépendra de toi.

Il a observé mes mains tachées de peinture bleue. Son sourire a paru s'accentuer.

– Un homme ou une femme sont ce qu'ils font avec leurs mains… C'est du moins ce que dit un proverbe oriental.

– Possible, ai-je admis. En tout cas, les miennes tremblent encore.

Il a mis la tête sous le jet d'eau, puis il s'est relevé en s'ébrouant comme un chien mouillé. Il était plutôt grand, sans exagération. Mince et en bonne forme physique, ainsi que j'avais pu le constater un moment plus tôt. De moi, on ne pouvait dire la même chose : mes poumons me brûlaient encore et je souffrais d'atroces courbatures.

– Est-ce qu'ils en ont attrapé ?

– Des garçons ?... Je ne crois pas. Je pense que nous étions les derniers. Et eux, ils sont rapides.

– Je croyais qu'ils te protégeaient.

– En certaines occasions, c'est chacun pour soi.

Il y a eu un silence. Sniper a enfoncé les mains dans les poches de son survêtement et est resté à me regarder, indifférent à l'eau qui s'égouttait de ses cheveux le long de sa figure.

– Alors, tes impressions ?

Je l'ai dévisagé, désorientée. L'esprit ailleurs : j'étais déjà en train de calculer les prochaines étapes à parcourir. Comment profiter de la chance qui m'était offerte avant qu'il ne disparaisse comme le reste du groupe, dans la nuit.

– Sur quoi ?

– L'incursion... Les wagons du train et tout le reste.

– C'était bien une épreuve, comme ils me l'ont dit ?

– Te concernant ?... Oh, non. – Il a haussé les épaules. – C'était une opération de routine. Les gobbetti adorent entrer sur le territoire d'autres groupes pour des incursions de punition. Cette partie du port appartient à la TargaN. Et parfois je les accompagne.

– Tu courais très vite, pour ton âge.

Il a penché un peu la tête de côté, distrait, comme s'il pensait à autre chose.

– Mon âge ?... Ah, oui. C'est vrai. Je ne suis plus fait pour cavaler. Mais je reste en bonne forme physique.

C'est une nécessité, quand tu pratiques ce genre de sport.

– C'est bizarre.

– Qu'est-ce qui te paraît bizarre ?

– Toi. Cette nuit. Tu n'as pas besoin de ça. Tu pourrais…

– Je pourrais ?

Ça ne sonnait pas comme une question, mais comme une affirmation. Nous nous dévisagions à l'instar de deux escrimeurs, et je cherchais l'ouverture. Mais il ne semblait pas pressé.

– On n'est jeune qu'à la veille de la bataille, a-t-il dit au bout d'un instant, comme s'il venait juste d'y penser. Après, que l'on gagne ou que l'on perde, on a vieilli… Tu comprends ce que je veux dire ?

– Je crois que oui. Plus d'incertitudes que de certitudes.

Il a paru satisfait de ma réponse. Alors il a sorti la main gauche de la poche de son survêtement et l'a tendue vers la ville : la circulation s'était raréfiée, mais elle continuait d'être chaotique et bruyante, et l'on voyait les phares des voitures se déplacer entre les fenêtres allumées des immeubles et les réverbères de la place.

– Il est bon de se ménager de temps en temps des veilles de bataille, a-t-il dit.

Il souriait de nouveau, ou peut-être n'avait-il pas cessé de le faire. Sans plus de gestes ni de commentaires, il s'est dirigé vers l'arrêt de l'autobus.

– Ces garçons veillent sur toi, ai-je insisté. Ils te protègent bien.

Il n'a pas répondu. Il était arrivé à l'arrêt et consultait l'horaire sous l'abri.

– Je crois que tu as quelque chose pour moi, a-t-il dit au bout d'un moment.

– Ce n'est pas un objet.

– Je sais que ce n'est pas un objet… Une proposition ?

– Oui.

– Eh bien, expose-la-moi.

Je la lui ai exposée. En termes prudents, avec de longues pauses pour lui donner le temps d'assimiler toutes les informations ; l'offre de Mauricio Bosque, le catalogue, la grande rétrospective prévue au MoMA de New York, les commissaires-priseurs. Mon rôle dans tout cela. J'y ai employé les vingt minutes qu'un autobus, avec quelques arrêts intermédiaires, a mises pour nous mener de la Piazza Masaniello à la Piazza Trieste e Trento, devant le café Gambrinus. Et durant tout le trajet, Sniper est resté immobile et silencieux, assis près de moi côté fenêtre, les lumières de la ville défilant sur son visage comme des touches de peinture lumineuse et fugace, le jaune et l'orange des réverbères, des immeubles et des voitures, le vert, l'ambre et le rouge des feux de croisement, et de nouveau d'autres éclairs jaunes et orangés dont la palette nocturne aux variations infinies m'éblouissait par moments, découpait le profil de mon interlocuteur ou projetait sur moi son ombre changeante de franc-tireur furtif.

J'ai écrit *interlocuteur*, mais l'expression n'est pas exacte. Car à aucun moment dans l'autobus mon compagnon n'a prononcé un mot. Il écoutait, constamment tourné vers l'extérieur : il regardait la ville et semblait fasciné par elle. Comme si ce que je lui proposais n'était pas ce que c'était réellement : le saut parfait, la Consécration Définitive dont tout artiste, quel qu'il soit, rêve au moins une fois dans sa vie. Comme si mon message s'adressait à une tierce personne dont le destin lui était indifférent. Je me suis souvenue des propos tenus à Madrid quinze jours auparavant par l'ex-graffeur nommé Topo, avec qui cet homme silencieux assis près de moi avait partagé tant de murs illégaux et d'incursions contre des trains au début des années quatre-vingt-dix : Sniper est très malin. Un jour, il mettra bas le masque et ses œuvres vaudront des millions. Il ne pourra pas continuer comme ça éternellement.

Maintenant nous étions debout devant le Palais royal. Lui et moi, face à face. De l'autre côté de la place s'élevait le dôme néoclassique, éclairé par des projecteurs, de la basilique San Francesco di Paola.

– Ça signifie me montrer au grand jour, a dit finalement Sniper. Révéler mon visage.

– Pas nécessairement. Je connais tes problèmes de sécurité. Tu aurais toutes garanties.

– Mes problèmes de sécurité, a-t-il répété, songeur.

– Oui.

– Et qu'est-ce que tu en sais, toi, de mes problèmes de sécurité ?

J'ai répondu lentement, prenant d'extrêmes précautions, choisissant chaque mot avec soin. Sniper m'écoutait avec une attention presque polie. Comme s'il me savait gré de mon tact.

– Une telle mise de fonds te permettra de bénéficier d'un dispositif parfait, ai-je conclu. Comparable à celui de Rushdie ou de Saviano.

– Une prison dorée, a-t-il résumé, objectif.

Je n'ai pas su quoi répondre. J'avais en cet instant d'autres métaphores en tête, plus immédiates et autrement préoccupantes. Sniper a fait trois pas comme s'il avait décidé de prendre la Via Toledo, mais il s'est arrêté tout de suite.

– J'aime ce mode de vie, a-t-il dit sans s'adresser particulièrement à moi. Vivre du côté trouble de la ville… J'arrive avec la nuit et je laisse des messages que tout le monde peut voir quand vient le jour.

Il est resté sans parler, observant deux agents près d'une voiture de police à l'arrêt; l'un était une femme avec une crinière léonine sous la casquette blanche: de ces femmes-flics incroyablement coiffées et maquillées, comme on n'en voit qu'en Italie. Pour ma part, je n'ai pas cru prudent d'interrompre cette méditation. La sécurité était le point le plus délicat: à mon avis, en tout cas. J'ai préparé quelques arguments afin de les glisser dans la discussion. Pourtant, quand il a de nouveau parlé, Sniper a évoqué une question totalement différente.

– Je déteste ceux qui prononcent le mot *artiste* en se donnant de l'importance. Y compris les idiots qui appellent *aerosol art* le graffiti, et tout le reste… Et puis, les expositions dans les musées, c'est ringard. C'est devenu comme aller chez Toyota pour s'acheter une voiture. Il n'y a pas de différence.

Il baissait la tête pour allumer une cigarette, protégeant la flamme dans le creux de ses paumes et actionnant le briquet avec la main gauche. Je me suis souvenue qu'il était gaucher.

– Je ne fais pas de l'art conceptuel, ni de l'art conventionnel, a-t-il ajouté. Je fais de la guérilla urbaine.

– Comme à la Maternité de Madrid? ai-je précisé.

Il m'a regardée soudain avec une attention nouvelle.

– Exactement.

Il semblait apprécier que j'aie mentionné cette action. Elle avait eu lieu quatre ans plus tôt, à la clinique de la maternité de la rue O'Donnell: tout un mur s'était réveillé un beau matin couvert d'un énorme graffiti sur lequel, à côté d'une douzaine de bébés à têtes de mort mexicaines entassés dans un grand incubateur,

Sniper avait écrit en lettres d'un demi-mètre de haut : *Exterminez-nous maintenant quand il est encore temps.*

— Je me souviens aussi, ai-je ajouté, de ton intervention pour saboter la campagne officielle contre le sida, il y a trois ans. Ces panneaux publicitaires du ministère de la Santé tagués par toi, avec une phrase terrible.

— *Mon sida m'appartient ?*

— Oui.

— Je n'ai pas cette maladie. Si ç'avait été le cas, j'aurais écrit autre chose.

— Ou peut-être pas.

Il a aussi semblé apprécier cette repartie. Mon *peut-être pas.* Il a expulsé de la fumée par le nez et m'a longuement regardée.

— L'art ne sert que lorsqu'il est lié à la vie, a-t-il dit. Pour l'exprimer ou l'expliquer… Nous sommes d'accord là-dessus ?

— Nous le sommes.

— Donc je ne vais pas accepter ta proposition. Ni exposition, ni catalogue, ni rien.

Un creux soudain en plein estomac. J'ai même failli trébucher au milieu de la rue. Consternée.

— Bon Dieu ! Je t'ai dit qui sponsorise tout ça. Nous parlons de…

Il a levé la main qui tenait la cigarette entre deux doigts pour m'interrompre. Et il s'est alors lancé dans un discours dont il avait déjà dû se servir dans le passé. L'art actuel est une fraude gigantesque, a-t-il proclamé. Une catastrophe. Des objets sans valeur surévalués par des crétins et des boutiquiers de luxe qui se donnent le nom de galeristes, avec leurs complices stipendiés : les médias et les critiques influents qui peuvent porter le premier venu au pinacle comme ils peuvent le descendre en flammes. Avant c'étaient ceux qui passaient commande qui étaient déterminants ; aujourd'hui ce sont les acheteurs qui déterminent les prix, via les ventes aux enchères. Finalement, tout se réduit à réunir un paquet d'euros. Comme pour tout le reste.

– Cette appropriation du marché de l'art par les charognards est répugnante, a-t-il conclu. Aujourd'hui, un artiste est quelqu'un qui, vrai ou faux, doit obtenir son certificat des critiques et de la mafia des galeristes, lesquels peuvent bâtir ou détruire sa carrière. Secondés par les acheteurs stupides qui se laissent convaincre.

– Tu n'es pas de ces artistes-là, ai-je objecté. Avec toi, ce serait différent.

– Tu crois vraiment ce que tu dis ?… Ou tu crois que je peux arriver à le croire ?… Dommage. Si nous sommes là, à discuter, c'est parce que j'ai cru que tu étais une fille intelligente.

– Je le suis. J'ai réussi à te trouver.

Il ne semblait pas m'avoir entendue. Il reprenait le fil de sa diatribe :

– La rue est le lieu où je suis condamné à vivre. À passer mes jours. Même si je ne voulais pas. C'est pour ça que la rue finit par être plus ma demeure que ma propre demeure. Les rues sont l'art… L'art n'existe que pour éveiller nos sens et notre intelligence, et pour nous lancer un défi. Si je suis un artiste et si je suis dans la rue, tout ce que je fais ou incite à faire sera de l'art. L'art n'est pas un produit, mais une activité. Une promenade dans la rue est plus excitante que n'importe quel chef-d'œuvre.

Je suis battue, ai-je pensé. Sans remède. Il a mis son disque automatique et il s'éloigne. D'un moment à l'autre il va me dire bonne nuit et tout sera fini. Cette perspective m'a mise en rage.

– Et tuer ?… – Cela m'a pratiquement échappé. – Ça aussi, c'est excitant ?

Il m'a dévisagée, en sursautant presque. Comme si quelqu'un avait tiré un coup de pistolet en plein milieu d'un concert.

– Je ne tue pas, a-t-il protesté.

– Il y en a qui pensent le contraire.

Il a jeté ce qui restait de sa cigarette, s'est rapproché un peu plus et a scruté les alentours comme s'il souhaitait s'assurer que personne ne nous écoutait.

– Ne te trompe pas. Il existe des gens qui rêvent et ne font rien, et des gens qui rêvent et transforment ou tentent de transformer leurs rêves en réalité. C'est tout… Ensuite, la vie fait tourner sa roulette russe. Personne n'est responsable de rien.

Il s'est arrêté. Les deux policiers étaient montés dans leur voiture et partaient, gyrophare allumé.

– Imagine, a-t-il ajouté en les regardant s'éloigner, une ville où il n'y aurait ni flics, ni critiques d'art, ni galeries, ni musées… Des rues où chacun pourrait exposer ce qu'il voudrait, peindre ce qu'il voudrait, là où il voudrait. Une ville de couleurs, d'incitations, de phrases, de pensées qui feraient réfléchir, une ville d'authentiques messages de vie. Une espèce de fête urbaine où tout le monde serait invité et dont personne ne serait jamais exclu… Tu peux l'imaginer ?

– Non.

Le large sourire plein de franchise est revenu éclairer son visage.

– C'est à ça que je pense. Cette société nous laisse peu d'occasions de prendre les armes. Et donc je prends mes aérosols… Comme je te l'ai déjà dit, le graffiti est la guérilla de l'art.

– C'est une vision beaucoup trop radicale, ai-je protesté. L'art a toujours à voir avec la beauté. Et avec les idées.

– Plus maintenant… Maintenant, l'unique art possible, honnête, est un règlement de comptes. Les rues en sont le support. Dire que sans graffitis elles seraient propres est un mensonge. Les villes sont empoisonnées. Le gaz carbonique des voitures les souille, la pollution les souille, il y a partout des placards sur lesquels on voit des gens qui vous incitent à acheter des choses ou à voter pour quelqu'un, les portes des magasins sont couvertes d'autocollants de cartes de crédit, il y a des panneaux publicitaires, des affiches de films, des caméras de surveillance qui violent notre intimité… Comment se fait-il que personne ne traite de vandales les partis politiques qui couvrent les murs de leurs cochonneries, les veilles d'élections ?

Il s'est arrêté, sourcils froncés, comme pour se demander si, dans son discours, il n'avait rien oublié.

– Nous devrions… ai-je commencé.

– Tu sais quel est mon prochain projet ? m'a-t-il interrompue sans me prêter attention. Envoyer autant de graffeurs que je pourrai peindre le flanc de ce bateau de croisière monstrueux qui s'est échoué il y a un an avec des milliers de passagers à bord et qui gît encore sur les rochers d'une île italienne… Avec dessous une légende : *Nous avons les* Titanic *que nous méritons*… Les envoyer décorer de couleurs et d'argents, en une seule nuit, ce monument à l'irresponsabilité, l'inconscience et la stupidité humaines.

– C'est un bon projet, ai-je reconnu.

– Beaucoup plus que ça. Il est génial.

Il a posé une main sur mon épaule. Il l'a fait d'une manière naturelle, presque sympathique. Et je suis restée immobile et silencieuse comme une imbécile, à l'image du premier gogo venu qui se laisse embobiner par le discours du gourou d'une secte.

– Le graffiti est le seul art vivant, a-t-il pontifié. Aujourd'hui, avec Internet, quelques traits d'aérosol peuvent se transformer en icône mondiale trois heures après avoir été photographiés dans un faubourg de Los Angeles ou de Nairobi… Le graffiti est l'œuvre d'art la plus honnête, parce que celui qui le fait n'en profite pas. Il n'a rien à voir avec la perversion du marché. C'est un coup de feu asocial qui frappe en pleine moelle. Et même si, plus tard, l'artiste finit par se vendre, l'œuvre faite dans la rue y reste et ne se vend jamais. Elle peut être détruite, mais pas vendue.

Il m'a tourné le dos et est parti. En quelques enjambées, il a rejoint le coin de la première rue du quartier espagnol, son territoire et son refuge. Il m'a fallu plusieurs secondes pour enfin réagir, et j'ai marché derrière lui en pressant le pas pour le suivre. Pour rester collée à sa trace et découvrir son repaire. Mais quand, moins d'une minute plus tard, je suis arrivée au coin de la rue, Sniper avait disparu.

*

Le comte Onorato s'est présenté dans la matinée, peu de temps après avoir reçu mon coup de téléphone. Il s'est garé à la station de taxis qui se trouve à l'angle de l'hôtel et a accepté de m'accompagner pour une promenade à l'autre bout de la rue, sur le pont qui sert d'entrée au château et mène au port. Nous avons traversé au feu et nous sommes allés nous accouder au parapet, contemplant la courbe bleue du bord de mer et les lointaines hauteurs grises de Mergellina. Le chauffeur de taxi souriait de tout son visage mince et brun de Barbaresque, interrogateur, tordant sa petite moustache taillée. Il m'a demandé des nouvelles de l'incursion nocturne. Si tout s'était passé comme je le souhaitais, etc. Sans entrer dans les détails, je lui ai répondu que oui, tout avait bien marché. À merveille. Mais que j'avais encore besoin d'un service de sa part. D'une information.

– C'est bien naturel, a-t-il répondu.

Son regard, soudain méfiant, indiquait exactement le contraire : à savoir que, concernant notre affaire avec les graffeurs, le comte Onorato et sa réputation étaient allés aussi loin qu'il leur était permis d'aller, et même au-delà. Que la confiance et même l'argent avaient leurs limites. Je l'ai rassuré en lui certifiant que je ne lui demanderai pas de nouvelles compromissions. Juste une précision sur une chose qu'il m'avait dite quelques jours plus tôt.

– Qu'est-ce que j'ai dit ? s'est-il enquis, inquiet.

– Que Sniper travaillait bénévolement à la restauration d'une église napolitaine.

Il a un peu réfléchi, comme s'il calculait la frontière entre information et délation. J'imagine que le souvenir des mille euros que je lui avais donnés la veille et peut-être la perspective d'en obtenir davantage ont contribué à nuancer l'affaire. À déplacer cette frontière.

– C'est vrai, a-t-il finalement confirmé. L'Annunziata.

Je n'ai pas cillé ni bougé un muscle, pas même prononcé un mot. Rien. J'ai continué à contempler, impassible, les lointaines hauteurs où la tradition assure faussement qu'est enterré Virgile.

– Une église, ai-je répété distraitement, l'air de penser à autre chose.

– Exact. Toujours dans le quartier espagnol.

– De quel côté ?

– Dans la montée de Montecalvario, sur la gauche. Presque en arrivant sur la place. En réalité, ce n'est pas une église mais une chapelle en mauvais état. Mais elle a reçu un jour la visite de Padre Pio, et elle fait l'objet d'une dévotion particulière. Ça fait deux mois que les habitants la restaurent, parce que la municipalité a donné un peu d'argent pour les travaux… Comme ils sont du quartier, les gobbetti apportent aussi leur aide. Le curé est jeune, un de ces prêtres qui ont les idées larges. Modernes. Il laisse faire les garçons et, ainsi, ils respectent les autres églises.

Je me suis tournée vers le chauffeur de taxi, lentement. Prudemment. Il fallait que ma manifestation d'intérêt reste raisonnable. Tranquille.

– Ils aident à quoi ?

– À la décoration intérieure : les murs et la coupole. On l'appelle maintenant « l'Annunziata des Graffeurs »… Tout le dedans sera orné de leurs travaux. De médiocre qualité, comme vous pouvez l'imaginer. Ce qu'ils font d'habitude. Mais il y a des saints, des colombes, des anges et des choses comme ça… Ce n'est pas encore terminé, mais c'est curieux à voir. Je peux vous y conduire, si ça vous intéresse.

C'était le moment de placer la question, habilement glissée entre les autres. Dans son contexte logique.

– Et Sniper y vient ?

Le comte Onorato a haussé les épaules, quoique continuant à se montrer coopératif. À faire preuve de bonne volonté.

– Il aide à la décoration… Je ne sais pas s'il y va tous les jours, mais il leur donne un coup de main. Je crois que c'est lui qui a peint la coupole. Ou qu'il est en train de la peindre.

Il s'est brusquement tu, contemplant les tatouages de ses avant-bras. Puis il m'a brièvement regardée, avant de détourner de nouveau les yeux.

– Si ça vous intéresse, je peux vous y conduire.

Le ton, maintenant, avait changé. J'y ai perçu comme un soupçon d'avidité. Le ton d'un Phénicien calculant combien il obtiendra des indigènes sur la prochaine plage. J'ai décidé de laisser du mou au poisson. Je ne pouvais me permettre de commettre une erreur, ni de courir de risque. Un signal imprudent à Sniper gâche-rait tout.

– J'irai peut-être un de ces jours, ai-je répondu avec indifférence. Je vous le dirai.

Il me regardait en me jaugeant. Curieux. Finalement, il a paru se détendre.

– Quand vous voudrez… C'est vrai que ça s'est bien passé cette nuit ?

– Cette nuit ?

– Bien sûr. – Il a eu un sourire aimable. – Avec Sniper.

J'ai hoché la tête affirmativement, en lui rendant son sourire.

– Oh, oui. Ça s'est très bien passé.

– Je suis content. Je vous l'avais dit, que c'était un type formidable.

*

Ce matin-là, après avoir congédié le chauffeur de taxi, je suis allée voir la chapelle. L'Annunziata était telle qu'il l'avait décrite : un petit édifice au porche baroque, encadré par deux immeubles anciens,

224

aujourd'hui délabrés, du quartier espagnol, parmi un lacis de cordes portant du linge qui séchait au soleil ; les rez-de-chaussée étaient occupés par un marchand de fruits et un atelier crasseux de réparation de motos. Un échafaudage métallique et des toiles couvraient une partie de la façade de la chapelle, tandis que l'entrée abritait un conteneur plein de décombres et une bétonnière rouillée. Je suis restée un moment à observer les lieux depuis le coin d'une rue voisine, où un bar sans enseigne de bar, qui disposait seulement d'une table à l'intérieur et d'une autre dehors, plus une demi-douzaine de chaises déglinguées et un réfrigérateur contenant des boissons, offrait un poste d'observation idéal. Puis, après m'être assurée que je n'attirais pas l'attention, j'ai traversé la rue, j'ai contourné la bétonnière et les sacs, et je suis entrée dans la chapelle. Sa nef ne devait pas faire plus de cent mètres carrés, et il y avait au fond une niche avec une effigie sacrée couverte d'un voile. Des sacs de ciment étaient entassés par terre, et un maçon travaillait sans zèle excessif, à genoux, enduisant de plâtre avec une truelle une partie du mur pendant qu'un autre, debout près de lui, fumait une cigarette. Le mur opposé était décoré de graffitis peints à l'aérosol, qui se hissaient les uns sur les autres en un singulier baroquisme postmoderne : anges, saints, diables, enfants, colombes, nuages, rayons de lumière aux couleurs vives et traits de toutes sortes composaient un ensemble à la fois agressif et attirant, comme des cris simultanés de désolation et d'espérance qui montaient le long du mur à la recherche du ciel ; là, un échafaudage métallique allait presque jusqu'au plafond d'une petite coupole à moitié peinte, où d'innombrables mains de Dieu formaient un ovale au centre duquel se dressaient les ossements nus d'un homme couronné d'une tête de mort.

– Quand est-ce qu'ils y travaillent ? ai-je interrogé les maçons, en indiquant les graffitis.

– Jamais avant midi, a répondu celui qui fumait. Ils ne sont pas très matinaux.

Je suis revenue à mon poste de guet et j'ai attendu. Une demi-heure plus tard, j'ai vu arriver Flavio avec un autre garçon. Ils ne m'ont pas remarquée. Ils sont restés à l'intérieur jusqu'à quatre heures : à ce moment, j'avais déjà bu trois bouteilles d'eau minérale et mangé une pizza étonnamment bonne, préparée par la jeune personne aux formes rebondies et au large décolleté qui tenait le bistrot. J'ai vu les deux graffeurs sortir et descendre la rue ; personne d'autre n'est entré. Un peu plus tard, les maçons ont quitté les lieux. Je suis allée jusqu'à la chapelle pour vérifier que la porte était fermée à clef, et je me suis éloignée à mon tour. De temps en temps je me retournais pour regarder à la dérobée, mais personne ne me suivait. Ou du moins l'ai-je cru.

En fin d'après-midi, j'ai fait quelques achats dans la Via Toledo. Ensuite, assise à la terrasse d'un café, les sacs coincés entre mes jambes, j'ai téléphoné à Mauricio Bosque pour qu'il me fournisse plus de détails sur la proposition que je pouvais faire à Sniper : catalogue, exposition, MoMA, argent.

– Mauricio ?... C'est Lex.

– Lex ?... Maudite Lex ! Où étais-tu donc fourrée ?... Où te trouves-tu ?

– Je suis toujours à Naples.

– Et ?... Tu le tiens ?

– Pas encore. Mais ça pourrait bien se faire.

Nous avons parlé un bon moment, discutant chaque point. Bosque a voulu que je lui donne des détails sur mes travaux d'approche, et je lui ai dit que je n'avais pas encore dépassé ce stade. Qu'en tout cas la phase de prise de contact était chose faite. L'éditeur s'est montré enthousiaste. Surtout, a-t-il assuré, que je ne me soucie pas de la question financière. Ses associés étaient disposés à avancer ce que demanderait Sniper sous la forme qu'il choisirait lui-même, s'il s'employait pendant un temps à réunir tout ce qui pourrait être mis en circulation l'année prochaine à Londres ou à New York. Quant au catalogue, il serait publié en grand format, deux volumes sous un étui spectaculaire, dans la collection vedette de Birnam Wood, vaisseau amiral des librairies dans les principaux musées du monde : un label prestigieux sous lequel n'avaient été édités jusqu'à maintenant, sous forme d'œuvres complètes, que les catalogues des rétrospectives de sept artistes contemporains : Cindy Sherman, Schnabel, Beatriz Milhazes, Kiefer, Koons, Hirst et les Chapman. Quant au musée d'Art moderne de New York, a-t-il ajouté, toutes les dispositions avaient été prises, avec de merveilleuses perspectives, dans l'attente de la confirmation formelle de l'affaire.

– Et donc tu peux lui dire de ma part, a conclu Bosque, que s'il accepte de jouer le jeu, il y a une solide équipe de gens qui sont prêts à le porter au firmament.

Je lui ai demandé de but en blanc si c'était lui qui avait mis Biscarrués sur ma trace. S'il ne jouait pas double jeu dans toute cette histoire. Il a répondu d'abord par un silence apparemment stupéfait, puis avec indignation et enfin par de véhémentes protestations d'innocence ;

– Je te le jure, a-t-il insisté. Comment pourrais-je aller contre mes propres intérêts ?

– C'est très simple. En obtenant de Biscarrués plus que ce que tu obtiendrais de ta prétendue opération Sniper.

– Tu es devenue folle ?… Tu sais combien de gens j'ai embarqués dans cette affaire ?

Nous en sommes restés là et je suis rentrée à l'hôtel. Je ne savais toujours pas avec certitude si Mauricio Bosque agissait de bonne foi ou s'il servait d'écran pour le jeu de Lorenzo Biscarrués. On pouvait même envisager, ai-je conclu, que pour couvrir ses arrières l'éditeur avait misé sur deux chevaux à la fois. Mais je n'avais aucun moyen de le vérifier, pour le moment. Et de toute manière, en ce qui me concernait, ça ne changeait pas grand-chose.

Personne ne semblait me suivre. J'ai consacré la fin de l'après-midi à lire *La storia falsa* de Luciano Canfora et, le soir, j'ai dîné d'un plat de pâtes et me suis plus ou moins soûlée avec une bouteille de vin d'Ischia. J'ai continué avec le minibar de la chambre, que j'ai entièrement vidé en regardant un film de Takeshi Kitano à la télévision. Avec le peu qui me restait de lucidité, je suis allée sur le balcon pour jeter un nouveau coup d'œil. Comme dans la journée, je n'ai pas vu trace de Moustache Blonde ni de Face de Rat ; ils semblaient s'être évaporés, mais je savais que ce n'était pas le cas et qu'ils étaient dans les parages, prêts à exécuter les dernières instructions reçues.

La tête me tournait. J'ai fermé la fenêtre, je me suis écroulée sur le lit sans me déshabiller et me suis endormie. J'ai rêvé de Lita, sans trouver vraiment le repos. Inquiète. Tourmentée.

*

Sniper est apparu le troisième jour. Pour justifier ma présence, j'avais persuadé la grosse fille au décolleté plongeant du petit bar-taverne sans enseigne au-dessus de la porte que j'étais une journaliste qui effectuait un reportage touristique sur le quartier. Je lisais à ma table habituelle, près de la fenêtre sale par laquelle je surveillais la rue, quand j'ai vu venir trois graffeurs, dont le plus grand était Sniper : il portait un vieux blouson de pilote en cuir marron, un jean râpé et des chaussures de sport. Ils sont entrés tous les trois dans l'Annunziata, j'ai fermé mon livre et j'ai attendu en me rongeant les ongles que se calment les battements de mon cœur. Enfin, je le tenais. Ou j'allais le tenir. C'était ça le plan. De son côté, la grosse au décolleté – elle portait toujours le même chemisier que le premier jour – a semblé offensée que je ne fasse pas honneur, comme les fois précédentes, à la pizza fumante qu'elle déposait sur ma table. Mais j'avais l'estomac noué ; et ma bouche, bien qu'ayant consommé plusieurs bouteilles d'eau, restait aussi sèche que si elle était tapissée de sable.

– Vous n'avez pas faim aujourd'hui, madame ?

– Pas très. Je suis désolée.

– Vous voulez peut-être autre chose, a-t-elle proposé, vexée.

– Non, vraiment. Merci.

Sniper est sorti seul de l'église une heure un quart plus tard. Prise de panique, j'ai vu qu'il venait dans ma direction et j'ai craint un moment qu'il n'entre dans le bar et ne m'y découvre assise, en train de l'espionner. Mais il a poursuivi son chemin vers la partie haute. J'ai laissé un billet sur la table, glissé le livre dans mon sac, mis celui-ci en bandoulière – à Naples, porter un sac sans prendre les précautions élémentaires relève quasiment du suicide – et je suis partie derrière lui, en le suivant à distance ; suffisamment loin pour qu'il ne me repère pas et suffisamment près pour ne pas le perdre stupidement de vue, comme l'autre nuit. Par chance, le quartier était toujours aussi animé : voisins en train de bavarder, enfants qui, à cette heure, auraient dû être à l'école, véhicules qui passaient dans les rues étroites en acculant les piétons aux murs, marchandes des quatre-saisons qui envahissaient tout avec leurs cageots multicolores, poissonneries où se tordaient des anguilles vivantes composaient un paysage bigarré, grouillant d'odeurs, de cris, de sons, dans lequel il était facile de passer inaperçue.

Sniper marchait tranquillement, sans se presser. Détendu. Il portait des lunettes de soleil et s'était coiffé d'une casquette de base-ball. À plusieurs reprises il s'est arrêté pour saluer brièvement quelqu'un, échanger quelques mots avec des connaissances. J'ai tâché de rester prudemment éloignée de sa mince silhouette dont les épaules semblaient plus larges sous le blouson de pilote. Dès qu'il faisait halte, je l'imitais en me dissimulant parmi les passants ou en me collant contre un porche ou la devanture d'une boutique. Sniper s'est arrêté chez un marchand de fruits et légumes et en est ressorti avec un gros sac à la main. Un peu plus haut, la rue donnait sur un escalier et une autre rue transversale, formant une petite place où il y avait un banc en bois dont manquait la planche pour s'asseoir. Toutes les maisons avaient des pots de fleurs et du linge qui séchait aux fenêtres et aux balcons. Accrochés aux câbles tendus entre les branches de quelques arbres rachitiques et un réverbère dont la vitre était brisée, pendaient encore au-dessus des voitures stationnées les rubans et les lampions en papier décoloré d'une lointaine kermesse.

Une femme arrivait en face, descendant l'escalier un panier à provisions à la main. Elle était grande, attirante, avec des formes harmonieuses : une authentique Napolitaine. Elle m'a rappelé ces actrices italiennes débordantes de vie qui étaient à la mode à l'époque de Vittorio de Sica et de Fellini. Ses cheveux étaient plus courts que longs, elle portait une jupe sombre et un sweater ajusté qui modelait une poitrine apparemment lourde, volumineuse. – J'ai constaté par la suite qu'elle avait les yeux verts et un nez aussi provocant que sa large bouche aux lèvres rouges bien dessinées. – En la voyant venir, Sniper s'était immobilisé au pied de l'escalier tandis qu'elle s'avançait vers lui en souriant. J'avais déjà vu des sourires comme celui-là, et j'ai su ce qu'il signifiait bien avant qu'il lui montre de loin le sac de fruits qu'il avait achetés, que la femme l'interpelle sans perdre son sourire en prononçant des mots que je n'ai pas pu saisir, et qu'un instant plus tard, une fois réunis, ils s'embrassent sur la bouche.

Ils ont continué leur chemin ensemble – Sniper s'était emparé du panier à provisions que portait la femme –, mais je n'ai pas eu à les suivre longtemps, car ils se sont tout de suite arrêtés sur la place, devant un porche appartenant à une vieille bâtisse agrémentée d'un large portique, et je les ai perdus de vue dans l'intérieur obscur. Voilà, ai-je pensé, qui m'ouvrait de nouvelles perspectives. Je me trouvais enfin en position avantageuse, après avoir beaucoup pédalé pour gagner la tête du peloton. Pendant que je pesais le pour et le contre de cette nouveauté inattendue, je me suis approchée pour mieux observer les lieux, l'immeuble, les rues avoisinantes et les détails de la place. Il y avait tout près un autre petit bar, de ceux qui à midi se muent en gargotes, des boutiques d'artisans typiques du quartier, une niche avec des fleurs en plastique dédiée à saint Janvier et l'entrée d'un garage. Je prenais mentalement note de tout cela, et pendant que je regardais en haut la femme est apparue à un étroit balcon du deuxième étage, juste au-dessus de ma tête. Je l'ai vue se pencher sur la balustrade en fer pour vérifier si le linge était sec et se tourner ensuite vers l'intérieur, comme si quelqu'un lui adressait la parole. Puis elle a regardé en bas dans ma direction. Elle l'a fait de façon fortuite, mais nos regards se sont croisés. J'ai soutenu le sien pendant quelques secondes avant de détourner les yeux d'un air innocent, en faisant mine de ne pas y accorder d'importance, et j'ai poursuivi mon chemin en promeneuse insouciante. Je ne me suis pas retournée, mais je suis sûre qu'elle a continué de m'observer. Et aussi que, le temps d'un instant, l'ombre d'un pressentiment est passée dans ses yeux clairs soudain inquiets.

*

Le lendemain de bonne heure, je suis revenue sur la petite place. J'ai bu deux cafés au bar et j'ai surveillé de loin le porche de la maison, en restant très calme, jusqu'à ce que je voie sortir Sniper. Il portait les mêmes lunettes de soleil, la même casquette et le même blouson de pilote que la veille. Il a descendu la rue, mais cette fois je ne l'ai pas suivi : je me suis faufilée entre les voitures en stationnement pour me diriger vers la maison. Derrière la fenêtre qui ouvrait sur le balcon, j'avais vu la femme vaquer dans l'appartement. Je savais qu'elle était toujours là-haut.

Le porche était vaste, spacieux ; une demeure ancienne qui gardait une certaine allure, quoique très délabrée. De la cour intérieure montait un escalier large, haut de plafond, noirci par la pollution urbaine, d'où pendaient des fils électriques et des ampoules nues. Je l'ai gravi lentement jusqu'au deuxième étage. Sur la porte en bois, propre et soigneusement vernie, était vissé un Sacré-Cœur en laiton bien astiqué. Il y avait aussi un de ces judas circulaires qui, quand on en tire le volet, permettent de savoir qui sonne. J'ai appuyé sur le timbre, le demi-cercle doré du judas a coulissé et, derrière, de grands yeux verts m'ont inspectée.

– J'ai rendez-vous avec lui, ai-je menti.

Ce n'était pas vraiment nécessaire, ai-je pensé pendant que ces yeux m'observaient. Ça ne fait pas partie du plan et, techniquement, il est évident que c'est inutile. Ça peut même compliquer les choses. Mais – ma nuit de mauvais sommeil m'avait amenée à cette certitude – il y avait des étapes que je devais encore franchir pour plus de sécurité avant d'arriver au dénouement. Des ressorts précis, qu'à la lumière de mes dernières découvertes il me fallait faire jouer sur l'homme dont je suivais la trace depuis des semaines. Sur son monde et sur les êtres qui le peuplaient.

– Il n'est pas à la maison, a répondu une voix agréable, profonde, avec un fort accent napolitain.

– Je sais. Il m'a dit qu'il devait sortir. Que je pourrais l'attendre ici.

– Vous êtes espagnole ?

– Oui. – Comme lui, ai-je modulé avec un sourire adapté aux circonstances. – Nous étions ensemble l'autre nuit… Avec les gobbetti.

Les yeux verts m'ont étudiée pendant quelques secondes encore derrière la jalousie. Finalement, j'ai entendu le bruit du verrou qu'on tirait et la porte s'est ouverte devant moi.

– Entrez, je vous en prie.

– Merci.

J'ai pénétré dans un vaste vestibule obscur, communiquant avec un séjour dont le balcon donnait sur la rue. Je m'attendais à un atelier d'artiste avec des toiles, des peintures et des pots de couleur partout, et j'ai été surprise de me trouver dans un appartement conventionnel d'apparence modeste. Les bras et le dossier du canapé tapissé de dessins de feuilles automnales étaient doublés en macramé. Les murs portaient des photos de famille encadrées, et le seul tableau était un paysage médiocre où des cerfs buvaient dans un ruisseau sous des arbres qui laissaient filtrer un large rayon de soleil pourpre. La décoration et le mobilier étaient complétés par un lustre à tulipes en céramique qui pendait du plafond, une statuette banale d'une des centaines de Vierges italiennes avec, devant, des fleurs dans une cruche, et un buffet portant des santons de Capodimonte, une collection de dés à coudre en métal et en porcelaine, quelques romans et vidéos, et encore des photos. Près de la fenêtre trônait un énorme poste de télévision connecté à un lecteur de DVD. Excepté deux photos sans cadre sur lesquelles Sniper posait à côté de la femme, il n'y avait dans cette pièce aucun indice de sa présence.

– Vous voulez un café ou un thé ? m'a-t-elle proposé.

– Pas pour le moment.

– Un verre d'eau ?

J'ai souri, pour la rassurer. Avec ma meilleure grimace mondaine.

– Non plus. Merci.

Elle se tenait devant moi, indécise. Cherchant, j'imagine, la bonne façon de me recevoir. À comprendre qui j'étais et ce que je faisais chez elle. Elle était plus grande que moi, bien que chaussée de sandales plates, avec un beau visage et des formes superbes. Un magnifique spécimen typique de sa ville et de son milieu. Elle portait une robe aux tons clairs qui lui laissait les jambes et les bras nus en moulant suavement ses hanches – plutôt larges, ai-je observé – quand elle se déplaçait dans la pièce. Elle avait du vernis sur les ongles, mais ses mains n'étaient pas soignées. Pour le reste, ses manières étaient tranquilles, sans affectation. Il émanait d'elle une paisible sérénité qui semblait rayonner de ses yeux, très clairs même quand la lumière ne frappait pas directement son visage. Encore que, pour l'heure, je les voyais assombris.

– Il ne vous a pas parlé de moi ? me suis-je enquise, feignant la surprise.

Elle a fait non de la tête, avec un mince sourire comme pour s'excuser. Puis elle m'a proposé de m'asseoir d'un geste aimable de la main droite, au poignet de laquelle elle portait une montre bon marché et une fine chaîne en or. D'une autre chaîne, autour du cou, pendait une petite croix de même métal. Je me suis assise sur le canapé et elle est restée un moment debout, encore dubitative, avant d'occuper un fauteuil en face de moi, de l'autre côté d'une petite table en verre sur laquelle il y avait des magazines féminins et une demi-douzaine de cendriers inutiles en métal argenté. J'ai constaté qu'elle avait des jambes superbes. Charnues mais fermes, aussi robustes que les bras. Quand elle s'est assise en se penchant un peu vers moi, ses seins lourds ont paru se balancer un peu plus, gonflant l'étoffe de sa robe.

– Nous avons fait connaissance l'autre nuit, comme je vous l'ai dit. Sur le port. Lui et moi.

J'ai laissé tomber ce *lui* avec naturel, évitant le nom de Sniper. J'ignorais si elle l'appelait ainsi ou si elle le désignait par son vrai nom, quel qu'il fût, ou encore par un autre, inventé.

– Sur le port, a-t-elle répété, en détachant chaque mot.

Elle faisait preuve, ai-je vite compris, d'une méfiance quasi animale. Sans nuances. En réalité, elle ne se méfiait pas de moi – après tout, elle m'avait ouvert sa porte –, mais de ce que ma présence laissait présager depuis que nos regards s'étaient rencontrés pour la première fois. Dès cet instant, son instinct avait décelé une menace – son nid en danger –, et maintenant elle tentait d'établir ce que j'avais à voir avec cette menace. Avec le pressentiment qui avait assombri la clarté de ses yeux.

– Oui, ai-je confirmé. Nous y sommes allés avec les autres garçons… Vous savez.

Elle n'a pas détaillé ce qu'elle savait ou ne savait pas. Elle a seulement continué à me dévisager comme si elle attendait que je lui en dise plus. Pour ma part, j'ai de nouveau souri, continuant à bluffer avec le plus grand naturel. J'étais totalement incapable d'imaginer ce qu'elle savait de Sniper. De son existence clandestine, de son passé, du danger qui planait sur sa vie.

– C'est un artiste génial, ai-je risqué. Je l'admire énormément.

Après quoi, j'ai parlé pendant quelques minutes pour détendre l'atmosphère. Pour dissiper les soupçons que je lisais encore dans ses yeux quand elle les fixait sur moi, comme pour radiographier ce que j'avais en tête. J'ai parlé de mon travail d'historienne de l'art, de ma spécialisation dans les artistes contemporains, de mes relations avec les musées et les maisons d'édition. Et j'ai rapidement constaté qu'elle cessait de me prêter attention. Elle acquiesçait de temps à autre, aimablement, sans pour autant montrer un véritable intérêt. Son instinct du danger semblait s'être endormi. À deux reprises elle a consulté furtivement la montre qu'elle portait au poignet, et j'ai compris que ce que je disais lui était indifférent. Pour le moment, elle se bornait à se montrer polie avec moi ; j'étais chez elle et elle remplissait son devoir d'hôtesse, distraite, un peu mal à l'aise, en attendant le retour de son homme. Sûre que la présence de celui-ci confirmerait ou dissiperait ses appréhensions. Prête, comme pour le reste, à s'en remettre aveuglément à lui. Et telle était probablement son histoire, ai-je déduit. Aussi simple que ça. Il n'y avait, finalement, aucun mystère dans ces yeux : rien que le vide. Les hommes ont coutume de croire que les yeux des belles femmes recèlent quelque chose, et ils se trompent souvent. Moi-même, je m'étais attendue à autre chose de la compagne de Sniper, et je ne voyais devant moi qu'un grand corps, brun, accueillant : une superbe statue de chair. Peut-être même, ai-je pensé ironiquement, ne sait-elle pas que cet homme, le sien, est un des peintres de graffitis les plus célèbres et les plus prisés au monde.

Là-dessus, nous avons entendu claquer la porte de la rue. Et, le temps de me lever, Sniper était là, me regardant, déconcerté.

*

237

Il m'a attrapée par le bras et tirée vers le palier. Il me faisait mal, mais je n'ai pas opposé de résistance. Je l'ai laissé me traîner dans le couloir jusqu'à la porte sous les yeux stupéfaits de la femme, et c'est seulement arrivée là que je lui ai fait face.

– Lâche-moi, ai-je dit en me débattant.

Il était véritablement furieux et, à cet instant, il ne ressemblait plus du tout à un franc-tireur patient. L'image d'homme tranquille que j'avais de lui, celle que je m'étais fabriquée durant ces semaines de poursuite, n'avait rien à voir avec ce visage crispé, ces yeux pleins de rage, ces mains fébriles qui semblaient prêtes à me secouer, à me frapper.

– Tu n'as pas le droit, a-t-il dit entre ses dents. Pas ici... Pas avec elle.

– Elle était la pièce qui me manquait, ai-je répondu calmement. Ç'a été une longue chasse.

Pour une raison inconnue, ma réponse l'a tout de suite radouci. Il est resté à me regarder, immobile, se maîtrisant, tout en respirant très fort. On dirait, ai-je pensé, que c'est moi qui l'ai secoué.

– Ton arrière-garde, ai-je ajouté.

J'ai posé les mains sur la rampe du palier qui protégeait du vide de l'escalier. Une chute de deux étages, ai-je envisagé. Il m'aurait suffi d'une poussée.

– Tu n'en as pas la moindre putain d'idée, a-t-il murmuré.

– Je commence à en avoir une.

La porte restait ouverte et j'ai regardé dans le couloir. La femme était au fond, presque dans le noir, et nous observait de loin.

– Gouine de merde, m'a lancé Sniper.

Il l'a dit avec détachement, comme s'il énonçait un fait objectif. En tout cas, ai-je pensé, il est bon

238

observateur. Comme tout vrai artiste, il sait voir. Il a ce don. Je continuais à observer le couloir et il s'est tourné pour suivre la direction de mon regard.

– Tu pourrais être mort, ai-je commenté. Tu l'as oublié ?… Les occasions n'ont pas manqué, depuis que nous nous sommes rencontrés. Mais ce n'est pas de ça qu'il s'agit.

À présent, il m'étudiait, les yeux dans les yeux. Puis il a fait deux pas en arrière pour fermer la porte, lentement. J'ai cru percevoir chez lui une pointe d'indécision.

– Moi aussi, je risque gros, ai-je ajouté. Et tu le sais.

– Tu n'as pas le droit, a-t-il insisté.

Une protestation, presque pour la forme. J'ai souri, ironique.

– Je ne te reconnais pas… Le *droit* ?… C'est Sniper qui parle ?

J'ai écarté les mains de la rampe de l'escalier.

– Le même qui a dit *si c'est légal, c'est pas un graffiti* ? ai-je ajouté pour enfoncer le clou.

Il me regardait toujours dans les yeux avec insistance. Peut-être avec inquiétude.

– Bien sûr que j'ai le droit, ai-je poursuivi. Je l'ai gagné en te suivant à la trace comme une chienne. Et Dieu sait que j'ai été efficace !

Il a acquiescé de façon presque imperceptible, à contrecœur.

– Et maintenant ? a-t-il demandé.

Le ton m'a plu. Les événements prenaient une nouvelle tournure. Il était déjà sur mon terrain.

– Tu ne penses quand même pas que je vais m'en aller comme ça, après tout ce travail. Je laisserais derrière moi trop de choses qui te rendent vulnérable.

J'ai marqué une pause pour que l'idée fasse son chemin dans son esprit. Une idée importante, en fin de compte, avec une majuscule : la seule Idée. Être vivant ou ne pas l'être. Puis j'ai haussé les épaules :

– Ça ne serait pas bon pour toi que je m'en aille ainsi.

Ce n'était pas nécessaire, mais je voulais être sûre. Il a réfléchi un moment. Il me regardait comme s'il calculait les dommages inévitables. Contrôle des dégâts.

– Pas bon pour moi, a-t-il enfin murmuré, en lançant un coup d'œil rapide à la porte fermée. C'est bien le terme que tu as employé ?

Je n'ai pas répondu. Il essayait seulement d'y voir plus clair, et le fait que je me taise n'arrangeait pas les choses. Désormais, la décision lui appartenait. Mais même lui, ai-je pensé non sans méchanceté, ne pouvait savoir à quel point sa décision comptait peu. En réalité, il ne lui restait qu'une issue. Et il ne pouvait plus rien faire pour l'éviter.

– Viens, a-t-il dit.

Je l'ai suivi en bas de l'escalier, contenant ma jubilation. Il y avait une porte intérieure dans l'entrée vaste et grise. Il l'a ouverte et nous nous sommes trouvés dans un garage très sale converti en atelier de peinture, bien que ce ne soient pas vraiment les mots qui conviennent pour définir le lieu. J'avais, dans le passé, vu d'autres ateliers de peintre. Beaucoup. Et ils n'avaient rien à voir avec ce local dont les murs étaient saturés de graffitis superposés, peinture sur peinture, sans un seul tableau, mais débordant de cartons comportant des esquisses destinées aux murs des rues, de pochoirs en papier découpé, de croquis préparatoires pour bomber des wagons de chemin de fer et des autobus, des plans de diverses villes avec des marques et des indications en couleur, des centaines d'aérosols neufs ou vides, entassés partout, des masques de protection, des outils pour ouvrir les serrures ou les verrous, forcer les cadenas, couper les grillages... Entre une Fiat antédiluvienne couverte de poussière et un banc portant des outils de mécanique, une table à tréteaux soutenait trois écrans d'ordinateur, un clavier et deux imprimantes pour scanner les grands formats, des piles de livres sur l'art et le graffiti, des reproductions de tableaux classiques sur lesquelles Sniper s'était livré à des interventions personnelles irrespectueuses. J'ai vu des têtes de mort mexicaines collées ou peintes sur Mona Lisa, sur l'*Isabel Rawsthorne* de Francis Bacon et sur la *Dernière Cène* de Léonard... Près de la porte, comme une sentinelle grandeur nature, se dressait une mauvaise copie en plâtre du *David* de Michel-Ange avec un masque de lutteur mexicain et le torse griffonné de signatures de Sniper. Et un peu plus loin, peinte à l'aérosol sur un mur, une magnifique parodie de *L'Angélus* de Millet, où l'on voyait un troisième personnage, une femme, fumer une cigarette, bras croisés, indifférente, pendant que les deux autres, inclinés pour prier, vomissaient sur la *Danaé* du Titien allongée par terre. Tout cela, ai-je conclu en contemplant l'ensemble, n'avait pourtant rien d'un atelier d'artiste. C'était un laboratoire génial de guérilla urbaine.

– Mon Dieu ! me suis-je exclamée, stupéfaite.

Sniper me laissait circuler, voir, toucher, en toute liberté. Il y avait des piles de CD avec de la musique des années quatre-vingt et quatre-vingt-dix : Method Man, Cypress Hill, Gang Starr, Beastie Boys, et quelques vinyles historiques, dont un du Jimmy Castor Bunch. Je me suis arrêtée devant la reproduction scannée et agrandie d'une photo du *Costa Concordia* couché sur les rochers de l'île de Giglio : le côté visible du bateau de croisière était décoré de traits au marqueur, en manière d'étude ou de maquette préalable ; d'intentions du nouveau projet de Sniper. Près de cette photo se trouvait une copie du portrait de la top-modèle Kate Moss, œuvre de Lucian Freud, avec un billet de cent dollars américains collé sur le sexe. Rien que ces douzaines de papiers et de cartons, ai-je pensé, avec leurs taches de couleur, leurs têtes de mort, leurs découpages et leurs traits de peinture, vaudraient une fortune avec en bas la signature de Sniper et un certificat en règle les authentifiant. Cet atelier contenait des millions potentiels d'euros, de dollars, de roubles.

Je l'ai dit à haute voix. Ça vaut une fortune, ai-je allégué. Une esquisse, une simple maquette ou un croquis sur papier destiné à des trains ou à des autobus rageusement colorés, peut se vendre à un prix exorbitant. Exposés au MoMA pour la consécration officielle, mis ensuite aux enchères chez Claymore, ou Sotheby's. De quoi rendre fou.

– N'importe quel collectionneur avide, ai-je ajouté, n'importe quel riche capricieux paieraient sans rechigner le prix qu'on leur en demanderait. Ils emporteraient même les graffitis de ces murs, une fois découpés dans un format maniable.

L'idée l'a beaucoup amusé.

– Et pourquoi ?… Simplement parce qu'ils ne connaissent pas ma tête ?

– Parce que tout est très bon, ai-je protesté. Parce que c'est terriblement, atrocement beau. Parce que, sorti au grand jour, cela ferait le bonheur d'un tas de gens.

– Le bonheur, a-t-il répété.

Il semblait savourer ce mot sans en saisir la valeur.

– Parfaitement.

– Je sors au grand jour ce que je veux sortir.

– Tu ne comprends pas. Je crois que même toi, tu n'es pas conscient. – J'ai fait un geste vers le plafond, en direction de l'appartement. – Moi oui, j'ai tout compris, là-haut. En la voyant, elle.

– Je suis ici depuis onze mois, a-t-il rétorqué sèchement. Elle est étrangère à ce monde. Elle ne comprend même pas ce que je fais.

– Tu l'as eue comment ?

Il n'a pas paru blessé de ma vulgarité.

– Elle fait partie de la ville, s'est-il borné à répondre. Comprise avec le quartier.

Puis, un bref instant plus tard, il a désigné des feuilles amoncelées sur une table.

– Elle a posé pour moi.

– C'est vrai qu'elle est belle. – Je regardais les feuilles, qui étaient tout juste des ébauches : lignes abstraites, sans signification apparente. Taches de couleur. Rien qui ne rappelle la femme que j'avais vue dans l'appartement. – … Et aussi, peut-être, un peu anachronique.

– Oui, a-t-il admis.

– C'est tout ?

J'ai déchiffré son silence comme s'il l'avait lui-même écrit devant moi sur un mur.

– Ça te plaît, n'est-ce pas ? ai-je réalisé. Ce snobisme qui est le tien. Pouvoir te vanter à tes propres yeux de ton manque de prétention. Comme le millionnaire qui peut se permettre une Jaguar, mais préfère conduire une Golf. Le franc-tireur embusqué, discret et ascétique à sa façon.

Il a froncé les sourcils. Puis ses mains ont tracé un geste vague qui excluait tout ce qui ne figurait pas entre ces murs.

– Laisse-la en dehors de tout ça, a-t-il dit.

– Avant, je veux seulement comprendre.

Il m'a jeté un regard pénétrant.

– Avant quoi ?

– De prendre ma décision à ton sujet.

Son rire a été brutal.

– J'avais cru que c'était moi qui décidais.

– Nous avons tous une carte dans notre manche, ai-je rétorqué.

Il m'a regardée encore un peu, comme si ma réponse lui paraissait trop obscure.

– De quoi vis-tu, Sniper ?

Il a haussé les épaules.

– Je fais des travaux et je les vends.

– Sous ton nom ?

– Évidemment pas. Je dessine des pochettes de CD, des tatouages, je personnalise des fringues, je décore avec les gobbetti un magasin par-ci par-là… Je me débrouille.

– Et tu es heureux comme ça ? Tu vis dans le monde que tu souhaites ?

Il a ri aux éclats. Un rire étrange. Puis il a pris un paquet de cigarettes parmi les objets hétéroclites qui couvraient la table et en a allumé une.

– Nous croyons que l'art rend le monde meilleur et les gens plus heureux, a-t-il dit. Qu'il rend tout plus supportable. Et c'est un mensonge.

Il a montré le *David* en plâtre couvert du masque de lutteur.

– Les Grecs ont exprimé l'harmonie et la beauté, a-t-il poursuivi, les impressionnistes ont décomposé la lumière, les futuristes ont fixé le mouvement, Picasso a fait la synthèse du multiple… Aujourd'hui, pourtant, l'art nous rend plus…

Il s'est arrêté, cherchant le mot.

– Stupides ? ai-je suggéré.

Il m'a regardée, reconnaissant. On en était arrivé au point, a-t-il dit, où même se coucher dans une baignoire était considéré comme une expérience artistique. L'exemple de Marina Abramović à New York, trois ans auparavant, était éloquent : elle se tenait assise à une table à l'autre bout de laquelle était placée une chaise vide que les visiteurs venaient occuper tour à tour. L'artiste demeurait totalement immobile et silencieuse, et cela pendant sept heures et demie tous les jours, tant qu'avait duré l'exposition.

– Rappelle-toi tous ces crétins qui, assis en face d'elle, éclataient en sanglots ou vivaient des expériences spirituelles… Ou, pour chercher un autre exemple, pense à Beuys et son *Comment expliquer les tableaux à un lièvre mort*… Tu en as entendu parler ?

– Évidemment. Assis sur une chaise dans une galerie de Düsseldorf, la tête enduite de miel et portant dans les bras un lièvre mort qu'il regardait fixement… C'est de ça que tu parles ?

– Oui. Ce type disait que l'idée était de montrer d'une part combien il était difficile d'expliquer l'art actuel, et d'autre part de prouver que les animaux ont plus d'intuition que les humains. De temps en temps il se levait, parcourait la salle et, devant les tableaux, chuchotait au lièvre des paroles inaudibles… Et ainsi trois heures de suite. Évidemment, le public était enthousiaste.

Il a éteint sa cigarette en l'écrasant dans une boîte de Coca-Cola vide et m'a regardée d'un air de défi comme si, en ce qui le concernait, presque tout avait été dit.

– Même l'art de la rue est devenu, du fait des municipalités, un parc thématique, a-t-il ajouté. Ce concept imbécile de participation du public, si politiquement correct, a fini par n'être qu'un divertissement de plus, comme les types qui s'exhibent sur les rampes de skate et des trucs comme ça. Une rigolade sans conséquences… Mais moi je démontre que ça n'a rien d'amusant. Et que parfois il y va de la vie.

– *Je vomis sur vos cœurs de merde*, ai-je cité.

Encore une fois il a éclaté de rire, flatté. À ce moment, je me suis demandé si Sniper avait réellement le sens de l'humour, et jusqu'à quel point celui-ci pouvait se réduire à une sèche et fielleuse méchanceté. Ou peut-être étaient-ce nous, les autres – le méprisable public –, qui lui attribuions cet humour. À nos risques et périls. Comme la chaise vide d'Abramović et le lièvre mort de Beuys.

– Depuis toujours, les artistes se sont servis d'instruments qui jouaient le rôle de moteur, a-t-il dit. En Grèce, l'harmonie et la beauté ; à la Renaissance, les règles et les proportions rationnelles… Moi, je me sers de vitriol. Au figuré, bien entendu. Ou pas tellement. C'est comme jeter du vitriol en plein visage d'une femme stupide, bouffie de suffisance.

– Y compris de ceux qui, parfois, meurent de t'avoir trop admiré ?

Il n'a pas bronché en entendant ma question.

– Y compris eux, a-t-il admis froidement. De nos jours, n'importe qui se pare du nom d'artiste avec une totale impunité… Mais il faut savoir gagner ce titre. Payer pour l'obtenir.

J'ai soupiré, fatiguée. Je l'étais vraiment. Mon interlocuteur était incapable d'imaginer à quel point, ni pourquoi. Ce n'était pas du tout la conversation que je voulais avoir. Pour cela, j'avais besoin de la nuit.

– Donc tu n'accepteras pas ? ai-je dit pour revenir à notre affaire.

De ses mains ouvertes, il a esquissé un geste évasif.

– Je suppose que c'est difficile à comprendre. Que toi-même tu te demandes combien de temps je tiendrai encore avant de jouer le jeu que tu me proposes… Le tien ou celui d'autres.

– D'ôter ton masque, a dit Topo.

Son sourire semblait sincère. Évocateur.

– Ce bon Topo… Lui aussi tu l'as rencontré, pour l'interroger à mon sujet ?

– Il ne m'a pas révélé grand-chose.

– Il est encore capable de parler de nous ? Même si ça ne s'est pas bien terminé ?

– Même ainsi. Et tu sais : cette étonnante loyauté que tous éprouvent à ton égard… Tu ne t'es jamais demandé pourquoi ?

– Probablement parce que je suis vraiment ce que je suis. Et ils le sentent.

Je me suis composé une expression délibérément sceptique.

– Topo a des doutes à ce sujet. Sur ton authenticité.

– C'est peut-être qu'il veut seulement se justifier à ses propres yeux.

– Possible.

J'ai levé une main très lentement. Sniper suivait des yeux le mouvement en se demandant où il finirait.

– J'ai une proposition à te faire, ai-je dit. Un pacte honorable.

De nouveau le regard méfiant. Prudence du franc-tireur en terrain découvert.

– Dis-moi ?

– Sortons ensemble cette nuit. Toi et moi. À la recherche d'un mur compliqué.

– Pour écrire dessus ?

– Bien sûr. Mais pas dans un lieu facile… Une séance privée. Rien que pour mes yeux. Je suppose que tu me dois bien ça.

Il a semblé réfléchir, et finalement il a fait un geste négatif.

– Je ne dois rien à personne. Je suis libre.

Sur ce, il a eu un rire grinçant, comme s'il savourait une plaisanterie dont il était le seul à apprécier le sel. J'ai souri, moi aussi. Certaines plaisanteries peuvent être à double sens.

– On pourra parler de ça cette nuit, ai-je dit. De dettes et de libertés, si tu veux… Il y a des questions que j'ai besoin de te poser.

– En ensuite ?

– Rien. Chacun partira de son côté.

Il m'a étudiée longuement, soupçonneux.

– Comme ça, aussi facilement ?

– Oui.

– Tu n'en diras rien à personne ? – Il semblait indécis, ou troublé. – En fin de compte, ma tête est mise à prix. Ma sécurité…

Je l'ai regardé dans les yeux, sans ciller. Avec tout l'aplomb dont j'étais capable. Et qui, à ce moment, était énorme.

– Ta sécurité, je ne m'en mêle pas, ai-je argumenté. Ce n'est pas mon affaire. Mais ce que tu dis est vrai. De même que je t'ai trouvé, d'autres pourraient le faire. À toi de voir comment t'organiser à l'avenir. Pour moi, tout se termine aujourd'hui… C'est une question d'ordre privé.

Il a acquiescé de la tête. Une première fois faiblement. Réfléchissant encore. Puis avec plus de confiance.

– Cette nuit, donc, a-t-il dit.

– Oui, ai-je confirmé. Toi et moi. Un mur adéquat dans un lieu adéquat. Dangereux, comme ceux où tu envoies les gens se suicider… Se faire… Comment disais-tu, déjà ? Ah, oui. Se faire jeter du vitriol en plein visage.

9

Du vitriol en plein visage

J'étais assise au soleil à la terrasse d'un café, près de Santa Caterina, et je regardais les gens qui passaient avec des sacs de boutiques de fringues identiques à ceux qu'on peut voir à Moscou, New York, Buenos Aires ou Madrid. Depuis mon dernier séjour à Naples, ce genre de magasins s'était multiplié. Et c'est la même chose partout, ai-je pensé. N'importe quel commerce traditionnel qui ferme par manque de clients, librairie, magasin de musique, antiquaire, atelier d'artisan, devient automatiquement une boutique de fringues ou une agence de voyages. Les villes de toute la planète sont pleines de gens qui vont d'un endroit à l'autre en empruntant des vols low cost pour acheter les mêmes fringues que celles qu'ils peuvent voir exposées tous les jours dans la rue où ils habitent. Le monde entier est une boutique de fringues, ai-je conclu. Ou peut-être, simplement, une immense, inutile et absurde boutique.

Je tenais un livre sur les genoux, bien qu'il me fût difficile de me concentrer et de lire. Je voyais mon reflet dans la vitre d'une devanture voisine : habillée de sombre, avec des lunettes de soleil, immobile. Attendant. Passant en revue les événements récents et ceux qui étaient probablement tout près de se produire.

Soupesant une dernière fois les pour et les contre de l'aventure. Du chemin sans retour possible.

Moustache Blonde est apparu à l'heure prévue, en suivant le trottoir. Il portait son habituelle veste de daim et une chemise bleu pâle sans cravate en harmonie avec des yeux qui auraient pu passer pour innocents. Il a occupé une chaise à la table voisine, croisant des jambes vêtues de velours côtelé beige. Je me suis attardée sur ses richelieus anglais, vieux mais soigneusement cirés et lustrés.

– Belle journée, a-t-il dit sans me regarder.

Je n'ai pas répondu. Nous sommes restés un moment silencieux, regardant les gens passer. Quand le garçon est venu, Moustache Blonde a commandé un café. Il l'a bu sans sucre, d'une seule et lente gorgée. Puis il s'est essuyé les lèvres avec une serviette en papier et s'est confortablement laissé aller contre le dossier de la chaise.

– Comment va Face de Rat ? ai-je demandé.

Je l'ai entendu rire en sourdine, entre ses dents.

– Bien.

– Comment, bien ?

Il a tardé à répondre, comme s'il avait besoin de réfléchir.

– Son état s'améliore, a-t-il dit enfin. Elle préfère ne pas se promener en pleine lumière, mais globalement elle va bien. Moins enflée, grâce aux crèmes anti-inflammatoires, ibuprofène, et tout ça. Et elle a encore des hématomes… Je crois aussi qu'elle ne te recommande pas dans ses prières. Elle affirme qu'elle pourrait bien, un de ces jours, te rendre la politesse.

J'ai pris une expression faussement désolée.

– Elle a raté l'occasion, si tu veux mon avis. Pas de chance. En tout cas, elle sait maintenant que je peux être moi-même aussi polie qu'une autre…

Il a ri de nouveau, doucement, tout bas. Appréciant la réplique.

– C'est ce que je lui dis.

– Alors salue-la de ma part.

– Oh, oui. – L'idée semblait lui plaire. – Je n'y manquerai pas.

Nous sommes restés encore un moment silencieux, observant les vitrines et les passants.

– Une ville étrange, tu ne trouves pas ? a-t-il dit au bout d'un moment.

– Si.

– Pleine de gens bizarres.

– Pas plus bizarres que nous-mêmes, ai-je suggéré.

Il a paru réfléchir à cette remarque. Il s'était tourné de côté en tentant sûrement de me classer dans la catégorie correspondant aux individus bizarres. Et j'ai réalisé les nombreuses difficultés qu'il devait rencontrer.

– Le monde entier est un lieu bizarre, a-t-il conclu, résigné.

J'ai manifesté mon accord. Après quoi, comme si la mémoire lui revenait tout d'un coup, Moustache Blonde a mis la main dans une poche de sa veste.

– Tiens : je t'ai apporté ce que tu as demandé.

Il n'avait pas dit « ce que tu voulais », mais « ce que tu as demandé ». Comme s'il ne souhaitait pas comprendre de quoi il s'agissait. Je lui ai pris le petit paquet des mains et l'ai glissé dans mon sac.

– Les deux objets y sont ? ai-je demandé, méfiante.

– Absolument. – Il semblait réellement blessé par mon ton soupçonneux. – Quant au téléphone, fais en sorte de le laisser allumé tout le temps… Ainsi, ça devrait suffire.

Il semblait penser encore à quelque chose, dubitatif. Finalement, il a hoché la tête en faisant un geste de dénégation. Comme s'il voulait tout me déconseiller en bloc.

– Écoute… Tu es sûre de ce que tu fais ?

– Totalement.

– J'ai reçu l'ordre de suivre les indications au pied de la lettre. Et je m'exécute. Mais nous devrions…

– Va te faire foutre, l'ai-je interrompu grossièrement.

Là-dessus, je me suis levée. Ce faisant, j'ai rencontré de nouveau mon reflet dans la vitre de la devanture. Et cette fois j'ai failli ne pas me reconnaître.

*

– Nous y sommes, a dit Sniper.

Nous nous étions arrêtés à un coin de rue. J'ai essuyé les paumes de mes mains sur les jambes de mon jean. Elles étaient moites.

– Pourquoi ici ? ai-je voulu savoir.

– Parce que l'endroit est parfait. Dangereux et parfait.

– Pourtant il ne paraît pas très dangereux.

– Ne te fie pas…

– … à quoi ? À toi ?

– Aux apparences.

Il a jeté la cigarette qu'il avait fini de fumer. Puis nous avons continué en scrutant la rue avant de nous rapprocher d'une guérite métallique adossée à un mur de pierre et de ciment couronné d'une grille. Une fois là, il m'a tendu une casquette.

– Cache ton visage, a-t-il conseillé. Au-dessus, il y a une caméra.

Je me suis arrêtée, alarmée.

– On va nous voir entrer ?

– Non. Elle ne couvre qu'une partie du mur, de l'autre côté. La guérite reste en dehors du champ. C'est pour ça que nous entrons par ici.

J'ai remonté le col de mon blouson et coiffé la casquette, tandis qu'il relevait la capuche noire du survêtement qu'il portait sous son blouson de pilote.

– Tu es déjà venu ici avant ? ai-je demandé.

– Très souvent. Mais je ne suis jamais allé aussi loin que là où nous allons aujourd'hui.

– Pourquoi ?

– Tu le sauras quand nous y serons.

Nous nous trouvions au-delà de la station du métro et de la gare de Mergellina, où nous nous étions rendus en autobus. L'endroit était peu fréquenté et plongé dans l'obscurité. Les voitures en stationnement renforçaient notre protection, et la clarté d'un réverbère situé à une vingtaine de pas donnait assez de lumière pour que nous puissions nous déplacer aisément, même si elle réduisait l'espace à un jeu de ténèbres, d'ombres et de pénombre.

– Je m'étais réservé l'endroit pour d'autres opérations, a dit Sniper. Mais c'est une bonne occasion.

La guérite était couverte de peintures et d'affiches publicitaires. Un gros cadenas bouclait la porte.

– Elle est fermée, ai-je dit.

– Elle l'est toujours.

Il s'est débarrassé de son sac à dos, l'a posé par terre et en a tiré une grande cisaille, avec des poignées solides. Il l'a actionnée avec force, on a entendu un claquement, et le cadenas est tombé à ses pieds.

– Allons-y, a-t-il dit en remettant son sac.

Derrière la porte s'ouvrait un puits obscur. J'ai réussi à voir les premiers barreaux d'une échelle en fer. Du fond montait un courant d'air froid et humide. Il sentait aussi la saleté, la terre décomposée après tant de siècles passés à soutenir le poids des vieilles cités. Sniper était déjà entré dans le trou jusqu'à la poitrine et me regardait, se tenant aux barreaux.

– Il y en a pour une dizaine de mètres, a-t-il commenté. Tâche de ne pas tomber.

Il a commencé à descendre, et je l'ai suivi. Nous avions beau porter des chaussures de sport, chacun de nos mouvements faisait résonner le gouffre de ténèbres sous nos pieds, augmentant la sensation de nous enfoncer dans un vide noir et sans fin.

– On y est. Attention maintenant.

J'ai atteint le sol ferme. La lumière d'une lampe m'a éblouie un moment.

– Il y a des fils le long du mur, a repris Sniper. Certains sont électriques et bien isolés ; mais il y en a aussi des vieux et les murs sont humides… Alors essaye de ne rien toucher.

Le faisceau de la lampe s'est promené d'une paroi à l'autre, éclairant un tunnel cimenté de quelque trois mètres de haut sur deux de large. Des câbles et des tuyaux couraient des deux côtés et au plafond, entre de grandes taches sombres d'humidité. Le sol était en terre, couvert de décombres et d'une saleté ancestrale. Un rat immobile, les yeux réduits à deux points lumineux par le rayon de la lampe, nous a regardés fixement avant de vite disparaître en laissant traîner sa longue queue.

– Ces bestioles te font peur ?

– Non, ai-je répondu. Tant qu'elles ne s'approchent pas trop près.

Sniper semblait s'amuser.

– Parce que, cette nuit, on va en croiser un paquet.

J'ai marché derrière lui et sa lampe. Un peu plus loin, le tunnel s'élargissait légèrement. À partir de là, il y avait de gros piliers en béton, comme les fondations d'une construction située à la surface. Piliers et murs étaient couverts de graffitis du sol au plafond : une galerie spectaculaire décorée jusqu'à saturation, peinture sur peinture, depuis de simples tags au marqueur jusqu'à des fresques compliquées faites à l'aérosol, se superposant dans un déploiement impressionnant de traits et de couleurs.

– C'est notre chapelle Sixtine... Plusieurs générations de graffeurs sont passées ici.

Le faisceau lumineux parcourait les murs en mon honneur : des centaines de graffitis, maladroits, brillants, médiocres, géniaux, obscènes, comiques, revendicatifs, s'étendaient autour et au-dessus de ma tête.

– Dans quelques siècles, a commenté Sniper, après une guerre nucléaire ou n'importe quelle autre catastrophe qui aura envoyé en enfer tout ce qui est à la surface, les archéologues d'une autre planète, impressionnés, découvriront cet endroit.

Il a hoché la tête, convaincu de sa propre argumentation.

– Ce sera tout ce qui restera du monde : des rats et des graffitis.

Nous avons continué d'avancer. Toutes les quatre ou cinq minutes, un grondement lointain nous parvenait, comme le roulement du tonnerre, créant un courant d'air dont la pression se répercutait sur mes tympans. Et à mesure que nous progressions, ce grondement devenait de plus en plus fort.

– Où nous conduit ce tunnel ? ai-je demandé.

– Au métro de Naples.

– Et nous allons peindre quoi, là-bas ?... Des wagons ?

– Non. – Le ton de Sniper était redevenu sérieux. – Nous allons faire une pièce là où personne n'en a jamais fait avant.

*

La galerie se terminait par un passage étroit, ouvert sur un rectangle noir qui, quand Sniper a éteint la lampe, a laissé poindre une faible clarté qui dessinait des contours : une double voie avec les reflets métalliques des rails et, de l'autre côté, un mur d'où pendaient encore plus de tuyaux et de câbles. Nous étions à trois ou quatre pas de cette ouverture quand le grondement que nous avions déjà entendu s'est de nouveau produit, cette fois comme un rugissement croissant ; et, en même temps qu'un souffle violent me frappait la figure et m'assourdissait les tympans, un éclair prolongé est passé sous mes yeux, de l'autre côté du rectangle noir, et une succession de taches lumineuses a défilé à toute allure, évoquant l'effet stroboscopique d'un éclair.

– Il en passe toutes les cinq minutes environ, a dit Sniper quand le fracas s'est éloigné.

Il semblait s'amuser de la terreur que cela m'avait causée. Il avait rallumé sa lampe et éclairait mon visage.

– Tu voulais de l'action, non ?

– Bien sûr, ai-je répondu, en me ressaisissant.

– Alors te voilà servie... Mais à partir de maintenant, parle à voix basse. On ne s'en douterait pas, mais ce lieu transmet le son de nos voix à une grande distance... Éteins aussi ton portable.

258

J'ai mis la main dans la poche de mon blouson et j'ai fait semblant de l'éteindre, mais je l'ai laissé allumé, me bornant à supprimer la sonnerie. De l'autre côté de l'ouverture, il y avait une espèce de niche de quelque deux mètres de large, contiguë à la voie. En m'avançant, j'ai constaté qu'à cet endroit le tunnel décrivait une courbe. D'une extrémité nous arrivait une vague clarté, émanant probablement de la station de métro la plus proche, qui projetait des ombres allongées sur le mur du tunnel. Et cette lointaine lumière diffuse, amortie, permettait de distinguer les voies et le mur de la courbe collé à l'une d'elles : long, lisse, net, sans une seule marque.

– Nous y sommes, a dit Sniper.

Il a rallumé la lampe quelques instants, juste le temps de mieux éclairer la portion de voie qui longeait le mur, à notre gauche.

– Comme tu vois, l'espace est très réduit. Rien pour s'abriter. La première rame de métro qui nous happera au passage nous réduira en charpie.

Il a éteint la lampe et est resté un moment sans parler pour permettre à l'idée de cheminer dans ma tête.

– La seule protection, a-t-il ajouté, est cette niche.

Il m'a prise par le bras pour que je m'avance encore un peu. M'incitant à constater par moi-même.

– Toute l'affaire, a-t-il poursuivi, consiste à s'occuper de ce mur et en même temps à guetter les rames.

– Et quand il en arrive une ?

– La prévoir à temps et se réfugier ici. Et ensuite ressortir et continuer le travail. Comme je te l'ai dit, il y a d'habitude un intervalle d'environ cinq minutes entre deux rames. Celles qui vont dans l'autre direction ne sont pas dangereuses.

– Mais les machinistes nous verront, je suppose. Ils ont des phares qui éclairent les voies.

– C'est possible, mais pas certain… De toute manière, je doute qu'un employé du métro ou un agent de sécurité ose nous poursuivre là où nous sommes. Il faudrait arrêter le trafic en suspendant le service sur toute cette ligne, et ils ne le feront pas pour quelques graffeurs.

Mes yeux s'étaient habitués à la pénombre. Maintenant, je pouvais mieux distinguer les alentours : le tunnel, la courbe des voies, le reflet des lumières lointaines sur elles, la distance qui, à l'endroit le plus étroit, séparait notre voie du mur. À peine un mètre, ai-je calculé. Insuffisant pour se protéger, même en s'aplatissant contre lui. Les seules turbulences causées par la rame pouvaient nous arracher du mur.

– Tu gardais ça en réserve pour tes garçons ?

– C'était une possibilité. Un nouveau défi.

J'ai hoché la tête, attristée.

– Venir jouer sa vie… ai-je dit.

– Nous en avons parlé ce matin, a-t-il répliqué. Aujourd'hui, la différence entre faire vraiment de l'art de la rue et gribouiller n'importe quoi sur des murs, ça se paye.

– Et, vraiment, tu te moques de ce qui peut leur arriver ?

Il a allumé une cigarette en cachant la flamme du briquet dans le creux des mains.

– Pourquoi je ne m'en moquerais pas ? Personne n'est obligé de faire ça. Il y en a qui posent des problèmes de mathématiques compliqués, ou qui avancent des hypothèses scientifiques. Moi, je projette des interventions. Elles restent théoriques, jusqu'à ce que quelqu'un décide de les mettre en pratique…

– … et meure.

Il a ri.

– Ou pas. À partir de là, ce n'est plus mon affaire.

Maintenant, il se tournait prudemment vers la voie en tendant l'oreille. Fumant accroupi au bord de la niche.

– Quand même, le trafic du métro est suspendu durant les premières heures du matin, ai-je fait valoir. Qu'est-ce qui empêche alors quelqu'un de venir ici et de peindre ?

Il a tardé un moment à répondre.

– Il y a des règles, des codes. Tout le monde sait que ce mur est ce qu'il est. Il faut des témoins pour prouver que le travail a été fait comme il doit l'être. Pour mettre la vidéo sur Internet et tout le reste. Chez les auteurs de graffitis, le seul mot qui compte est *réputation*. C'est pour elle qu'on fait tout : la réputation.

Un bruit lointain a résonné dans le tunnel et Sniper s'est tu. Dans l'ombre, je l'ai vu lever le bras, réclamant le silence pour écouter. Le bruit ne s'est pas répété.

– Quiconque tricherait se verrait méprisé par tous les autres, a-t-il murmuré après un instant, éteignant sa cigarette.

Il était sorti dans le tunnel, sur la voie, et palpait le mur en l'explorant d'une main experte : texture, saleté, possibles écaillures qui feraient se détacher la peinture, taches d'humidité.

– Un bon mur napolitain, a-t-il décidé.

Il est revenu au creux de la niche, s'est débarrassé du sac qu'il portait sur le dos et l'a posé par terre. Puis il a ôté son blouson de cuir. Il a tiré deux sprays du sac, les a fait tinter et m'en a tendu un.

– Tu connais le timing, pas vrai ?… Marquer, remplir, colorer… Moi je marque et toi tu remplis de rouge. D'accord ?

Il m'a passé aussi des gants en latex. Il en a enfilé lui-même. Puis il s'est assis près de moi.

– Après la prochaine rame, a-t-il dit.

Celle-ci est passée une demi-minute plus tard : deux phares menaçants précédés du grondement croissant. Imitant Sniper, je me suis protégé les oreilles avec les paumes de mes mains, et de nouveau a défilé dans une gerbe d'étincelles, cette fois à moins de deux mètres de nous, l'éclair prolongé, décomposé en rapides taches de lumière, qui s'est rapidement éloigné dans le tunnel, laissant derrière lui une sensation d'écrasement et de vide dans les tympans et les poumons, et une odeur âcre, sale, intense, de câble et de métal brûlés.

Le fracas de la rame ne s'était pas tout à fait évanoui quand j'ai senti la main de Sniper sur mon épaule.

– Allons-y. Nous avons du pain sur la planche.

Nous sommes sortis dans le tunnel en marchant sur la voie. D'abord décontenancée, j'ai regardé mon compagnon, en quête d'instructions. Dans la pénombre, sa silhouette se découpait sur le mur : couverte de la capuche, le bras gauche tendu, la main appuyant sur l'embouchure de l'aérosol qui, dans un sifflement de peinture blanche giclant sous la pression, dessinait un grand arc. Il marquait, ai-je constaté, avec une rapidité et un naturel impressionnants, un trait sinueux de haut en bas, sur la gauche, et ensuite le trait jumeau sur la droite, à quelques centimètres de distance l'un de l'autre, finissant par se rejoindre en haut et en bas pour former un grand *S* majuscule, la première lettre de son tag.

– Remplis entre les traits, a-t-il dit.

Comme dans un songe étrange, je me suis avancée jusqu'au mur. Grâce à son trait blanc, le contour était très visible. J'ai fait tinter l'aérosol, ai levé le bras et commencé à peindre en rouge la lettre dessinée, de haut en bas, avec un va-et-vient qui couvrait la totalité de l'espace indiqué. Près de moi, presque épaule contre épaule, Sniper traçait les lettres suivantes. J'étais accroupie, en train de terminer la première, quand le fracas d'une autre rame qui approchait a retenti dans le tunnel.

– Au refuge ! a conseillé Sniper.

Des phares meurtriers arrivaient en éclairant la courbe. Nous nous sommes jetés en hâte dans l'étroite niche, j'ai posé l'aérosol par terre et me suis bouché les oreilles tandis que le brutal serpent de lumière intermittente et son bruit terrifiant me secouaient comme une tornade. Mon cœur semblait vouloir s'échapper de ma poitrine. Puis, reprenant mon souffle bloqué par la tension et la peur, j'ai ramassé l'aérosol et suis retournée à mon travail. Sniper y était déjà, dessinant d'autres lettres en progressant le long du mur.

– Est-ce que tu crois vraiment que je me cache derrière un masque, comme l'a dit Topo ?

Je respirais lentement, très profondément, pour recouvrer mon calme.

– Je ne sais pas. Mais je suis sûre d'une chose. Les morts sont réels. Les gens qui sont prêts à vendre leur âme pour toi meurent pour de bon.

J'ai continué à presser sur la valve de l'aérosol, remplissant de rouge la deuxième lettre.

– Si tu étais un simulateur, ce serait impardonnable, ai-je ajouté.

– Ça, personne ne peut le savoir avant la fin, pas vrai ?… Entre-temps, il faudra m'accorder le bénéfice du doute.

Sniper avait reculé jusqu'au milieu de la voie pour jeter un coup d'œil à l'ensemble.

– L'unique art possible, a-t-il ajouté, a partie liée avec l'imbécillité humaine. Transformer un art pour imbéciles en un art qui en soit vraiment un, ça se paye très cher. C'est élever l'imbécillité, l'absurde de notre temps, au rang de chef-d'œuvre.

– Et c'est ce que tu appelles des interventions.

– Exact.

– Il est faux de dire que tu as de l'estime pour tel ou tel. – L'idée se faisait de plus en plus claire en moi. – Tu nous méprises tous. Même ceux qui te suivent. Peut-être justement parce qu'ils te suivent.

– Le mépris aussi peut être un fondement de l'œuvre artistique.

Il l'avait énoncé froidement. Puis il est allé au refuge où se trouvait son sac et en est revenu avec un spray dans chaque main.

– Tu crois peut-être que le terroriste aime l'humanité pour laquelle il dit lutter ? m'a-t-il demandé. Qu'il tue les gens pour les sauver ?

Il peignait des deux mains en même temps, appliquant des couleurs. Et le voilà enfin tel qu'il est, ai-je pensé. Il est ce qu'il vient de dire. Une parfaite définition de lui-même.

– Nous ne méritons pas de survivre. – Il s'est arrêté pour examiner l'effet produit, puis s'est remis à peindre. – Nous méritons une balle dans la tête, un par un.

– Le franc-tireur patient.

– Tout juste. – Il ne semblait pas remarquer mon ton sarcastique. – Mais ça fait longtemps que ma patience s'est épuisée.

– Tous ces morts…

– Tu me casses les pieds, Lex. Avec tes morts… Ils font partie de l'intervention. Ils la transforment en une affaire sérieuse. Ils l'authentifient.

J'avais cessé de peindre et je le regardais. J'ai entendu un grattement, près de moi. Un rat. Réprimant un frisson, je l'ai écarté d'un coup de pied.

– L'assassinat considéré comme un art. C'est bien ce que tu dis ?

– Personne ne parle d'assassiner. Attention : je ne tue personne. Ça n'a rien à voir. Je prépare seulement l'absurde. Ce sont les autres, qui, à leurs risques et périls, remplissent les pointillés.

D'un geste, il m'a invitée à revenir à la peinture. J'ai obéi.

– Je leur offre la jouissance, a-t-il dit après quelques secondes pendant lesquelles je n'ai entendu que le son des aérosols. Je leur offre l'odeur fraîche du napalm dans le matin. Je leur offre…

– Trente secondes sur Tokyo ?

– Exactement. Ils vivent l'ouragan du danger qui arrive. Ils vont là où ils savent qu'ils peuvent mourir. Dignes, responsables enfin.

– Une rédemption ?

Le mot n'a pas semblé lui plaire.

– Pas seulement, a-t-il rétorqué, acerbe. Il ne s'agit pas seulement de peindre des murs. Ça, tu l'as vécu. Il leur faut s'infiltrer, combattre. Se cacher et sentir les battements de leur cœur en entendant les pas de ceux qui les cherchent. Ils sont nombreux à me devoir cette expérience.

– Et à mourir ensuite.

– Quelques-uns. Nous mourons tous, tôt ou tard. Ils ne prétendent quand même pas vivre éternellement ?

– Et quelle place accordes-tu à des mots comme *innocence*, comme *compassion* ?

– Il n'y a pas d'innocents. Même les enfants ne le sont pas.

J'ai senti venir un fracas grandissant, suivi de l'éclat de phares qui approchaient. Cette fois, la rame allait dans la direction opposée. Mais nous sommes quand même retournés nous réfugier dans le creux du mur. La rame est passée dans un bruit de tonnerre et s'est éloignée en suivant la courbe.

– Quant à la compassion, pourquoi devrais-je en avoir ? a dit Sniper après que nous eûmes repris notre travail. Tout ce que je fais, c'est d'aider l'Univers à appliquer ses règles.

– Et tu appelles ça de l'art ?

– Naturellement. Le seul art possible. Un bombardement continu d'images destinées à manipuler celui qui les regarde a effacé les frontières entre le réel et l'artificiel… Mon art restitue le sentiment du réel avec tout ce qu'il comporte de tragédie.

– Dans tout ça, je ne vois pas le mot *culture*. Nulle part.

– Culture ?… Ce mot qui porte un nom de putain ?

J'avais épuisé la peinture de mon aérosol, et Sniper m'en a donné un autre. Avec, j'ai commencé à remplir le *r* final.

– L'art moderne n'est pas de la culture, il est seulement une mode pour snobs, a-t-il affirmé tout en m'observant. Il est un énorme mensonge, une fiction pour des privilégiés millionnaires et pour des imbéciles, et bien souvent pour des privilégiés millionnaires et imbéciles… C'est un commerce et une hypocrisie absolue.

– Et donc seul le danger lui rend sa dignité ? C'est bien ça ?

– Pas le danger, mais la tragédie. Eh oui : elle est sa seule justification. Payer pour l'art ce qui ne se paye pas avec de l'argent. Ce qui ne peut pas être jugé par la critique conventionnelle ni exposé dans les galeries et les musées. Ce que personne ne pourra jamais s'approprier : l'horreur de la vie. La règle implacable. C'est ce qui permet de lui redonner sa dignité… Ce genre d'œuvre d'art ne peut jamais mentir.

Il continuait de me regarder sous sa capuche qui laissait ses traits dans l'ombre. Arrêté au milieu de la voie.

– Est-ce que la peinture idiote faite en atelier est davantage de l'art que ce qu'obtiennent ces garçons en jouant leur vie ? a-t-il poursuivi. Dans toute cette merde, qu'est-ce qui fait qu'une installation officielle soit considérée comme de l'art et qu'une autre non officielle ne le soit pas : qui décide ?… Les pouvoirs publics, le public, les critiques… ?

J'ai senti monter ma colère. J'avais fini de remplir la dernière lettre et je me suis tournée vers lui.

– Tu veux dire que c'est une guerre où on ne fait pas de prisonniers ?

Il a ri cyniquement.

– Tu es une fille intelligente, Lex. Très. C'est pour ça que tu es ici cette nuit. Et c'est une bonne définition. Il y a des graffeurs qui rentrent chez eux et s'assoient pour regarder la télé ou écouter de la musique, satisfaits de ce qu'ils ont fait dans la journée… Moi, je rentre chez moi pour réfléchir à la façon dont je pourrai de nouveau tous les baiser. Je ne cherche pas un monde meilleur. Je sais que n'importe quel autre monde possible sera pire que celui-là. Mais ce monde est le mien et il est celui que je dois attaquer. À chacun sa manière de faire chier son monde. Moi, je ne cherche pas à dénoncer les contradictions de notre temps. Je cherche à détruire notre temps.

Il est allé à son sac et est revenu avec d'autres aérosols. Les lettres de sa signature étaient terminées : grandes, splendides, remplies de rouge et bordées de bleu, avec le cercle de franc-tireur inachevé. Ce serait, ai-je imaginé, une fresque spectaculaire, vue de la courbe à la lumière des phares de la rame. Le conducteur la verrait le temps suffisant, et les passagers passeraient tout près en admirant cette espèce de blessure couleur rouge sang pratiquée dans le mur.

Je me suis décidée :

– Je vais te raconter une histoire. Celle qui m'a conduite jusqu'ici.

– Une histoire ? – Il paraissait surpris. – La tienne ?

– Non. Celle d'une fille qui possédait cette innocence en laquelle tu ne crois pas. Et qui a laissé gravés dans ma chair des sentiments auxquels tu ne crois pas non plus… Tu veux l'entendre, Sniper ?

– Bien sûr. Raconte-la-moi.

– Elle s'appelait Lita et avait les yeux pleins de douceur. Elle croyait à tout ce qu'on peut croire à dix-huit ans : à l'être humain, au sourire des enfants et des dauphins, à la lumière qui met de l'or dans les cheveux de la personne aimée, aux jappements d'un chiot qui, en grandissant, sera un chien fidèle jusqu'à la mort… Il te plaît, ce portrait de Lita, Sniper ?

Il n'a pas répondu. Un aérosol dans chaque main, il remplissait le point du *i* central pour tracer ensuite par-dessus, en noir, la croix obstinée du franc-tireur.

– Elle était intelligente, sensible, ai-je poursuivi. Elle gémissait la nuit comme les enfants quand ils rêvent. Et, figure-toi, elle écrivait sur les murs. Elle sortait la nuit dans les rues pour y laisser le témoignage du regard plein de tendresse qu'elle projetait sur le monde. Pour y affirmer son humble nom, livrant son propre combat, à sa manière… Je l'ai vue d'innombrables fois dans sa chambre écouter de la musique tout en préparant des actions sur les murs de la ville… Feuilleter naïvement ses albums de photos avec des tags sur les trains, le métro et les autobus, faire des croquis pour les nouvelles idées dont elle rêvait de couvrir tel ou tel mur…

Au loin, on entendait de nouveau s'approcher le fracas d'une rame. En voyant la lumière des phares glisser le long du mur du tunnel, nous nous sommes encore une fois réfugiés dans la niche, assis par terre l'un contre l'autre.

– Sa signature y est encore, Sniper. Dans les rues. Je la rencontre parfois, délavée par le temps, à demi recouverte par d'autres plus récentes… Elle s'appelait Lita, souviens-toi.

Le roulement du tonnerre augmentait d'intensité, et la lumière des phares éclairait la courbe et la pièce sur le mur. J'ai découvert que ce n'était pas si difficile. Après tous ces longs et instructifs échanges, ça ne l'était plus du tout. Ou peut-être que ça ne l'avait jamais été. Moustache Blonde l'avait dit le matin en buvant son café : le monde est plein de gens bizarres. J'ai plongé la main dans la poche de mon blouson et j'ai tâté son couteau. Il était froid, la lame rentrée. J'ai glissé mon pouce sur le bouton d'ouverture automatique, sans appuyer.

– Je vais te demander de prononcer ce nom, Sniper… Celui d'une humble graffeuse que tu n'as jamais connue. Dis-le maintenant, s'il te plaît.

Il m'a regardée dans la pénombre, déconcerté, me tournant à demi le dos ; guettant la rame. J'ai sorti le couteau et pressé le ressort. Le fracas de la rame a couvert le déclic.

– Lita, dis-tu ?

– Oui.

La rame passait déjà devant nous, ébranlant le tunnel. Des rectangles de lumière défilaient devant nos yeux comme des éclairs hurlants. J'ai observé le profil de

Sniper, éclairé par ces flashs intermittents, rapides et brutaux. Il élevait la voix pour se faire entendre.

– Lita, a-t-il presque crié. Et maintenant…

Sa voix s'est brisée quand je lui ai plongé le couteau dans les reins. Il s'est retourné d'un bond, en portant une main à son dos. J'ai retiré le couteau pour l'enfoncer de nouveau, et cette fois j'ai fait ce que je savais qu'il fallait faire : imprimer à ma main un mouvement circulaire pour que la lame, à l'intérieur, fasse le plus de dégâts possible. La rame s'éloignait déjà, et à la lumière du dernier wagon j'ai vu les yeux exorbités de Sniper sous la capuche, sa bouche entrouverte pour un cri qu'il avait peut-être déjà poussé sans que je l'entende pendant que la rame passait, ou qui s'était peut-être figé avant même de sortir. Il était tombé de côté, contre le mur, en s'appuyant à demi dessus. Et il me regardait.

– Oui, Lita, ai-je répété, en me plaçant près de lui.

J'ai écarté la capuche de son front, presque avec douceur. La pénombre me permettait de distinguer le blanc de ses yeux, très ouverts, en apparence fixés sur moi. La bouche émettait une plainte à peine audible, profonde. Quasi liquide.

– J'aimais Lita, ai-je chuchoté. Chaque jour j'essayais de l'attirer à moi. De remplacer peu à peu, par ce que je pouvais lui donner, cette mélancolie qui l'habitait… Ce terrible désespoir qui l'assaillait trop souvent, toute cette émouvante innocence trahie par l'injustice aveugle de la vie réelle… Et qui la faisait se jeter dans la rue, un sac sur le dos, pour rentrer le matin, épuisée, heureuse parfois, sentant la sueur et la peinture fraîche. Dans le lit où je l'attendais éveillée pour tenter de faire mienne cette partie d'elle-même que je n'ai jamais réussi à atteindre… Que je n'ai pas eu le temps d'atteindre.

Je me suis arrêtée pour écouter, penchant la tête. La plainte s'était faite de plus en plus rauque. Plus mouillée.

– Et tu sais pourquoi, franc-tireur ?… Tu sais pourquoi je n'ai pas eu le temps ?

J'aurais aimé continuer en voyant ses yeux, mais, avec une lumière si faible, c'était impossible. Ou peut-être étaient-ils fermés. Je n'avais jamais vu les yeux d'un être humain à l'instant précis de sa mort.

– Tu as proposé un défi, Sniper… Une de ces interventions, comme tu les appelais. Quelque chose de difficile. Comment disais-tu, tout à l'heure ?… Ah, oui. Quelque chose qui transformerait l'art banal en art sérieux. Qui l'authentifierait.

La rame était déjà très loin, et les échos du tunnel répercutaient de moins en moins son fracas. J'ai posé une main sur le front de l'homme immobile qui gisait près de moi. Je l'ai senti froid et humide à la fois. Sa gorge continuait d'émettre un faible gémissement. Un léger gargouillis.

– Quelque chose qui permette de sentir le danger. La tragédie. L'ouragan du train qui arrive.

Sniper ne bougeait pas et j'ignorais s'il était encore en état de m'entendre. Je me suis penchée un peu plus pour lui parler à l'oreille.

– Tu te rappelles peut-être le dépôt de la Plaza de Castilla, à Madrid… Tu te rappelles, Sniper ?… Cette action programmée par toi il y a quelques années. Une des premières. Deux adolescents morts. Lita et son camarade. Ils sont tombés d'en haut au moment où ils tentaient de se laisser glisser le long de cordes d'alpiniste pour peindre le mur de ce dépôt. Sur une suggestion de toi. Pour, selon tes paroles de tout à l'heure, dénoncer les contradictions de notre temps.

J'ai senti un picotement dans mes yeux et une larme est née. Une larme unique – la seule en tout cas dont je me souvienne : grosse, fluide, inévitable. Elle a glissé lentement jusqu'à la pointe du nez et y est restée jusqu'à ce que je l'en chasse avec mes doigts protégés par le latex taché de peinture.

– Tu as fait de l'art authentique, ça c'est sûr… Deux gosses qui se sont écrasés au sol, parce que tu l'avais suggéré. Comme le fils de Biscarrués. Comme les autres.

Je me suis approchée au plus près pour écouter, attentive. Le gargouillis avait cessé.

– Combien de morts, Sniper ? Est-ce que tu les as jamais comptés ?… Combien de balles leur as-tu tiré dans la tête ?

J'ai de nouveau tâté son front. Il était froid comme avant, mais maintenant il ne transpirait plus. Cela ne ressemblait pas à la peau d'un vivant, et j'ai su que ce n'en était plus un.

– Lita aussi, tu as vomi sur son cœur de merde ?

J'ai ramassé le couteau par terre et essuyé la lame sur ses vêtements. Puis je l'ai fermé et laissé près de lui, avec le téléphone portable.

– Là encore tu t'es trompé, franc-tireur. Toi comme les autres. – Je me suis relevée en enlevant mes gants. – C'était moi, l'assassin.

*

Les deux ombres attendaient à la porte de la guérite. Je les y ai trouvées quand je suis remontée par les barreaux de fer et suis sortie en respirant avec avidité l'air frais de la nuit.

– Il est au bout de la galerie, dans le tunnel du métro, ai-je dit. J'ai laissé le portable allumé près de lui pour que vous le repériez facilement.

– Mort ? a demandé Moustache Blonde.

Je n'ai pas répondu.

– Putain ! a murmuré Face de Rat.

J'ai fait deux pas ct me suis arrêtée, désorientée, tentant de recouvrer la perception rationnelle de l'espace. Je me frottais les mains énergiquement comme si le sang de Sniper était parvenu à passer à travers le latex des gants. Maintenant seulement, elles étaient prises de tremblements. Le fracas des rames résonnait encore dans mes oreilles, semblable aux roulements d'un tambour. Tout me paraissait irréel. Et tout l'était sûrement.

– Il veut te parler, a dit Moustache Blonde.

J'ai mis un moment à comprendre de qui il s'agissait.

– Où est-il ? ai-je finalement demandé.

– Dans une voiture. Au bout de la rue.

Je me suis éloignée. La dernière image que je garde d'eux est celle de Moustache Blonde s'introduisant dans le trou, cramponné aux barreaux, pendant que Face de Rat se retournait pour me suivre des yeux, silencieuse et perplexe. J'ai ôté ma casquette, je l'ai jetée par terre et j'ai marché dans la rue sans me presser. La voiture était stationnée au coin, moteur arrêté : grosse, sombre. Il y avait une silhouette noire debout près d'elle, et une autre à l'intérieur. Celle qui était debout m'a ouvert la porte et s'est retirée. Je me suis laissée choir sur un siège moelleux, doublé pleine peau. Ça sentait le cuir de qualité et l'eau de Cologne. Lorenzo Biscarrués était un profil obscur qui se découpait dans la pénombre sur la fenêtre ouverte.

– C'est fini, ai-je dit.

Sa voix a tardé à se faire entendre. Un long silence de presque une demi-minute.

– Vous en êtes sûre ?

Je n'ai pas cru nécessaire de répondre. Et il n'a pas insisté.

– Racontez-moi comment ça s'est passé, a-t-il dit un peu plus tard.

– La manière dont ça s'est passé n'a pas d'importance. J'ai dit que c'était fini.

De nouveau, le silence. Après un moment, il s'est agité sur son siège et a posé une autre question :

– Il a dit quelque chose ?

– Il a dit beaucoup de choses… il a parlé d'art et de tragédie. Et de gens comme vous.

– Je ne comprends pas.

J'ai hoché la tête, indifférente.

– Ça ne fait rien.

Encore un silence. Plus court, cette fois. Songeur, de sa part.

– Ce que je voulais savoir, c'est s'il a dit quelque chose au moment final, a insisté Biscarrués.

J'ai cherché, brièvement.

– Il n'a rien dit. Il est mort sans savoir qu'il mourait.

J'ai réfléchi un peu plus, et puis j'ai haussé les épaules.

– Si, il a dit quelque chose, ai-je rectifié. Il a prononcé un nom.

– Quel nom ?

– C'est sans importance. Vous ne le connaissez pas.

Mon interlocuteur s'est agité encore une fois, faisant crisser le cuir du siège. Comme s'il cherchait une position plus confortable.

– Je vous dois… a-t-il commencé.

Il s'est interrompu. Quand il a parlé de nouveau, sa voix était différente. Peut-être émue.

– Je vous dois de m'avoir rendu un immense service. Mon fils…

– Vous ne me devez rien, l'ai-je coupé sèchement. Je ne suis pas venue ici pour votre fils.

– Mais quand même. Je veux que vous sachiez que mon offre de Rome est toujours valable. Et je parle bien de tout : le chèque, la récompense… Tout.

– Vous n'avez rien compris, ai-je tranché.

J'ai ouvert la portière, je suis sortie de la voiture et me suis éloignée. J'ai senti que l'on marchait derrière moi. Biscarrués me suivait, à pas pressés.

– S'il vous plaît, a-t-il dit.

Ces trois mots avaient quelque chose d'insolite dans sa bouche, faite pour être obéie. Je me suis arrêtée.

Je veux seulement comprendre, a-t-il supplié. Pourquoi vous… D'où vous avez tiré cette force. Cette détermination… Pourquoi vous avez agi ainsi.

J'ai réfléchi un moment. Puis j'ai ri.

– C'est de l'art urbain, vous ne comprenez pas ?… Nous faisons de l'art urbain.

*

Deux jours plus tard, les journaux ont publié la nouvelle et Internet a été bientôt pris de fièvre : *Un célèbre auteur de graffitis déchiqueté par le métro de Naples*. Les journaux italiens ont montré la photo du dernier travail de Sniper, la pièce qui, selon la police, lui avait coûté la vie dans un endroit dangereux du réseau du métro : le nom de l'artiste en grandes lettres rouges bordées de bleu, avec le cercle blanc et la mire de franc-tireur comme point sur le *i*. D'après le rapport officiel, le cadavre avait été découvert quelques mètres plus loin, tragiquement mutilé par une rame qui, sans le moindre doute, l'avait happé pendant qu'il peignait.

Bien que je n'aie rien demandé, Biscarrués qui avait le bras long m'a beaucoup facilité les choses. Quand la police est venue me chercher pour prendre ma déposition – la femme avec qui il vivait et divers amis m'avaient identifiée comme une des dernières personnes à l'avoir vu vivant –, un avocat d'un important cabinet de Naples attendait dans les bureaux officiels pour m'assister si nécessaire. Devant un juge d'instruction et un greffier qui m'ont constamment traitée avec la plus grande courtoisie, j'ai confirmé que, les jours précédant la tragédie, j'avais été en contact avec Sniper pour lui transmettre une proposition d'ordre professionnel, émanant d'un éditeur espagnol réputé et de divers marchands internationaux – Mauricio Bosque, sur la requête de l'avocat, l'a confirmé par un courrier électronique qui a été joint au procès-verbal –, offre qu'après de longues conversations l'artiste était en train d'examiner au moment du déplorable accident. Manifestant la meilleure volonté du monde, j'ai donné quantité de détails sur la question, j'ai affirmé que j'étais à la disposition des autorités italiennes pour la suite de l'enquête, j'ai affiché la consternation qui convenait face à un tel malheur, et quand l'avocat a estimé que c'était plus que suffisant, j'ai pris congé du juge et de son greffier, et tout laissé à jamais derrière moi.

Mais une rencontre m'attendait encore. Quand je suis sortie dans le couloir du palais de justice, j'ai vu l'amie de Sniper. Elle était assise sur un banc du vestibule, en compagnie d'un inconnu vêtu de gris qui serrait une vieille serviette contre sa poitrine. La femme avait les bras croisés sous ses grands seins lourds ; sa robe, qui moulait ses larges hanches, laissait remonter son ourlet au-dessus des genoux, découvrant ses longues jambes un peu fortes – elle portait des espadrilles avec des lanières nouées sur les chevilles – dont la nudité tranchait sur l'austérité des lieux.

Je suis passée devant elle ; et ce faisant, j'ai senti les yeux couleur émeraude se river sur moi. Ils l'ont fait lentement, presque paresseusement, unique signe de vie dans ce visage inexpressif, d'une impassibilité parfaite et quasi animale. C'était un regard indéfinissable, très fixe, calme, mais chargé de violence, plein d'affirmations irrationnelles. Ou de certitudes. Et j'ai senti le reproche de cette solitude éternelle, instinctive, plus fort et plus impossible à oublier qu'un cri déchirant, qu'une imprécation ou qu'une insulte, me suivre obstinément pendant que je m'éloignais. À cet instant, j'ai su qu'elle savait. Et alors, seulement, j'ai éprouvé l'ombre vague d'un remords.

Naples, septembre 2013

Table

Le Tableau du maître flamand
Jean-Claude Lattès, 1993
et « Le Livre de poche », n° 7625

Le Club Dumas ou l'ombre de Richelieu
Jean-Claude Lattès, 1994
et « Le Livre de poche », n° 7656

Le Maître d'escrime
Seuil, 1994
et « Points », n° P154

La Peau du tambour
Seuil, 1997
et « Points », n° P518

Le Cimetière des bateaux sans nom
prix Méditerranée 2001
Seuil, 2001
et « Points », n° P995

La Reine du Sud
Seuil, 2003
et « Points », n° P1221

Le Hussard
Seuil, 2005
et « Points », n° P1460

Le Peintre de batailles
Seuil, 2007
et « Points », n° P1877

Un jour de colère
Seuil, 2008
et « Points », n° P2260

Cadix, ou la diagonale du fou
Seuil, 2011
et « Points », n° P2903

Le Tango de la Vieille Garde
Seuil, 2013
et « Points », n° P3355

LES AVENTURES DU CAPITAINE ALATRISTE

1. Le Capitaine Alatriste
Seuil, 1998
et « Points », n° P725

2. Les Bûchers de Bocanegra
Seuil, 1998
et « Points », n° P740

3. Le Soleil de Breda
Seuil, 1999
et « Points », n° P753

4. L'Or du roi
Seuil, 2002
et « Points », n° P1108

5. Le Gentilhomme au pourpoint jaune
Seuil, 2004
et « Points », n° P1388

6. Corsaires du Levant
Seuil, 2008
et « Points », n° P2180

7. Le Pont des assassins
Seuil, 2012
et « Points », n° P3145

COMPOSITION : IGS-CP À L'ISLE-D'ESPAGNAC
IMPRESSION : CPI BRODARD ET TAUPIN À LA FLÈCHE
DÉPÔT LÉGAL : OCTOBRE 2015. N° 109020 (3012267)
IMPRIMÉ EN FRANCE